LE GRAND TEMPLE
DE LA SCIENCE-FICTION

A. E. VAN VOGT

FUTUR PARFAIT

ŒUVRES DE A. E. VAN VOGT

DANS PRESSES POCKET :

À L'ASSAUT DE L'INVISIBLE
MISSION STELLAIRE
LA MAISON ÉTERNELLE
QUÊTE SANS FIN
AU-DELÀ DU NÉANT
ENFANTS DE DEMAIN
LA BÊTE
LE LIVRE D'OR

LE GRAND TEMPLE DE LA SCIENCE-FICTION
Collection dirigée par Jacques Goimard

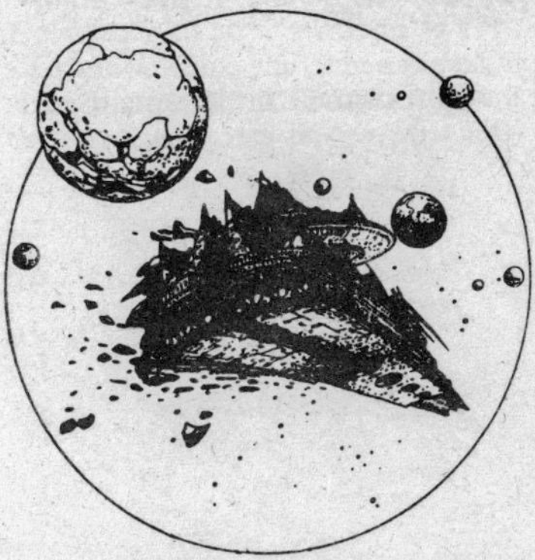

A. E. VAN VOGT

Futur Parfait

Anthologie réunie et présentée par
Patrice Duvic

PRESSES POCKET

PATRICE DUVIC. Né en 1946. Débuts dans *Galaxie,* où il s'est rapidement fait connaître comme le meilleur interviewer français : sillonnant les États-Unis pour rencontrer les grands auteurs américains, il s'est forgé, comme les compagnons du tour de France, une compétence que beaucoup des professionnels de la S.-F. peuvent lui envier. Outre ses études sur la S.-F., et un *Livre d'or de Norman Spinrad* (Presses Pocket), il a signé des nouvelles, une étude, *Monstres et Monstruosités* (Albin Michel), un court métrage sur le vampirisme et deux romans : *Poisson-Pilote* (Denoël) et *Naissez, nous ferons le reste* (Presses Pocket).

ISBN : 2 - 266 - 02344 - 6

SELF-MADE SUPERMAN

Non-axiomes

Dans l'intérêt de la raison, utilisez la formule ET CÆTERA. Quand vous dites : « Van Vogt est plein d'imagination! » ne perdez pas de vue que Van Vogt est bien autre chose que « plein d'imagination ». Van Vogt est « plein d'imagination », inspiré, curieux, introspectif, méthodique, ET CÆTERA, ce qui signifie qu'il possède encore d'autres caractéristiques. Il vaut la peine de se rappeler également que la psychiatrie moderne — 1978 — ne considère pas que l'individu «plein d'imagination » ait une personnalité très saine.

« Ce qui me différencie de la plupart des autres professionnels de la science-fiction, affirme A. E. Van Vogt (78), c'est qu'ils ont démarré grâce à un talent naturel. Et moi, non. » Et d'insister, lors de la Convention Européenne de Bruxelles et pendant son séjour en Europe, sur ce manque de « dons », sur ce manque de « talent naturel ».

Déclaration pour le moins surprenante de la part de celui que l'on a tendance à considérer comme l'auteur « inspiré » par excellence, de la part d'un « visionnaire » à l'imagination débordante, échevelée, cosmique. Fausse modestie? Non. Cet Américain d'un mètre quatre-vingts, à l'air à la fois timide et affable, qui paraît toujours sourire pour quelque raison connue de lui seul et qui, derrière sa tribune, évoque irrésistiblement un pasteur en chaire, n'ignore pas qu'il est l'un des plus grands, peut-être le plus important des auteurs que compte le genre, et cela n'est pas pour lui déplaire.

Pas de coquetterie, donc, dans cette affirmation souvent réitérée. Il ne fait pas doute qu'elle est sincère et qu'elle est une composante importante de l'image que Van Vogt se fait de lui-même et de son œuvre. Une image qui apparaît également dans ses articles et ses interviews, que l'on retrouve sous une autre forme chez certains de ses personnages, et qui peut sembler paradoxale. Celle d'un technicien de la littérature, de quelqu'un pour qui le terme de « métier » est un mot clef, de quelqu'un qui a « toujours essayé d'agir professionnellement à un stade quelconque de la plupart des activités dans lesquelles (il) s'est lancé », de quelqu'un qui se voit avant tout comme « méthodique », « une sorte de type très sérieux, réfléchi... un de ces types en surnombre qui ont dû *penser* la voie à se frayer dans la vie ». Pour tout dire, celle d'un *self-made, self-employed man* réaliste qui exploite son inconscient comme un paysan cultive sa terre, attentif au rendement, comme à la qualité des produits qu'il va mettre sur le marché.

Certes, il convient sans doute d'établir une distinction entre Van Vogt écrivain (qui nous intéresse ici en priorité) et l'homme Van Vogt pour qui la littérature ne constitue qu'une partie de ses activités (et qui, assez logiquement doit être celui qui intéresse au premier chef Van Vogt lui-même). Il reste que derrière cette image se cache (à lui-même?) l'auteur de romans et de nouvelles d'une exceptionnelle richesse d'inspiration, un auteur sans qui la science-fiction serait bien moins que ce qu'elle est. Pour les lecteurs d'*Astounding,* en 1939, pour ceux du *Rayon fantastique,* puis pour ceux qui devaient le découvrir en France avec la publication de ses œuvres en format de poche dans les années 60-70, la rencontre avec Van Vogt, ce fut d'abord un choc, une révélation au sens fort, qui coupa littéralement le souffle à certains de ceux qui sont aujourd'hui devenus des auteurs majeurs du genre. Aujourd'hui encore quand on leur demande ce que fut pour eux cette « rencontre », un mot revient constamment, prononcé sur un ton de respect un peu craintif : « l'imagination ». Oui, Van Vogt c'est d'abord cela : l'imagination. Non, pardon : l'Imagination, et je serais tenté d'ajouter que tout le reste n'est que littérature. Mais ce qui est à la fois fascinant pour le lecteur et déprimant pour le préfacier, c'est que cette Imagination, si l'on essaie d'y voir de plus près, est trop évidente, trop vaste pour être clairement définie. Multiplicité d'idées, dans les domaines les plus divers, établissement de correspondances inattendues ou paradoxales, comme des auberges espagnoles ne demandant qu'à se transformer en châteaux avec leurs remparts et leurs tourelles, mais aussi leurs passages secrets, leurs souterrains qui ne sont pas *seulement* le ventre maternel, ni *seulement* une tombe d'où renaître, ni *seulement* une figuration de l'Inconscient, ni *seulement* les racines d'un arbre qui n'est pas *seulement* un arbre, mais tout cela à la fois ou successivement et bien d'autres choses encore.

De plus, toute tentative pour considérer d'une manière globale l'œuvre d'un auteur impose de prendre une certaine distance, un certain recul pour, selon la formule consacrée, « éviter que l'arbre ne cache la forêt ». Travail de cartographe en quelque sorte, ou, si l'on préfère, démarche qui n'est pas sans similitude avec la photographie aérienne. L'image ainsi obtenue n'est pas sans intérêt. Elle permet d'avoir une vue d'ensemble du réseau hydrographique et des voies de communication, de distinguer les grandes lignes de la structure géologique. On y découvre même, comme dans le désert de Nazca, d'étranges figures invisibles au niveau du sol. Ce faisant, pourtant, on court deux risques principaux. Le premier tient à une sorte de griserie de l'altitude, et l'on peut, selon ses préférences personnelles, penser soit à Saint-Exupéry, soit aux réflexions de Harry Lime, considérant les « fourmis » du haut de la Grand Roue de Vienne. Le second risque, qui n'est peut-être pas sans lien avec le premier, est celui de se faire une idée partiellement ou même totalement fausse de la réalité, la carte n'étant pas, c'est bien connu, le territoire. Et si l'arbre peut cacher la forêt, la réciproque est tout aussi vraie. Imaginons par exemple un pays dont les richesses sur le plan spéléologique soient exceptionnelles, ou encore des « points de vue » du haut desquels on peut (par beau temps) avoir une perspective unique sur le ciel étoilé ou percevoir un écho que l'on ne saurait entendre nulle part ailleurs avec la même netteté. Imaginons enfin l'une de ces villes robots, chères à la science-fiction, qui ne se mettent à vivre que lorsqu'y pénètre un visiteur. Si nous nous fions excessivement à la photographie aérienne, nous avons toute chance de laisser ces richesses nous échapper. Or, on l'aura compris, l'œuvre de Van Vogt c'est précisément cela. Et pour m'en tenir à cette comparaison de la ville robot, qui est donc son architecte, qui est donc ce facteur Cheval professionnel qui, pour la construction de son Palais Idéal, à la fois Château en Espagne et Maison Eternelle, a patiemment assemblé théories philosophiques ou scientifiques, considérations politiques, interrogations métaphysiques et fragments de rêves? N'a-t-il pas, comme on le dit des constructeurs de cathédrales, gravé dans la pierre quelque message caché? Ou, tel le laboureur de la fable, ne nous encouragerait-il pas à retourner le champ de l'imaginaire?

Mais qui est donc ce prophète aux allures d'humble prédicateur?

Non-axiomes

Dans l'intérêt de la raison, DATEZ. Ne dites pas : « Van Vogt pense que... » Dites : « Van Vogt pensait en 1948 que... » ou « A. E. Van Vogt (1978) avait des idées anarchistes... » Toutes choses, y compris les opinions politiques ou philosophiques d'A. E. Van Vogt, sont sujettes au changement, et l'on ne peut, par conséquent, les mentionner que si elles sont déterminées dans le temps.

Alfred Elton Van Vogt est né au Canada, le 26 avril 1912, dans la ferme de ses grands-parents, au sud de Winnipeg. Son autobiographie nous apprend qu'il pesait à sa naissance quatorze livres et demie, et qu'il était donc sans doute l'un des plus gros bébés du monde. Ses parents étaient tous deux d'origine néerlandaise (il y avait une importante colonie hollandaise au Manitoba) et chez les Van Vogt, à Neville, dans le Saskatchewan, on parlait un dialecte qui était, semble-t-il, le frison. Ce, jusqu'au jour où sa mère, qui elle-même avait dû attendre l'âge de vingt ans pour parvenir à s'exprimer correctement en anglais, prit une décision énergique et déclara « qu'on ne parlerait plus le néerlandais ni dans la famille ni dans la maison ». Alfred Elton avait alors quatre ans, et bien qu'il affirme aujourd'hui que cela fut sans doute pour lui une bonne chose, dans la mesure où il avait tendance à mélanger les deux langues (« dans la rue je me retrouvais avec des enfants qui ne parlaient qu'anglais et à la maison avec des gens qui ne parlaient que ce dialecte néerlandais »), il semble bien que ce fut là sinon, peut-être, un traumatisme, du moins un événement particulièrement marquant. Notons combien les problèmes relatifs au langage, à la communication, sont importants dans son œuvre : *le Monde des A*, bien sûr, mais aussi l'accent mis, dans la plupart de ses livres, sur la communication non verbale, la télépathie, sans oublier, tout récemment, des nouvelles comme *Pendulum*, dont le héros parle précisément le frison et où l'existence sur notre planète d'innombrables dialectes se trouve être un élément essentiel de l'intrigue, ou comme, dans le présent recueil, *Jane et les Androïdes*. Ajoutons enfin que Van Vogt (78) était en train de mettre au point une nouvelle méthode pour apprendre les langues, et mentionnait, entre autres, le frison parmi celles qu'il souhaitait lui-même apprendre grâce à cette méthode.

C'est donc dans la petite ville de Neville, qui comptait alors cinq ou six cents habitants, que Van Vogt passa les dix premières années de sa vie. Cette partie de l'Ouest canadien était une région de culture, relativement plate, et où les arbres étaient rares; elle donnait cependant l'impression d'être une contrée sauvage. Le futur auteur de *la Faune de l'Espace* semble s'être beaucoup intéressé à celle du Saskatchewan, et les descriptions particulièrement attachantes qu'il fait dans son autobiographie des animaux sauvages de la région, comme le nombre de pages qu'il leur consacre, témoignant de l'importance qu'ils eurent pour celui qui devait devenir le plus convaincant des animaliers de la science-fiction.

Dix années qui, cependant, ne furent pas sans problèmes. On nous pardonnera d'insister longuement sur l'enfance de Van Vogt, mais elle est peut-être essentielle à une meilleure compréhension de l'homme et de l'œuvre. Que l'on songe à l'importance dans ses livres des héros enfants, de manière évidente comme dans *A la poursuite des Slans, les Enfants de demain, The Reflected Men* et *la Guerre contre le Rull,* mais aussi de manière plus voilée avec des personnages comme Ptath ou Gilbert Gosseyn.

Ainsi, à l'âge de deux ans, il tombe d'une fenêtre du second étage et reste dans le coma pendant trois jours. Evénement auquel il attribue aujourd'hui, d'un air mi-figue mi-raisin, un rôle capital dans sa vocation d'écrivain. « Par la suite, en utilisant l'hypnose et plus tard la dianétique, dans un effort pour réduire le traumatisme de ces trois jours, j'ai découvert que l'état d'inconscience est porteur et source d'hallucinations sans fin. La partie normale de mon cerveau a probablement passé le temps d'une vie à rationaliser les images et les phantasmes qui en ont résulté. Cela pourrait expliquer dans une large mesure mon penchant pour la science-fiction. »

A l'âge de huit ans, il est gravement rossé par un de ses camarades d'école. A la suite de quoi il aura, pour la première fois, des problèmes de myopie. Il portera des lunettes pendant un an, puis semblera totalement guéri. « J'allais au secours de mon petit frère qu'un garçon de ma taille était en train de battre », raconte Van Vogt. « Le bon droit était de mon côté, mais, pour une fois, le bon droit n'a pas triomphé. Ce garçon qui, comme je l'ai dit, n'était pas plus grand que moi, m'est tombé dessus et s'est mis à me donner la raclée de ma vie. C'était tellement injuste, tellement en contradiction avec tout ce qu'on m'avait dit en matière de morale et de justice, que cette défaite m'a anéanti. Moi qui avais été assez grégaire, je suis devenu un loup solitaire... C'est à ce moment-là que j'ai trouvé quelque part un recueil de contes de fées et que je me suis mis à lire. »

Mais, dans une interview accordée à la revue *Algol,* il donne une autre explication possible de ce replis sur lui-même; explication fort différente, qui met également l'accent sur une prise de conscience de la violence : « C'était un petit serpent, et il n'était pas différent d'autres serpents que j'avais tués, mais, pour une raison ou pour une autre, j'ai poursuivi celui-là pour le détruire. Jusqu'à ce moment-là, je faisais beaucoup de cheval, je chassais avec mon fusil, et des choses comme cela. J'ai arrêté tout cela parce que au même moment ma vue a commencé à baisser. Je suis devenu myope. J'ai tué ce serpent et quand j'ai fait ça je me suis replié sur moi-même, ce qui m'a poussé à écrire. Même à l'école, ça ne m'intéressait pas d'écrire, je m'intéressais plutôt aux activités de plein air. Mais tout cela a complètement changé après que j'ai tué ce pauvre petit serpent. »

1922. Son père, qui était homme de loi, s'installe à Morden dans le Manitoba. Morden était une ville un peu plus importante que Neville et située dans une région boisée. C'était une ville protestante, très conservatrice, très « anglaise ». « Ne pas être anglais, au sens de ne pas être anglais d'origine, était quelque chose qui m'ennuyait. Je ne peux pas décrire toutes les façons dont je ressentais cela. Personne ne m'a jamais menacé physiquement, non, mais le résultat était le même. Et par conséquent j'ai toujours eu l'impression que je savais ce que ressentaient les Juifs, bien que, dans mon cas, se soit à un degré moindre, parce que jamais un Anglais n'a retenu contre moi le fait que je ne sois pas anglais. » Ce contexte social ne fait que l'encourager à se replier encore un peu plus sur lui-même et à continuer à se plonger dans la lecture des contes de fées. Mais, raconte-t-il, « quand j'avais douze ans, un de mes professeurs me retira des mains mes contes de fées, me disant que j'étais trop grand pour lire de telles histoires, et me donna l'ordre de sortir et d'aller jouer. Il s'est écoulé des années avant que j'ose à nouveau lire des contes de fées ».

« Pour moi, confie-t-il à Sam Moskowitz, l'enfance a été une période terrible. J'étais comme un bateau sans ancre ballotté dans l'obscurité au milieu de la tempête. Encore et encore je cherchais un refuge pour en être chassé par quelque chose de nouveau. Et je suis arrivé à la conclusion que c'est le cas pour la plupart des gens. »

Et son adolescence ne semble pas avoir été plus gaie. Nouveau déménagement. La famille quitte Morden et s'installe à Winnipeg où le père du jeune Van Vogt a trouvé un emploi de directeur local d'une compagnie maritime américano-hollandaise, emploi fort rémunérateur. Mais le jeune Alfred Elton a du mal à s'habituer à cette grande ville où il est considéré comme un « garçon de la campagne » et où il a des difficultés à suivre les cours. Il lit plus que jamais. « J'ai commencé à lire deux livres par jour. Je restais éveillé jusqu'à trois heures du matin, à lire avec la lumière sous mes draps. Et je n'étais pas bon à grand-chose à l'école, parce que, quand il fallait que je me lève le matin, je n'avais dormi que trois heures. » A cette époque il lit essentiellement des romans policiers, et découvre dès 1926 *Amazing Stories*, qu'il suivra régulièrement pendant tout le temps qu'il sera à Winnipeg.

Avec la Dépression qui commence très tôt au Canada, des limitations sont imposées à l'immigration. Les affaires de la ligne américano-hollandaise périclitent, et le père de Van Vogt doit retourner à ses activités d'homme de loi. Croyant compenser ainsi la diminution de son salaire, il se met à jouer en bourse. Les résultats sont désastreux. Et Alfred doit chercher du travail. Il trouve un emploi à Ottawa, dans les bureaux qui s'occupent du recensement, emploi qu'il gardera près d'un an.

C'est pendant cette période qu'il s'inscrit aux cours du *Palmer Institute of Authorship*. Car, depuis l'âge de quatorze ans, il a décidé qu'il serait écrivain.

De retour à Winnipeg, Van Vogt se met donc à écrire, méthodiquement, systématiquement. « J'avais une idée pour le magazine *True Story* qui organisait d'énormes concours dans lesquels le premier prix pouvait rapporter jusqu'à cinq mille dollars. Et il y avait aussi d'autres prix de moindre importance, et donc j'ai écrit une histoire pour l'un de ces concours. Je l'ai écrite à raison d'une scène par jour, pendant neuf jours, et c'est comme ça que je l'ai finie. C'était écrit du point de vue d'une jeune femme, à l'époque de la Dépression. Je l'avais intitulée *J'ai vécu dans la rue*. Ils l'ont rebaptisée *Nul autre à blâmer qu'elle-même*. Mais enfin, ils l'ont achetée. »

La première histoire qu'il ait finie. Sa première vente. Pas de prix, mais un chèque de cent dix dollars, qu'il dépense instantanément. Il lui faut donc se remettre à écrire. Il vend également l'histoire suivante, puis plusieurs autres et finit même par gagner le premier prix dans l'un des concours, premier prix qui, ce mois-là, n'était que de mille dollars. Une somme malgré tout assez rondelette, si l'on pense qu'elle correspondait à un an de son salaire à Ottawa.

Déjà à cette époque, comme plus tard lorsqu'il se mettra à écrire de la science-fiction, il travaille en appliquant scrupuleusement un certain nombre de principes de base, de recettes. Au niveau de la construction des scènes, mais aussi au niveau des phrases elles-mêmes. « Quand j'écrivais ce type d'histoires, il fallait que chaque phrase contienne de l'émotion. Par exemple, il ne fallait pas dire : " J'habite 323 Brand Street. " Ce n'est qu'une affirmation, un constat. Au lieu de cela, il fallait écrire : " Des larmes me venaient aux yeux quand je pensais à ma petite chambre au 323 Brand Street. " Et dans la phrase suivante il fallait qu'il y ait également de l'émotion, et encore dans la phrase suivante, et ainsi de suite. »

De nouvelles histoires donc, publiées sans nom d'auteur comme s'il s'agissait « d'une confession anonyme, révélant un passé caché », jusqu'au jour de 1934 où, alors qu'il travaillait précisément à l'un de ces textes, il se demande : « Mais bon Dieu, pourquoi est-ce que j'écris ces trucs? » C'est la fin de sa carrière à *True Story*. Il se met à écrire des pièces radiophoniques, devient journaliste dans des magazines corporatifs tels que *Hardware and Metal, Sanitary Engineer, Stationers Magazine, Canadian Grocer, Canadian Paint and Varnish,* et en combinant ces deux activités réussit à vivre de sa plume. Puis, en 1938, il tombe par hasard sur un exemplaire d'*Astounding*. Or, dans ce numéro, il y avait une nouvelle signée Don A. Stuart et intitulée *Who Goes there? (la Bête d'un autre monde,* in *Le ciel est mort,* Présence du Futur), nouvelle sur laquelle devait plus tard être établi le célèbre film *la Chose d'un autre monde.*

« L'ayant finie, j'ai été frappé que ce soit une histoire aussi forte. Je ne savais pas que Don A. Stuart était Campbell, et, qu'en fait, il s'agissait d'une nouvelle du rédacteur en chef lui-même, écrite sous pseudonyme. Et j'ai écrit un résumé pour proposer une histoire qui m'avait été suggérée non pas tellement par la nouvelle elle-même, mais par son atmosphère et par ce que j'avais ressenti en la lisant. Et j'ai envoyé ce résumé à Campbell. Et je suis sûr que s'il n'avait pas répondu, cela aurait été la fin de ma carrière dans le domaine de la science-fiction. A ce moment je ne le savais pas, mais, en fait, il répondait toujours à ce genre de lettre. »

Encouragé par cette réponse, Van Vogt écrit l'histoire en question, n'est pas satisfait de sa première version, en écrit une seconde où il insiste davantage sur l'atmosphère et l'intitule *Vault of the Beast* (*le Caveau de la bête*, in *Au-delà du néant,* Presses Pocket). Puis, sur la lancée il écrit *Black Destroyer.* C'est cette seconde nouvelle qui sera publiée la première, dans le numéro de juillet 1939 d'*Astounding.* Cette nouvelle, qui formera plus tard les six premiers chapitres de *The Voyage of the Space-Beagle* (*la Faune de l'Espace,* Editions J'ai-Lu), rencontre un accueil exceptionnel de la part des lecteurs qui la classent en tête des nouvelles du numéro.

La nouvelle suivante *Discord in Scarlet,* qui fait partie du même cycle, suscitera le même enthousiasme. Mais en 1939 c'est l'entrée en guerre du Canada. L'Administration avait gardé son nom dans ses dossiers et lui propose un emploi au ministère de la Défense Nationale. Pris entre ce qu'il estime comme son devoir, et la perspective peu engageante de retrouver un travail de bureaucrate, Van Vogt hésite, puis se décide. En octobre, accompagné de sa femme, Edna Mayne Hull, une journaliste qu'il a épousé en mai de la même année, il part pour Ottawa.

« Le jour de notre arrivée, expliqua-t-il dans sa conférence à la Convention de Bruxelles, je lus dans le journal que seuls quatorze appartements n'étaient pas loués dans la ville entière. Aussi, lorsqu'on m'en signala un, comprenant deux chambres à coucher, pour soixante-quinze dollars par mois, je m'y rendis en toute hâte et conclus la location en un tour de main. Ce qui importe dans cette anecdote est que mon salaire mensuel ne s'élevait qu'à quatre-vingt un dollars... »

« ... Lorsque je repense à cette époque, j'éprouve quelque étonnement. Franchement je ne m'en suis pas fait le moins du monde. J'ai considéré ma situation d'alors comme tout à fait naturelle et je n'ai pas même songé combien mon attitude était inhabituelle. J'étais écrivain, j'avais planifié mon travail. Je revenais du bureau à dix-sept heures trente. Mon épouse avait préparé le dîner. Je mangeais. Je m'octroyais ensuite vingt minutes de sieste. Puis je me mettais à rédiger mon tribut de huit cents mots pour une histoire. Cela m'occupait jusqu'à vingt-trois heures. Enfin, j'allais au lit.

« Le samedi, les personnes employées par le gouvernement travaillaient jusqu'à treize heures. C'est ainsi que je pouvais disposer, outre de mes soirées, du samedi après-midi et de toute la journée du dimanche. C'était amplement suffisant. Ce fut dans cet appartement que j'écrivis mon premier roman de SF : *Slan* (*A la poursuite des Slans,* édition disponible : J'ai-Lu), long de quelque soixante-dix mille mots. En fonction du tarif qu'appliquait à l'époque *Astounding Science-Fiction,* j'aurais dû normalement recevoir sept cents dollars, mais John Campbell Jr me donna un petit supplément : on me paya huit cent trente-cinq dollars. »

Publié en feuilleton en quatre parties de septembre à décembre 1940, *A la poursuite des Slans* fut une œuvre qui marqua profondément la science-fiction, et dont elle reste encore, quarante ans plus tard, l'un des grands classiques.

C'est l'histoire de Jommy Cross, un jeune mutant télépathe de neuf ans, un Slan, qui, après la mort de ses parents, doit survivre dans une société où les Slans sont pourchassés et impitoyablement massacrés par les « humains ». Van Vogt dit que son roman s'inspire de *l'Autobiographie d'un grizzly,* d'Ernest Thompson Seton. Et, de même que l'ourson vulnérable devient un dangereux grizzly adulte, de même, Jommy Cross, pourchassé, grandit et devient un être puissant, un Slan adulte, dont l'existence même va bouleverser la situation politique de la planète. Un livre qui prend une résonance toute particulière si l'on considère qu'il fut écrit en 1940, qui comporte par aileurs de très étonnantes et prémonitoires descriptions de l'utilisation de l'énergie atomique, mais qui, surtout, à travers une histoire passionnante et pleine de suspense, a pour véritable sujet l'évolution, la transformation de l'espèce humaine.

Mais, au début de 1941, Van Vogt se trouve réquisitionné pour travailler deux soirées supplémentaires, puis quatre, puis le samedi et enfin le dimanche. « Je cessai d'écrire. Je me rendis compte que je me condamnais. Ainsi quittai-je mon emploi. Je le quittai, par hasard, un mois avant que les employés du ministère ne se trouvent bloqués à leur poste pour la durée de la guerre. »

Quelques mois au Québec, où il écrit notamment *The Weapon Shop,* qui avec *The Seesaw* (*la Balançoire*) formera la base du futur roman *The Weapon-Shops of Isher* (*les Armureries d'Isher,* édition disponible : J'ai-Lu), et également la première nouvelle mettant en scène les Rulls.

Arrêtons-nous quelques instants sur ce cycle des Armureries, qui, conçu, soulignons-le, pendant la Seconde Guerre mondiale (le second roman, *les Fabricants d'armes,* paraîtra en 1943), est peut-être l'une des œuvres qui montrent le plus évidemment les préoccupations politiques de Van Vogt. Car Van Vogt est, aussi, un auteur politique. Mais, loin de nous imposer de rébarbatifs sermons, il fait d'un problème politique le fondement même de son histoire. Schématiquement le thème du cycle est le suivant : 1) le pouvoir corrompt; 2) le problème n'est donc pas tant de remplacer un régime corrompu par un autre qui s'avérera tout aussi corrompu; 3) mais il importe de protéger l'individu contre l'exploitation, contre la guerre, contre les conséquences de cette corruption, contre la violence exercée par l'Etat ou par d'autres individus et donc d'établir un contre-pouvoir qui fournira à chacun le moyen de se défendre et de triompher de l'oppression, sans pour autant risquer de devenir lui-même oppresseur; 4) ce contre-pouvoir ne doit en aucun cas chercher à prendre le pouvoir.

Face à la Maison impériale d'Isher, le contre-pouvoir ce sont les Armureries, au fronton desquelles s'étale la devise : « ÊTRE ARMÉ C'EST ÊTRE LIBRE. » Une devise très « américaine », très « western ». Oui, mais les armes fournies par les Armureries ont une intéressante particularité : elles sont uniquement défensives...

Ce point est important car, comme avec de nombreuses autres idées du même genre, il apporte une dimension spéculative qui manque généralement aux fables politiques que nous présente la science-fiction. Dans leur volonté de convaincre, d'être claires (et peut-être aussi de ne pas forcer l'auteur à mettre en question ses propres conceptions), celles-ci deviennent volontiers simplificatrices. Or la science-fiction de Van Vogt est, au contraire, complificatrice, complexificatrice. Là où d'autres, et le résultat peut fort bien être excellent, cherchent à isoler un problème pour mieux faire ressortir le propos, il tente, à l'inverse, de l'élargir à une dimension proprement cosmique, d'établir un maximum de correspondances, de relations avec d'autres questions, d'autres problèmes, d'autres préoccupations. Optique diamétralement opposée qui permet d'enrichir le récit et qui réclame également une participation plus active de l'imagination du lecteur, et en cela aussi Van Vogt est « politique », mais nous y reviendrons tout à l'heure en abordant le sujet de sa technique d'écriture.

Après donc ce bref séjour québécois, le couple s'installe à Toronto, où il achète une petite maison. Mayne Hull commence elle aussi à publier des nouvelles dans *Unknown* et *Astounding,* et Van Vogt écrit maintenant à plein temps, et ce au sens littéral du terme puisqu'il se consacre à ses nouvelles et ses romans quinze heures par jour, sept jours sur sept. Ce que, d'ailleurs, il continuera à faire jusque vers 1950.

« Ce fut là, à Toronto, raconte van Vogt (78), que je découvris la méthode grâce à laquelle j'avais, sans m'en rendre compte, acquis ma capacité créatrice. Jusqu'à ce moment, j'avais attribué la totalité de mon succès à mon canevas de huit cents mots, élaboré au fil de cinq étapes, et à ma méthode d'écriture, ce que John Gallishaw, le promoteur du canevas de huit cents mots, appelait des *fictional sentences*, des phrases de fiction. » (Pour ce qui est des scènes de huit cents mots, on pourra se reporter à l'article en annexe dans le présent volume, *la Complication dans le récit de science-fiction.*) Mais pour écrire de la science-fiction, Van Vogt a adapté l'enseignement de John Gallishaw, et utilise systématiquement un certain type de phrases qu'il baptise tout naturellement *science-fictional sentences.* Il s'agit en fait d'une phrase qui comporte un manque, une attente, d'une phrase incomplète au niveau du sens et qui réclame une contribution de la part du lecteur, qui pousse celui-ci, comme d'ailleurs son auteur, à s'interroger, à faire travailler son imagination. En quelque sorte des affirmations ou des descriptions qui sont en même temps des questions.

Mais prenons un exemple : les premières lignes du *Monde des A* :

« *Les occupants de chaque étage de l'hôtel devront comme d'habitude constituer leurs propres groupes de protection pendant la durée des jeux...* » Le lieu de l'action est situé : un hôtel. Nous avons donc apparemment à faire à des gens qui sont de passage et, comme nous l'apprend la fin de la phrase, sans doute pour assister ou participer à des « jeux ». Première question qui se pose au lecteur, et à laquelle Van Vogt ne répond pas : qui est l'auteur de ce règlement ou de cet avertissement en italiques? S'agit-il d'une pancarte? D'un message diffusé par haut-parleur? Mais ce n'est pas tout : « ...comme d'habitude constituer leurs propres groupes de protection... » Pourquoi? Contre quoi ou contre qui? Quel danger peut donc menacer les occupants de l'hôtel? « ...leurs *propres* groupes... », ce qui implique qu'il existe d'autres groupes de protection. Et « comme d'habitude... »? N'y a-t-il pas de police ou celle-ci est-elle impuissante? « ... pendant la durée des jeux... » Quels jeux? Pourquoi des groupes de protection pendant la durée des jeux? Ne sont-ils nécessaires qu'à ce moment? Les jeux impliqueraient-ils un danger ou un risque particulier? Etc.

Prenons la phrase suivante :

« Sombre (pourquoi est-il sombre?), Gosseyn regardait à travers la vitre bombée de la fenêtre à l'angle de l'hôtel. (Que regarde-t-il? La réponse nous est apportée par la phrase suivante :) De son observatoire de trente étages, il voyait la ville de la Machine (la ville de la Machine?) s'étendre en dessous de lui. Le jour était lumineux et clair, et l'étendue du champ de vision prodigieuse. A gauche le fleuve bleu foncé pétillait en petites vagues sous le fouet de la brise tardive. Au nord, les collines mordaient durement l'azur infini du ciel. (Description fort classique et rassurante, mais que vient immédiatement compléter la phrase suivante :) C'était là l'horizon visible. »

Comme l'on voit, Van Vogt maintient constamment l'imagination de son lecteur en état d'éveil. Espérant d'ailleurs ainsi faire se développer ses facultés imaginatives. Mais revenons à Toronto...

« ... Sans le savoir, j'avais mis mon subconscient en perce »... « Voilà comment je procédais. Lorsque vous écrivez, comme je le faisais, à raison d'un *cent* pour un mot, et que vous écrivez lentement, que vous devez interrompre votre histoire pendant des heures, voire des jours, que vous avez un loyer à payer, vous devenez angoissé. Puisque les gens qui pensent ne sont pas conscients de leurs émotions, j'avais tendance à m'éveiller spontanément la nuit, en proie à l'angoisse. Je réfléchissais à des canevas d'histoires — c'était la seule chose à laquelle je prenais garde alors. Et ensuite je me replongeais dans le sommeil. Le matin, je trouvais souvent une solution inhabituelle à mes problèmes nocturnes. Toutes mes meilleures intrigues à rebondissements ont été échafaudées de la sorte.

« Ainsi que je l'ai signalé, il me faut longtemps avant que je ne prenne conscience d'un « système » : ce n'est qu'en juillet 1943 que je compris ce qui m'arrivait.

« Cette nuit-là, je pris notre réveil et m'installai dans la chambre d'amis. Je réglai la sonnerie pour une heure et demie plus tard. Lorsqu'elle m'éveilla, je la réglai une nouvelle fois pour une autre heure et demie plus tard, réfléchis à quelques problèmes que me posais l'histoire que j'étais en train d'écrire, et me rendormis. Je fis cela en tout quatre fois au cours de cette nuit-là. Et le matin venu, la solution inhabituelle, l'étrange intrigue à rebondissements, était trouvée. Tout comme lorsque je m'éveillais, en proie à l'angoisse.

« J'avais donc mon système pour accéder à mon subconscient. Pendant les sept années qui suivirent, je m'éveillai, à raison de quatre fois par nuit, quelque trois cents nuits par an. »

Puis, en 1944, les Van Vogt décident de s'installer aux Etats-Unis. Brève hésitation entre New York et Los Angeles. C'est l'hiver, leur choix se porte tout naturellement sur la Californie. Découverte de la sémantique générale avec la lecture de l'ouvrage de Korzybski *Science and Sanity,* dont les idées l'enthousiasment. Il y trouve en effet une systématisation de conceptions qui sont déjà présentes dans son œuvre, Robert Hedrock, le personnage central des *Armureries,* étant déjà à bien des égards un héros non aristotélicien. « La sémantique, explique Van Vogt, traite de la signification des significations, ou de la signification des mots. La sémantique générale traite des rapports du système nerveux humain et du monde extérieur, et par la suite elle englobe la sémantique. Elle constitue une méthode d'intégration pour toute pensée et toute expérience humaine. » Logique rationaliste, la philosophie non A est aussi pour l'individu une forme d'autothérapie et une voie d'accès vers la libération morale. Le moyen d'une meilleure prise de conscience de la réalité. Nul doute que c'est cet aspect qui séduit Van Vogt qui en fait la base de son roman le plus fameux : *The world of null-A* (*le Monde des A,* édition disponible : J'ai-Lu). Un roman touffu, étonnant, plein de rebondissements, bourré d'idées, mais difficile d'accès, auquel on reprocha sa confusion, et qui pourtant devait marquer la science-fiction de manière indélébile. Comme le note Jacques Sadoul dans son *Histoire de la science-fiction moderne* : « On ne résume pas *le Monde des A,* on se laisse emporter par le torrent vanvogtien décrivant les aventures de Gilbert Gosseyn à la recherche de sa propre identité. On ne peut même pas prétendre analyser les intentions de l'auteur emporté lui-même par un sujet embrassant à la fois l'essence de l'homme et celle de l'univers. »

Racontons-en simplement le début. Gilbert Gosseyn a quitté son petit village de Floride pour se rendre dans la capitale et tenter sa chance auprès de la Machine des jeux qui sélectionne des candidats à l'immigration sur Vénus, où s'est enfin réalisé la société idéale, une société de type anarchiste rendue possible par la philosophie non aristotélicienne.

A l'hôtel, il reconnaît un voisin et le salue. Ce simple geste fait basculer son univers quotidien dans une sorte de cauchemar. Il apprend qu'il n'existe aucun Gilbert Gosseyn dans son petit village de Floride, et que sa femme Patricia, décédée un mois plus tôt, n'est pas morte, n'a jamais été mariée, et est de surcroît la fille du président Hardie, qui se trouve à la tête du gouvernement terrestre. Gosseyn doit quitter l'hôtel, mais est quand même admis à consulter la Machine des jeux à laquelle il pose un certain nombre de questions :

« ... On a introduit dans mon esprit certaines notions erronées. Y ont-elles été mises dans un but donné?

— Elles l'ont été.

— Qui les a introduites?

— Il n'y a aucune trace de cela dans votre cerveau. »

Mais Gosseyn n'est pas le seul à s'interroger sur ces souvenirs truqués. Les dirigeants de la Terre, dont le président Hardie, qui s'apprêtent à envahir la Vénus non aristotélicienne, voient avec inquiétude cet individu mystérieux dont l'existence même risque de contrecarrer leurs plans. Ils font prisonnier Gosseyn, s'aperçoivent qu'il est doté d'un mystérieux « cerveau » second. Gosseyn tente de s'échapper, est abattu, et ressuscite dans un nouveau corps, point par point identique au premier...

Quand on lit une œuvre aussi riche, aussi foisonnante d'invention, qui devait rencontrer de la part des lecteurs un accueil aussi enthousiaste, on a peine à imaginer que Van Vogt est sur le point de traverser une période difficile sur le plan de la création. C'est pourtant le cas. Souffrant plus que jamais de sa vue, il avait essayé la méthode Bates que préconisait, entre autres, Aldous Huxley et qui se fondait sur l'idée que la mauvaise vision avait avant tout des causes psychologiques.

En 1946, à l'occasion de la Quatrième Convention Mondiale de Science-Fiction, il témoigne sur cette expérience : « J'ai retiré mes lunettes et j'ai commencé la longue ascension, le long combat qu'était l'entraînement visant à retrouver une vue normale. Cela eut un effet profond sur mon cerveau. Je ne pouvais plus écrire facilement. En fait, je ne pouvais plus rien écrire de vendable. Mais j'étais déterminé à me battre quel que puisse en être le coût. » Il profite donc de ce répit forcé pour s'entraîner dans d'autres domaines. Notamment pour apprendre à taper à la machine, car, « une autre mauvaise habitude », il tapait seulement avec deux doigts. « Mais ce que j'écrivais ne s'est pas amélioré pour autant. Pendant les sept mois suivants, je n'ai pas produit une seule histoire qui, telle quelle, vaille quoi que ce soit. »

Mais, juste avant Noël 1945, il retrouve l'inspiration et écrit *A Son is Born,* la première nouvelle du cycle de Linn qui sera plus tard intégrée au roman *Empire of the Atom* (*l'Empire de l'atome*, édition disponible : J'ai-Lu), et qui nous fait découvrir une société future inspirée à la fois de l'empire romain et de la Renaissance italienne, où l'on adore l'atome et où les scientifiques sont devenus des « prêtres ».

Puis de l'expérience Bates, qui s'est pour lui révélée un échec, il tirera l'idée d'un court roman, *Siege of the Unseen* (*A l'assaut de l'invisible*, édition disponible : Presses Pocket) qui paraîtra en octobre 1946 et dans lequel on trouvera des phrases aussi allégoriques et significatives que : « J'ai réussi à débarrasser mes yeux droit et gauche de leur astigmatisme, mais mon œil central reste astigmate, au point qu'il en est parfois presque aveugle. »

Cette référence à une cécité du « troisième œil » est pour le moins frappante. Et l'on ne peut que s'interroger avec Van Vogt sur les liens étranges qu'entretiennent et tissent chez lui, au niveau de l'inconscient, depuis son enfance, « vision » et « visions », mauvaise vue et génie visionnaire.

Pour un écrivain, un « blocage », même en faisant abstraction de ses conséquences purement économiques, est toujours quelque chose d'extrêmement difficile à supporter, de dramatique. Plus peut-être encore pour Van Vogt qui se considère avant tout, nous l'avons vu, comme un « technicien », un « professionnel » de la littérature, qui voit tout sous l'angle du travail, et de l'utilisation d'un certain nombre de principes, de techniques. Et qui donc ne vit sans doute pas la chose comme une fuite de l'inspiration, mais plutôt comme une véritable désagrégation de ses facultés intellectuelles et créatrices.

Et, bien qu'il se soit remis à écrire et des œuvres aussi fortes que *A l'assaut de l'invisible*, *Cinémathèque* (dans le présent recueil), *Résurrection* et bientôt *The Players of A* (*les Joueurs du A*, édition disponible : J'ai-Lu), ce passage à vide le pousse à se poser des questions. Il cherche à l'expliquer, à le rationaliser, peut-être à justifier par avance un nouveau blocage qu'il redoute.

« A un moment, vers le milieu des années quarante, explique Van Vogt (78), je constatai que cela faisait longtemps que je n'avais plus lu mon auteur favori, Abraham Merritt » ... « Et le temps que cela décante, je me mis à réfléchir. Alors je remarquai une chose » ... « Il vient un moment où un écrivain passe de mode.

« Et je conclus que cela se produisait au terme d'un cycle de dix ans. Lors des dix premières années de sa carrière, l'écrivain s'intègre. Il reste fidèle à lui-même. Il reflète l'état d'esprit de cette période de dix ans. » ... « Il pense sur la même longueur d'onde que les gens avec lesquels il grandit. Son mode de pensée s'identifie à celui de sa génération. »

« Au terme du cycle de dix ans, tous les artistes, et les écrivains en particulier, devraient se tenir sur leurs gardes. Une nouvelle génération les talonne. Elle découvre l'écrivain vers la fin de son adolescence et elle trouve que son style a vieilli. »

Allusion à l'article que Damon Knight, alors un jeune fan, avait écrit en 1945 sur *le Monde des A*, et dont l'attaque, si l'on regarde de plus près, porte essentiellement sur des problèmes de style. (Une traduction en français de cet article est parue dans le numéro 102 de la revue *Fiction*, mais il faut aussi, surtout, lire dans les numéros 103, 104 et 105 la brillante réfutation qu'en fit Jacques Goimard et qui est sans doute l'étude la plus pertinente sur ce roman essentiel.)

« Que faire? » demande Van Vogt. « Comment prévenir ce phénomène pour qu'il ne m'affecte pas? En 1947, dans un premier temps, je m'esseyai à la rédation d'un ouvrage traitant de l'hypnotisme à l'usage d'un psychologue. » ... « Afin d'écrire cet ouvrage, j'accompagnai le psychologue à des leçons qu'il donna et à des démonstrations qu'il fit. J'assistais à ses cours pour docteurs en médecine, lesquels songeaient à l'époque à utiliser l'hypnotisme lors des accouchements. » Dès lors, Van Vogt se passionne pour la psychologie.

« J'avais lu plus de cent livres traitant de psychologie. Et j'étais perdu car il y avait tellement d'écoles différentes qui prônaient des idées contradictoires. »

Or, l'une de ses relations, l'auteur de science-fiction Ron Hubbard, publie dans le numéro de mai 1950 un article intitulé *Dianetics, the Evolution of a Science,* qui exposait une théorie, fondée sur les expériences personnelles de Hubbard pour le traitement des maladies psychosomatiques. L'article fait un grand bruit dans les milieux de la science-fiction. John Campbell lui-même devient un fervent avocat de la dianétique. De la théorie on passe à la pratique.

Le sujet bien sûr ne pouvait qu'intéresser Van Vogt, d'autant que lui, qui s'était toujours efforcé d'accroître sa production, éprouvait une vive admiration pour son productif collègue. « Pendant sa carrière d'écrivain, précise-t-il dans son autobiographie, Hubbard était un homme qui pondait 900 000 mots par an (soit la valeur de douze ou quinze romans), du moins c'est ce qu'il m'a dit. » Notons au passage, le côté très non-A du commentaire de Van Vogt...

D'autre part, celui qui deviendra plus tard le fondateur de l'Eglise de Scientologie ne pouvait pas ne pas chercher à convaincre Van Vogt, alors l'auteur de science-fiction le plus populaire auprès des lecteurs américains, de participer à son entreprise.

Et... « Au début de 1950, je commençais à recevoir des coups de téléphone de Ron Hubbard que j'avais rencontré pour la première fois en 1945. Des appels à longue distance en provenance du New Jersey. Il m'appelait du New Jersey tous les matins, et me parlait pendant une heure en essayant de m'intéresser à la dianétique qu'il venait juste de lancer.

« Je lui disais : " Non, je suis écrivain. Et je ne m'intéresse à rien d'autre. Ecrivain, un point c'est tout. "

« Or, de manière assez surprenante, des gens se sont mis à m'envoyer de l'argent. J'imagine que Hubbard avait écrit à des gens qui demandaient des renseignements et leur avait dit de me contacter. Quoi qu'il en soit je recevais chaque jour pour cent dollars et plus de chèques pour un cours de dianétique qui n'était encore nulle part en vue. En tout, j'ai dû recevoir environ cinq mille dollars, et cela se passait au même moment que tous ces coups de téléphone de Hubbard.

« Le téléphone sonnait à sept heures du matin, et je savais qui c'était. Et, à huit heures dix, il raccrochait : pendant tout ce temps il parlait sans arrêt.

« Et il finissait par dire : " Bon, eh bien maintenant il faut que j'y aille. Je dois donner un cours. "

« Finalement, le dix-septième ou le dix-huitième jour, si je me souviens, mon obstination a été brisée. Ce genre d'appel à longue distance était tout à fait en dehors de ma réalité. Je ne pouvais absolument pas comprendre que, compte tenu du tarif de tels appels, quelqu'un téléphone aussi souvent et pendant aussi longtemps. Il fallait que je mette fin à cela, alors je me suis mis d'accord avec lui et c'est comme cela que je me suis occupé de dianétique. »

Trois jours plus tard, il reçoit une lettre par avion le nommant à la tête de la Fondation californienne de Dianétique. Et considère cette nouvelle activité comme une « expérience » qui lui permettra de mieux étudier le « comportement humain ».

« Ces premières organisations de dianétique durèrent moins d'un an. J'étais chargé de l'intéressante mission consistant à voir un million de dollars se réduire à néant. Dans tout le pays, les Hubbard Dianetics Fondations de cette époque tombèrent en faillite. Je ne tenais pas à être impliqué dans une faillite. C'est ainsi que le conseiller juridique de la Fondation et moi-même allâmes trouver tous les créditeurs. Ces derniers se contentèrent de récupérer leur part de l'actif subsistant. De sorte que la Fondation californienne de Dianétique fut la seule à ne pas tomber en faillite. »

« Et, ajoute Van Vogt (78), plusieurs mois après le partage final, je travaillais avec l'illusion que j'avais à présent réalisé mon étude sur le comportement humain. Je me remis alors à écrire. »

Mais ce retour à la littérature sera bref. Une nouvelle : *Accomplissement*. Car Edna Mayne Hull lui fait remarquer que le fait de s'être occupé de problèmes administratifs n'était pas à proprement parler une « étude sur le comportement humain ». Par ailleurs, « Mayne croyait que le recours à la dianétique avait prolongé sa vie. » Depuis plusieurs années, elle avait dû subir une opération chirurgicale tous les deux ans. « Or, subitement ce ne fut plus nécessaire. De sorte qu'elle souhaitait poursuivre le traitement par la dianétique. »

Et, de fil en aiguille, Mayne Hull et Van Vogt, qui tient à envisager ses activités dans ce domaine de manière « professionnelle », en viendront à donner de véritables consultations, et font de leur appartement un Centre de dianétique.

Au départ, Van Vogt pense se consacrer à cette étude pendant une période de trois ans. Mais ce qui ne devait durer que trois ans, en dura douze. Et, de 1950 à 1962, il n'écrit qu'un seul nouveau roman de science-fiction, *The Mind Cage* (*la Cité du Grand Juge,* Présence du Futur, Denoël) et réunit en volume, les retravaillant pour en faire un roman, les nouvelles de *la Guerre contre le Rull.*

La Cité du Grand Juge est bâti sur l'idée d'un transfert de personnalité, reprenant en cela l'argument de la nouvelle de 1948, *le Grand Juge* (in *Au-delà du néant,* édition disponible : Presses Pocket). Wade Trask, brillant physicien de l'après-guerre atomique, et inventeur du transfert de la personnalité, est condamné à mort par le Grand Juge pour menées subversives contre le Régime. Mais il réussit à échanger son corps avec celui de David Marin, chef militaire et conseiller du Grand Juge. Prisonnier du corps de Trask, ne disposant que d'une semaine avant l'exécution, David Marin devra, pour résoudre les multiples problèmes auxquels il se trouve confronté, se déguiser en... David Marin.

Pour Van Vogt, ce nouveau roman est avant tout

une expérience : « C'était un moyen de faire consciemment ce que j'avais fait inconsciemment pendant plusieurs années, quand j'ai écrit toutes ces histoires de surhomme. J'avais pris conscience de toutes ces choses que j'avais faites et qui tiraient plus ou moins du côté de la paranoïa et de la schizophrénie. » Il inscrit « en clair » les symboles psychanalytiques. Le Grand Juge n'est pas simplement une figure de père. C'est aussi celui de son héros. Il pratique la dé-sublimation. David Marin n'est pas un surhomme mais un homme qui a son harem. Et il finit par épouser sa sœur, qui en fait n'est pas vraiment sa sœur (ici il convient peut-être de préciser que la sœur de Van Vogt et sa femme portait le même prénom : Edna, détail que tout bon psychanalyste ne manquera pas de trouver significatif).

« Mais cette approche consciente comporte des dangers », note Van Vogt qui raconte l'anecdote suivante :

« Je me souviens, il y a quelques années, avoir discuté avec un peintre. Un éminent professeur d'arts plastiques lui avait dit : « La manière dont vous avez appris à peindre est mauvaise. Il faut que vous repartiez de zéro et que vous réappreniez à peindre selon une autre méthode.

« Ce nouvel apprentissage fut pour lui une telle agonie qu'il en est arrivé à un point où il ne pouvait plus peindre du tout. Et pourtant, finalement, il a appris à maîtriser cette nouvelle manière de peindre.

« J'ai regardé ses nouvelles peintures et je me suis dit : « Oui, bon, je ne sais pas si ça valait la peine qu'il change de manière... »

« C'est là le genre de regard que nous jetons sur les angoisses spirituelles des autres. Mais, en fait cela lui rapporta plus d'estime et plus de succès qu'il n'en avait jamais eu. Et ce qu'il a fait, c'est un peu ce que je faisais : détruire mes capacités d'écrire, consciemment. C'était dangereux, mais j'espérais me retrouver sain et sauf de l'autre côté. »

Volonté donc de briser cet automatisme qui conduit

de nombreux écrivains à se répéter, qui les mène à une impasse en les empêchant de progresser. Mais, surtout, ce suicide littéraire de Van Vogt I pour permettre l'apparition d'un Van Vogt II en pleine possession de ses moyens et de ses pouvoirs ne vous rappellent-ils pas quelque chose?

Oui, quête d'identité, volonté de se comprendre soi-même, d'agir rationnellement, ou plutôt de trouver un juste équilibre entre émotion et raison, entre « cortex » et « thalamus », le but vers lequel tend Van Vogt n'est en fin de compte pas si différent de celui que poursuit Gilbert Gosseyn. D'autant qu'à y bien regarder on peut, aussi, faire du *Monde des A* une lecture « psychologique ». Gosseyn, manipulé, ballotté dans le noir, y figurerait le conscient, et le manipulateur, qui n'est autre que lui-même, le subconscient. Par ailleurs, le nom de Gosseyn est un jeu de mots. Gosseyn = go sane (celui qui *devient* sain d'esprit, par opposition à « go mad » = devenir fou).

Et, puisque, à ce moment de sa vie, Van Vogt essaie de faire le point sur sa carrière, essaie d'analyser cette série de rêves étonnants que constitue son œuvre, de la décrypter en quelque sorte, essayons nous aussi d'y voir plus clair sur les grands thèmes qui s'y expriment et notamment sur ce thème du surhomme. Un thème lourd d'ambiguïtés, aux connotations politiquement « chargées », entretenant des rapports troubles avec le fascisme, le nazisme, le racisme. Un thème vis-à-vis duquel Van Vogt, comme parfois ses personnages, ressent un certain malaise, comme un sentiment de culpabilité, de mauvaise conscience.

« Il éprouva un sentiment de répulsion envers lui-même, l'horreur d'avoir nourri de mauvaises pensées. Comment lui, Peter Holroyd, citoyen américain, pouvait-il songer à posséder tout un monde — c'était tout à la fois un non-sens et une hérésie antidémocratique! Mais pouvait-il songer l'emporter sur la puissance élémentale de ce Ptath qui était en lui et qui avait de telles aspirations? » (*Livre de Ptath*, chap. VII.)

Pourtant ce surhomme vanvogtien n'est pas, si j'ose dire, un surhomme « courant ». C'est un surhomme d'un type très particulier. Surhomme naissant, surhomme en formation, très souvent manipulé par des forces qui le dépassent, un surhomme dont la supériorité ne suppose pas l'existence d'un « inférieur », mais plutôt d'un « antérieur » définissant ainsi un processus de transformation, d'amélioration, d'adaptation et non pas une différence de nature ou de race. Les Slans ne sont pas tant une race « supérieure » que le résultat d'une évolution de l'humanité, une humanité qui s'est elle-même transformée. Chez Van Vogt on n'est pas tant surhomme qu'on le devient. Que ce soit par hasard, par nécessité ou (et) à force de travail. Un surhomme aussi, et la chose a souvent été soulignée [1], qui présente de multiples ressemblances avec la figure du Christ. Sauveur, il est toujours l'accusé, c'est aussi une victime en proie au doute. Ajoutons que son objectif est généralement de faire profiter l'ensemble de l'humanité de cette amélioration, qu'il s'agisse de l'immortalité ou d'une technique permettant une meilleure appréciation de la réalité. Le héros vanvogtien apparaît donc, dans une certaine mesure, comme la personnification de l'humanité dans son ensemble et de sa nécessaire évolution. Evolution nécessaire parce que condition même de sa survie.

Car l'espèce humaine va au désastre. Le prologue à l'histoire que nous raconte Van Vogt est très souvent une guerre nucléaire ou une catastrophe et, comme le note le héros des *Armureries d'Isher,* « nous ne voulons pas connaître de nouveaux bains de sang ». La société est source de traumatismes. « Ce qui s'est passé, semble-t-il, n'a été qu'une réaction contre les intolérables pressions qui conduisaient les hommes droit à la folie, car ni leur esprit ni leur organisme n'étaient capables de supporter la civilisation moderne » (*A la poursuite des Slans*). L'humanité se heurte à l'absurde, à la violence, dans un univers hostile et souvent incom-

1. Notamment dans l'article de G. Barlow.

préhensible. Comme Gosseyn, elle est dans le noir, ne sait que faire, cherche en vain une explication à sa présence sur Terre, n'a ni but ni plan pour s'en sortir, et se contente de se mouvoir dans une obscurité totale.

Univers de violence où l'individu, fût-il surhomme, est seul et désemparé, où les péripéties mêmes de l'action traduisent l'inextricable toile d'araignée dans laquelle est prise l'espèce humaine. Une toile d'araignée qu'elle a peut-être elle-même tissée pour se rendre au piège et s'autodévorer.

Pour se sauver, une seule issue : comprendre, se comprendre soi-même. Trouver les sources de cette violence, ses causes profondes, pour lui faire échec.

Van Vogt avance deux hypothèses principales : coupure avec l'autre, coupure avec la réalité. La violence, le plus souvent, a son origine dans un problème lié à la communication (comme ceux qui, dans *la Guerre contre le Rull,* opposent d'abord les hommes et les Ezwal, puis les hommes et les Rulls, le conflit prenant fin, dans les deux cas, lorsque s'établit une communication d'individu à individu). Mais souvent aussi la violence a pour cause des « traumatismes », ou un conditionnement, qui poussent les personnages à agir en fonction non pas de la réalité, mais d'une représentation erronée de cette réalité. Traumatismes, violence engendrée par la violence, Van Vogt est tout sauf manichéen. L'ennemi n'est jamais le mal absolu, le mal triomphant. Il vit dans le même univers, et souffre lui aussi. « Zorl rôdait inlassablement. La nuit noire, sans lune et presque sans étoiles, cédait comme à regret sa place à une aube rougeâtre et désolée qui se levait à la gauche de Zorl. Pour le moment, la lumière naissante était pâle et n'annonçait aucune chaleur. Elle dévoilait en s'étalant un paysage de cauchemar » (*la Faune de l'Espace,* chap. I). Van Vogt excelle à nous montrer le point de vue du « monstre », à nous faire voir l'action par ses yeux, mettant ainsi en évidence les différences de perception de la réalité et accentuant l'absurde de la violence.

Pas de violence-gadget chez Van Vogt, mais une violence où l'on sent toujours la présence de la souffrance et de la mort. Violence d'Etat, celle de la dictature et du totalitarisme, violence de l'individu envers d'autres individus, de l'individu envers lui-même, violence de l'homme envers les animaux. « Il y eut un animal puissant, long, mince avec des sabots gris qui se rendit compte de sa capture après une tentative désespérée. Il s'assit et se mit à pleurer. Enro le Rouge lui-même lui tira une balle dans l'œil » (*le Monde des A*, p. 238). Violence de la mort enfin. L'ennemi ultime et l'ultime absurdité.

Et c'est là la première victoire du surhomme vanvogtien : une victoire sur la mort. Victoire limitée des Slans dont la longévité est plus grande que celle de l'*homo sapiens,* mais surtout l'immortalité, une immortalité qui n'est pas tant un but en soi qu'un moyen. Sans l'immortalité, Hedrock ne pourrait mener à bien la mission qu'il s'est donnée, sans elle Gosseyn ne pourrait démêler l'écheveau de sa propre identité. Mais cette immortalité est transformation perpétuelle, naissance, constant renouvellement. Ce n'est pas une immortalité figée qui serait dans sa permanence un autre visage de la mort. Une première étape en somme, nécessaire mais non suffisante, de la transformation de l'homme et de l'humanité.

Prolongement de cette réflexion sur son œuvre antérieure? Volonté de toucher un nouveau public? Vers la même période, Van Vogt fait une nouvelle expérience sur le plan littéraire. Il écrit *The Violent Man,* un roman dont l'action se situe de nos jours (1960) en Chine populaire. Un énorme travail de documentation et une nouvelle approche. Au thème du surhomme succède celui du *violent man* et du rapport entre les sexes. Le fait qu'il ne s'agisse pas de science-fiction est-il pour Van Vogt une « sécurité » contre le fait de se laisser aller à un certain automatisme? Mais, résumons brièvement l'argument d'*Une belle brute.*

Un groupe de prisonniers de différentes nationalités

servent de cobayes à une expérience de lavage de cerveau. Jouissant d'une liberté toute relative, ils sont mis en demeure de se transformer eux-mêmes pour devenir des communistes sincères. Ceux qui échoueront seront exécutés.

Ruxton, le personnage principal, réussira finalement à s'échapper. Et ce, parce que, soumis à des pressions psychologiques multiples venant aussi bien du directeur-expérimentateur du camp que de ses codétenus, il finira par mieux se comprendre lui-même et par déterminer les principales caractéristiques de cet « homme violent », type auquel appartient, tout comme lui, le directeur du camp. Ce faisant, il détient un avantage considérable sur celui-ci qui ignore les ressorts psychologiques qui le font agir. C'est en jouant sur ces ressorts que Ruxton parviendra à retrouver la liberté. Le roman se termine sur ces lignes : « Avec l'expérience qu'il venait de vivre, il avait conquis et compris toute la confusion du vingtième siècle. C'était une époque dynamique, pleine de changements. Mais il serait capable de la vivre à fond, de prendre ce que chaque moment lui accorderait. »

Comme l'on voit, cette histoire présente de multiples points communs avec les œuvres antérieures de Van Vogt. Thème de la violence, bien sûr, mais aussi cette idée centrale de l'autotransformation et la solution que trouve Ruxton en « se comprenant lui-même ». Le personnage même du héros, enfin, qui parle un très grand nombre de langues et présente un certain nombre d'autres caractéristiques qui en font un presque-surhomme. Il expérimente, sa démarche est méthodique et il se trouve dans une situation très vanvogtienne : « dans le noir », face à l'arbitraire, opposé à des personnages dont il ne comprend pas les motivations, sujet d'une expérience dont le but véritable comme la procédure restent pour lui mystérieux et incompréhensibles.

Pourtant l'auteur ne nous le présente pas sous un jour sympathique : il est trop sûr de lui, égoïste, manque de sensibilité. Pour schématiser, il a une présence indéniable mais c'est un salaud, « une belle brute ». Il ne représente pas l'humanité dans son ensemble, mais seulement un certain type d'individu.

Certes, Van Vogt nous avait déjà présenté des personnages similaires, notamment, il est intéressant de le noter, dans son seul western *Ride in Killer,* mais le plus souvent la peinture du personnage était secondaire par rapport à l'intrigue. Ici les deux sont intimement liés et l'on pourrait presque dire que l'intrigue ne sert que de prétexte à un exposé sur la psychologie des personnages. Et le changement d'optique est évident. Aux vastes panoramiques, aux larges plans d'ensemble, se substituent maintenant des gros plans. Les somptueux décors s'effacent pour laisser le personnage sans maquillage devant un mur nu, un personnage en qui il voit le prototype de ceux qui font l'Histoire.

La préoccupation de Van Vogt reste la même. C'est toujours la même interrogation devant l'absurde de la violence. Mais désormais l'approche est différente, c'est celle d'un psychiatre. Elle devient description clinique du « comportement violent », presque comme si Van Vogt s'attachait à isoler le germe, ou le gène, de la violence.

Puis, à l'instigation de Frederik Pohl, alors rédacteur en chef de *If* et de *Galaxy,* qui espère lui arracher une suite à *la Faune de l'Espace,* Van Vogt se remet à écrire de la science-fiction. Un retour apparemment timide avec deux nouvelles en 1963 : *Itself! (Sézigue)* et *The Expendables* (traduit sous le titre *les Sacrifiés* dans le premier numéro de notre *Galaxie,* nouvelle série), une nouvelle en 1964, deux en 1965, dont une écrite en collaboration, et un roman bâti à partir de nouvelles anciennes : *Rogue Ship (Pour une autre Terre).* Ce nouveau « rodage », cette période où Van Vogt expérimente de nouvelles techniques, tout en conservant de multiples activités extra-littéraires, se poursuit jusqu'en 1969, époque à laquelle il met au point une nouvelle technique qui lui permet d'écrire davantage, si bien qu'il travaille désormais de front sur six romans. Les cinq premiers seront : *Quête sans fin, la Bataille de l'éternité, Ténèbres sur Diamondia, les Enfants de demain,* et *les Galactiques secrets.* Le sixième, qu'il vient de terminer (fin 1978), *Indian Summer of a Pair of Spectacles (l'Eté indien d'une paire de lunettes)* est paru en mai 1979 aux Etats-Unis sous le titre *Renaissance* et devrait paraître en France début 1980.

Suivront, *Invasion galactique, l'Homme multiple, les Lendemains qui scintillent, le Colosse anarchique,* plusieurs recueils de nouvelles inédites, un essai sur les fondements psychologiques de la réussite financière, *The Money Personnality,* et un essai autobiographique, *Reflections of A. E. Van Vogt.*

Bien que leurs sujets soient très divers, mais Van Vogt depuis le début de sa carrière est sans doute l'auteur dont les romans sont les moins « superposables », toutes ces œuvres de Van Vogt II ont une tonalité commune. On y reconnaît l'auteur d'*Une belle brute* et les personnages principaux des *Enfants de demain* et des *Galactiques secrets* ressemblent comme des frères à Ruxton. Ce sont à l'évidence des « hommes violents ». De plus, la psychologie des personnages reste le ressort essentiel de l'intrigue. Van Vogt se fait observateur de ces geôliers prisonniers de leurs œillères et semble comme fasciné par leur aveuglement. Depuis qu'il les a rencontrés, depuis que, pendant les douze ans qu'a duré son « étude du comportement humain », il a décelé leur présence encore et encore derrière les problèmes psychologiques de ceux qui venaient le consulter, ce type de « héros » hante son œuvre. Ne faudrait-il pas aussi y voir le signe d'une certaine méfiance vis-à-vis de ses personnages de surhommes des années 1940-1950? Significatif à cet égard est *la Quête sans fin,* roman en partie constitué de nouvelles anciennes et dont le héros est prêt à tout et n'importe quoi pour obtenir l'immortalité...

Le Van Vogt des années soixante-dix est devenu plus

pessimiste, moins confiant en l'homme. Il doute maintenant de cette transformation qu'il appelait de ses vœux. Là où les araignées des *Fabricants d'armes* laissaient le champ libre à l'humanité et concluaient : « Voici la race qui va régner sur le sevagram », les extra-terrestres des *Galactiques secrets* renoncent temporairement à conquérir la Terre, la psychologie féminine demeurant pour eux une énigme inexplicable, ainsi qu'ils l'expliquent dans l'un de leurs rapports : « Tout le monde s'accorde à le reconnaître : il faut avoir connu des Terriennes pour le croire. Il ne semble pas y avoir, dans l'univers entier, de femelle aussi complexe et aussi imprévisible. Chez les humains, les femmes constituent un mystère pour les hommes depuis la préhistoire.

« Il est bon de noter que ces Terriennes ont évolué dans l'environnement particulièrement rude qui leur était assuré par leurs hommes. A première vue, les mâles humains semblent raisonnables, bienveillants, accommodants et dotés de nombreuses et intéressantes vertus. Mais les femmes ont constaté en réalité que certains d'entre eux avaient des préjugés, une attitude négative et restreignante, outre la ferme résolution de conserver un contrôle absolu sur toutes choses. »

Et là où Van Vogt faisait confiance à la philosophie non A et à la transformation de l'homme par lui-même pour créer une société idéale, aujourd'hui, abordant le même thème dans *le Colosse anarchique,* il l'envisage de manière fort différente. L'idéal d'une société anarchiste reste le même, mais les moyens d'y parvenir sont tout autres. Ainsi qu'il l'annonce dans son introduction : « Dans ce roman, j'ai pris pour base que la nature même de l'humanité, et particulièrement celle de l'homme, comme on l'a observé depuis bien longtemps, ne tend pas à s'améliorer. Ainsi, ma question n'était pas : quel degré de perfection pouvons-nous espérer à partir des agissements humains? Mais plutôt : quelle sorte de technologie serait nécessaire pour maintenir un système d'anarchisme en tenant compte de la conduite déplorable du genre humain? Pas de gouvernement. Pas de police. Personne ne s'occupant de quoi que ce soit. Toutes les tâches seraient, évidemment, automatiques.

« Bien sûr — direz-vous — ... La conduite humaine est incorrigible dans son éternelle folie dangereuse.

« Je suis entièrement d'accord. C'est exactement ce que j'ai dit. A présent, comment pouvons-nous avoir une société anarchiste en dépit de cette folie? »

Oui, répond le roman. Et les envahisseurs qui croyaient l'homme anarchiste incapable de défendre sa planète seront séduits par cette société idéale. Par ailleurs, le pessimisme de Van Vogt quant à la « folie » de l'espèce humaine n'est pas total : l'illogisme même du comportement humain s'avère en fin de compte facteur de survie. Et l'auteur du *Colosse anarchique,* parlant de ses personnages, conclut : « Tous... étaient la preuve vivante que la colossale complexité anarchique connue sous le nom de cerveau humain pouvait s'adapter à n'importe quel système et en fin de compte survivre où que ce soit.

« Parce que quelque part dans le cerveau humain, derrière toutes ces étincelantes perceptions réside un petit centre de conscience, quasi divine, s'efforçant constamment d'en faire fonctionner toute la folie.

« Et y réussissant. Suffisamment. »

« En faire fonctionner toute la folie. » Une formule clef, qu'il est tentant d'appliquer, en guise de conclusion, à Van Vogt, à son œuvre et à ce qu'il faut bien appeler sa « quête ». Car qu'est-ce donc que cette constante recherche d'un équilibre entre raison et émotion, entre esprit méthodique et envolées visionnaires, entre sciences et fictions, entre l'humain et le surhumain, entre le self-made man et le prophète? Qu'est-ce donc que cette volonté d'autotransformation grâce à de nouveaux systèmes, ou que ces techniques pour « mettre en perce son subconscient », si ce n'est justement cela : une tentative pour faire *fonctionner* toute sa *folie,* toute cette *folie* qui est nôtre.

La faire fonctionner. Non pas l'ignorer, la nier ni la renier, mais plutôt la comprendre, l'apprivoiser.

Car cette folie, c'est aussi, entre autres, notre imagination.

Un trésor est caché dedans.

LE FANTÔME

*Ecrite pour la revue sœur d'*Astounding, Unknown, *où elle fut publiée en 1942, cette nouvelle constitue l'une des rares incursions de Van Vogt dans le domaine du fantastique.*

Prenant pour point de départ l'un des thèmes les plus classiques du genre, ce qui aurait pu n'être qu'un texte « alimentaire » ou un simple exercice de style se transforme progressivement en un récit (de science-fiction?) des plus personnels. Changement de perspective, références aux théories de J.W. Dunne, attitude et démarche intellectuelle du personnage principal : le Fantôme *est une œuvre typiquement van vogtienne.*

« Cinq kilomètres », pensa Kent. « Il y a cinq kilomètres de la petite ville de Kempster, située sur la ligne principale, au village d'Agano qui n'est pas desservi par le chemin de fer. » Cela, du moins, il se le rappelait.

Il se rappelait aussi la colline, ainsi que la forme située en contrebas. Seulement, la dernière fois qu'il l'avait vue, celle-ci n'était pas abandonnée.

Il regardait tout autour de lui tandis que la voiture de l'hôtel descendait la colline. Les bâtiments qui se détachaient sur le fond sombre du paysage avaient un aspect étrangement morne. Toutes les fenêtres de la ferme étaient condamnées, et de larges planches avaient été clouées en travers de la porte de la grange.

La cour n'était plus qu'un lieu désert, envahi par les mauvaises herbes; et — Kent ressenti à cette vue un choc bizarre — le vieillard de haute taille et plein de dignité qui surgit brusquement de derrière la maison semblait aussi peu à sa place dans cette cour à l'abandon que... que la vie même.

Kent perçut le mouvement du chauffeur qui se penchait vers lui et, par-dessus les pétarades du vieux moteur, il l'entendit marmonner :

— Je me demandais si nous verrions le fantôme en passant; et, justement, le voilà qui fait sa promenade matinale!

— Le fantôme! répéta Kent en écho.

Ce fut comme s'il avait prononcé le mot clé. Le soleil, jaillissant brusquement derrière une rangée de nuages noirs, inonda la vallée de sa chaude lumière, illuminant les vieux bâtiments sombres, apportant des changements dans le paysage. Sous son vif éclat, la ferme grisâtre prit une couleur d'un vert fané.

Le vieillard se dirigea lentement vers la grille menant à la grand-route. De près, il paraissait encore plus grand et plus maigre : on aurait dit la caricature décharnée d'un être humain, dont l'ample redingote noire luisait au soleil.

Kent retrouva sa voix pour dire :

— Un fantôme! Mais voyons, c'est le vieux Mr. Wainwright! Il ne semble pas avoir vieilli d'un seul jour depuis que j'ai quitté cette région du monde, il y a quinze ans!

La vieille voiture à l'avant carré s'arrêta dans un grincement sinistre devant la grille de la ferme. Le chauffeur se tourna vers Kent, et celui-ci fut frappé de l'expression à la fois suffisante et réjouie qu'il lut sur son visage.

— Vous voyez cette grille? demanda l'homme. Pas la grande : la petite. Elle est fermée au cadenas, n'est-ce pas?

— Oui, répondit Kent. Et alors?

— Regardez!

Debout à moins d'un mètre de lui, le vieillard manœuvrait maladroitement la grille. Kent avait un peu l'impression d'assister à une pantomime car, sans s'occuper du cadenas, le patriarche tâtonnait d'un geste indécis, comme s'il cherchait un système de fermeture plus simple.

Brusquement, il se redressa et poussa la grille. Kent n'éprouva aucune impression d'étrangeté car, sans y réfléchir davantage, il pensait que la grille allait s'ouvrir et que c'était une bizarrerie de ce mode d'ouverture que le chauffeur avait signalée à son attention.

Mais la grille ne s'ouvrit pas. Elle ne bougea même pas, et ses gonds rouillés ne firent pas entendre le moindre grincement. Elle resta inébranlable, maintenue fermée par le solide cadenas.

Le vieillard la traversa.

Il la traversa! Puis il se retourna, parut pousser quelque invisible partie de la grille et, de nouveau, resta debout devant elle comme s'il manœuvrait quelque loquet caché.

Enfin, apparemment satisfait, il fit face à la voiture et, pour la première fois, remarqua la présence de ses occupants. Son long visage creusé de fines rides s'éclaira et il s'écria :

— Hé là-bas! Bonjour!...

Kent ne s'attendait pas à l'entendre parler, et les mots le frappèrent comme un coup de poing. Un long frisson le parcourut et, dans son esprit, se produisit un bizarre tourbillon qui anéantit momentanément toute pensée cohérente. Il se laissa retomber contre le dossier de son siège presque sans en avoir conscience, car ses muscles se refusaient à tout effort.

« Un fantôme! » pensa-t-il enfin, tout étourdi. « Juste ciel! Qu'est-ce qui se passe donc ici? »

Autour de lui, les choses commencèrent à se remettre d'aplomb. Le paysage et l'horizon parurent se redresser; de nouveau, il y eut la ferme et la grange, formant un décor presque incolore et entièrement dénué de vie à ce très vieil homme et à la grille magique à travers laquelle il venait de passer.

— Bonjour! murmura Kent d'une voix tremblante.

Le vieillard s'approcha de lui, le regarda attentivement, et une expression de surprise passa sur son visage.

— Mais c'est Mr. Kent, dit-il. Je croyais que vous aviez quitté l'Hôtel Agan.

— Euh... marmonna Kent.

Du coin de l'œil, il vit le chauffeur faire un geste de la main et l'entendit murmurer précipitamment :

— N'ayez pas l'air surpris de ce que raconte le fantôme : ça le trouble.

Le fantôme! Encore! Kent avala sa salive.

« Suis-je devenu fou? se demanda-t-il. La dernière fois que j'ai vu ce vieux bonhomme, c'est lorsque j'avais vingt ans. Il ne connaissait pas mon nom, en ce temps-là. Comment... »

D'un air de profonde stupéfaction, le vieillard reprit :

— Je me rappelle parfaitement avoir entendu Mr. Jenkins, le propriétaire de l'hôtel, me dire que vous aviez jugé bon de partir immédiatement. Il a parlé d'une prédiction qui devait se réaliser exactement à la date du 17 août. Les gens me parlent toujours de prédictions. Mais c'est bien la date qu'il a indiquée : 17 août.

Il leva les yeux, et les traits de son visage mince et usé se détendirent.

— Je vous demande pardon, jeune homme, poursuivit-il. C'est très impoli de ma part de marmonner ainsi pour moi-même. Permettez-moi de vous dire que je suis très heureux que cette information soit inexacte, car j'ai beaucoup apprécié les diverses conversations que nous avons eues ensemble.

Il souleva son chapeau et reprit :

— J'aimerais vous inviter à prendre le thé, mais Mrs. Carmody n'est pas de très bonne humeur ce matin. Pauvre femme! Ce doit être très éprouvant d'avoir à s'occuper d'un vieillard comme moi, et je n'ose pas ajouter encore à ses soucis. A vous revoir, Mr. Kent. A bientôt, Tom.

Incapable de prononcer un mot, Kent le salua d'un

signe de tête. Il entendit le chauffeur répondre :
— A bientôt, Mr. Wainwright.

Kent regarda la haute et frêle silhouette traverser d'un pas lent la route, derrière la voiture, pour se diriger vers la prairie qui s'étendait de l'autre côté. Puis ses pensées et son regard se reportèrent sur Tom, le chauffeur, qui disait :

— Eh bien, Mr. Kent, vous avez de la chance : vous savez combien de temps vous allez rester à l'Hôtel Agan.

— Que voulez-vous dire? demanda Kent.

— Mr. Jenkins tiendra votre note prête pour le 17 août.

Kent le regarda d'un air interdit, en se demandant s'il devait rire ou... quoi!

— Vous n'allez pas me dire que ce fantôme prévoit aussi l'avenir! s'écria-t-il enfin. Voyons! Nous ne sommes encore que le 8 juillet et j'ai l'intention de rester jusqu'à la fin de septem...

Il s'interrompit, car le regard qui plongeait dans le sien était parfaitement sérieux et ne contenait pas la moindre trace d'ironie.

— Mr. Kent, dit le chauffeur, jamais il n'y a eu au monde un homme comme Mr. Wainwright. Quand il prévoit l'avenir, ce qu'il a prédit arrive. C'était comme ça de son vivant, et c'est la même chose maintenant qu'il est mort.

« Tout ce qu'on peut lui reprocher, c'est d'être vieux. Il a plus de quatre-vingt-dix ans et sa tête est un peu faible. Il embrouille les choses; il mélange l'avenir avec le passé. Pour lui, tout est du passé, et tout est brumeux. Mais, quand il indique quelque chose d'aussi précis qu'une date, il ne se trompe pas. Attendez et vous verrez.

Ces mots, parfaitement concrets et cependant prononcés d'une voix nasillarde, faisaient naître dans l'esprit de Kent une image bizarrement dénuée de substance. Il commença à se sentir moins effrayé. Il connaissait ces gens de la campagne et, soudain, la conviction s'imposa à lui que, de quelque façon obscure et détournée, il était victime d'une mystification.

Mais, bien entendu, cela ne lui servirait à rien de le dire. Et puis... l'ouverture de la grille restait un phénomène inexplicable.

— Cette Mrs. Carmody, dit-il enfin, je ne me souviens pas d'elle. Qui est-ce?

— Elle est venue s'occuper de la ferme quand sa belle-sœur, la petite-fille du vieux monsieur, est morte. Elle n'a aucune parenté avec lui, mais... Le chauffeur aspira une bouffée d'air et poursuivit, en s'efforçant de prendre un ton désinvolte : C'est elle, vous savez, qui a assassiné le vieux Mr. Wainwright il y a cinq ans. On l'a mise à l'asile de fous de Peerton pour avoir fait ça...

— Assassiné! s'écria Kent. Qu'est-ce que vous me contez là? L'histoire du fantôme local?...

Il fit une courte pause et reprit :

— Un instant. Il a laissé entendre qu'il vivait toujours avec elle.

— Ecoutez, Mr. Kent, dit l'homme d'un ton de pitié, ne vous occupez pas trop de ce que le fantôme dit ou ne dit pas. Il y a des gens qui ont essayé de découvrir ce qui se passait et, pour finir, ils n'ont fait que se torturer le cerveau sans résultat.

— Il doit y avoir une explication naturelle, dit Kent.

— Eh bien, trouvez-la! répliqua le chauffeur en haussant les épaules. C'est moi qui suis allé chercher Mrs. Carmody et ses deux gosses à Kempster pour les amener ici, reprit-il au bout d'un moment. Vous aimeriez peut-être que je vous raconte tout ce que je connais de l'histoire pendant le reste de la route?

Kent resta assis, immobile, sur le siège tandis que Tom mettait le moteur en marche et que la voiture démarrait pesamment. Puis il se retourna pour regarder la ferme au moment où celle-ci allait disparaître derrière une longue rangée d'arbres.

Ce dernier coup d'œil ne lui révéla qu'abandon et désolation... Sans pouvoir réprimer un frisson, il détourna son regard et murmura :

— Eh bien... quelle est cette histoire?

La femme aperçut la ferme quand le chauffeur ralentit pour laisser la voiture descendre, en première, la longue pente au sol meuble et semé de gravier de la colline.

La ferme, pensait-elle avec une convoitise si intense que son corps massif en était tout secoué. La sécurité, enfin! Enfin! Avec un vieillard sénile et une fillette pour seuls obstacles entre elle et la possession de ces biens. Entre elle... et les pénibles et sordides années qui s'étendaient derrière elle. Entre ces années que, restée veuve avec deux enfants, elle avait passées dans une habitation à bon marché, en travaillant quand l'occasion s'en présentait pour augmenter un peu les revenus que lui allouait parcimonieusement le fonds de secours aux économiquement faibles.

Des années d'enfer!

Et voici que le ciel se trouvait brusquement à sa portée! Ses yeux bleus au regard dur se plissèrent; son corps dodu et épais se raidit. Si elle ne pouvait pas saisir le trésor de sécurité qui s'offrait à elle, mieux vaudrait...

La pensée s'éteignit dans son esprit. Fascinée, elle regardait la ferme qui s'étendait dans la vallée, à ses pieds... la grande maison verte, l'énorme grange au toit rouge et toutes les dépendances. Tout près s'étendait un vaste champ de blé — du blé de printemps aux petits épis d'un vert brillant.

La voiture arrivait dans la vallée où un rideau d'arbres masquait la glorieuse majesté du paysage. L'automobile s'arrêta, l'avant — que le soleil faisait étinceler — pointé vers la grille, et le garçon trapu assis à côté de la femme demanda :

— C'est ici, m'man?

— Oui, Bill! répondit-elle en le regardant avec inquiétude. Tous les plans qu'elle formait au sujet de la ferme étaient centrés sur ce garçon. Pendant un moment, elle eut une conscience aiguë de ses défauts — du visage aux traits grossiers, sans virilité, à l'expression maussade, du corps épais et sans grâce qui rendaient ce garçon de seize ans rien moins qu'attirant. Repoussant aussitôt le doute qui l'avait un instant envahie, elle se hasarda à demander :

— Tu ne trouves pas que c'est magnifique?

— Non! répliqua carrément Bill en retroussant ses grosses lèvres. J'aimerais mieux vivre à la ville.

Haussant les épaules, il ajouta :

— Mais j'pense que tu sais c'qu'est bon pour nous.

— Parfaitement, répondit la femme avec soulagement. Dans ce monde, ce qui importe c'est ce qu'on peut — et non pas ce qu'on veut — avoir. Rappelle-toi bien ça, Bill... Qu'est-ce qu'il y a, Pearl? reprit-elle d'un ton impatient en se tournant vers sa fille.

Celle-ci avait le don de l'impatienter. En quoi cette gamine de douze ans trop grassouillette, trop terne, et dont le visage déjà empâté n'offrait aucune promesse de beauté future pouvait-elle bien lui être utile? D'un ton encore plus agacé, elle répéta :

— Qu'est-ce qu'il y a?

— J'viens d'voir un vieux bonhomme tout maigre qui traversait l'champ. Est-ce que c'est Mr. Wainwright, m'man?

Mrs. Carmody se retourna lentement pour regarder dans la direction indiquée par sa fille. Et, bientôt, un sentiment de vif soulagement l'envahit. Jusqu'à cet instant elle avait éprouvé une sourde inquiétude en pensant au vieux monsieur. Vieux... dans les rares lettres qu'elle lui avait écrites, sa belle-sœur le lui avait bien décrit comme tel, mais la femme ne s'était pas imaginé qu'il pût l'être à ce point. Voyons... il devait bien avoir quatre-vingt-dix, peut-être même cent ans;

il ne présentait donc absolument aucun danger pour elle.

Elle vit que le chauffeur était allé ouvrir la grille et revenait vers la voiture pour la faire entrer dans la cour de la ferme. Avec une assurance nouvelle, elle lui cria :

— Attendez! Attendez le vieux monsieur. Il revient de promenade et il doit être fatigué. Faites-le monter pour l'amener jusqu'à la maison!

Mieux valait, se disait-elle, créer une première impression favorable. La politesse était de rigueur, et le mot d'ordre : une main de fer dans un gant de velours.

Elle fut frappée de la manière bizarre dont la regardait le chauffeur.

— Je n'me fierais pas trop à conduire avec lui, dit celui-ci. C'est un drôle de corps que c'vieux Mr. Wainwright! Il y a des fois où il est sourd et aveugle et où il ne prête attention à personne. Et puis, il fait un tas d'choses bizarres.

— Lesquelles, par exemple? demanda la femme en fronçant les sourcils.

— Pas la peine de chercher à vous expliquer, m'dame, répliqua le chauffeur avec un soupir. Vous apprendrez ça par l'expérience, maintenant ou plus tard. Suffit de l'regarder.

Venant de la prairie, la longue silhouette mince s'avançait d'un pas lent et régulier. Le vieillard traversa la rue, passa devant la voiture, à moins de cinquante centimètres des pare-chocs, sans paraître se rendre le moindre compte de sa présence, et se dirigea tout droit vers la grille.

Plus exactement : il se dirigea non pas vers la grande grille que le chauffeur venait d'ouvrir pour faire entrer la voiture, mais vers l'étroite et massive porte de bois réservée au passage des êtres humains. Il tâtonna, comme s'il cherchait quelque invisible loquet. Et puis...

La porte ne s'ouvrit pas, mais il la franchit comme

si elle s'était ouverte! Il passa à travers la massive porte de bois!

Mrs. Carmody perçut un cri de femme, poussé d'une voix rauque et qui se prolongea pendant un long moment. Avec un choc de terreur, elle reconnut sa propre voix.

L'effort qu'elle fit pour étouffer ce cri sauvage était si violent qu'elle retomba en arrière contre son siège, le sang lui martelant les tempes. Elle resta affalée, écœurée, froide comme la glace, la vue brouillée, la gorge sèche, tous les muscles agités de petites convulsions douloureuses, l'esprit vide de toute pensée.

— Un instant! dit Kent, interrompant le récit du chauffeur. Vous m'aviez dit, ce me semble, que le vieux monsieur était en vie à cette époque. Comment donc a-t-il pu passer à travers la porte?

Le narrateur le regarda d'un air étrange avant de répondre :

— Mr. Kent, la seule raison pour laquelle ce vieux ne nous a pas tous rendus fous au cours des douze dernières années, c'est qu'il est inoffensif. Il passait à travers les grilles et les portes quand il était en vie, tout comme il le fait à présent. Et s'il n'y avait que ça... La différence, c'est que, maintenant, nous savons que nous l'avons enterré. Peut-être bien qu'il a toujours été fantôme et que de le tuer n'a pas arrangé les choses. Mais ce qu'il y a de sûr, c'est qu'il est inoffensif. C'est suffisant, n'est-ce pas?

Kent fit un signe d'assentiment, mais une nuance de doute perçait dans sa voix lorsqu'il répondit :

— Je suppose que oui... Mais continuez, je vous prie.

La frayeur qui avait envahi l'esprit de la femme fit place à la sensation que quelqu'un la tirait par le bras. Elle se rendit compte que le chauffeur s'adressait à elle :

— Ne vous en faites pas, m'dame, disait-il. Ce n'est qu'un vieux bonhomme bizarre, mais inoffensif. Vous n'avez pas besoin d'avoir peur.

Cependant, ce ne furent pas les paroles réconfortantes du chauffeur, mais celles, prononcées d'un ton un peu méprisant par le garçon assis à côté d'elle, qui lui rendirent ses esprits.

— Ben quoi, m'man, s'écria Bill, tu t'laisses prendre à c'genre de truc. L'année dernière, sur scène, j'en ai vu un tout pareil, sauf qu'il était mieux fait. Il n'y a rien d'étonnant ni d'inquiétant là-dedans.

La femme commença à se sentir mieux. « Bill est un garçon à l'esprit si solide et si pratique », se dit-elle avec reconnaissance. « Et il a raison, bien sûr. Ce n'est qu'un tour pour épater les gens... » Mais que disait donc cette stupide gamine qu'elle avait pour fille? Elle s'entendit répéter tout haut la question :

— Qu'est-ce que tu dis, Pearl?

— Il nous voit, m'man... Regarde! répondit Pearl.

La femme vit que le vieillard la regardait attentivement par-dessus la grille. Il avait un long visage doux et ridé qu'éclairait une lueur d'intérêt naissant. Et il disait, d'une voix étonnamment claire pour quelqu'un d'aussi âgé :

— Vous rentrez de la ville bien tôt aujourd'hui, Mrs. Carmody. Cela signifie-t-il que nous allons déjeuner de bonne heure?

Il s'interrompit un instant et reprit d'un ton courtois :

— Je n'y vois aucun inconvénient, bien entendu. Je suis trop heureux de m'accommoder de vos habitudes.

La pénible pensée qui vint à l'esprit de la femme fut qu'il se moquait d'elle. Son visage se durcit, ses yeux se plissèrent; elle esquissa un sourire tout en s'efforçant de ne pas prêter attention à ce qu'elle venait d'entendre. La voix du chauffeur à son oreille la tira du trouble qui l'envahissait :

— Si vous voulez m'en croire, m'dame, dit l'homme

précipitamment, ne lui dites pas que vous êtes nouvelle venue dans ce pays. Le vieux a le don de double vue; depuis des mois, il se comporte comme si vous viviez déjà avec lui et, si vous le contredisez, ça ne fera que lui embrouiller les idées encore plus. Un peu avant la mort de Mrs. Wainwright, il s'était mis à l'appeler par votre nom. C't'un drôle de vieux bonhomme, voilà tout!

Mrs. Carmody resta assise, immobile; mais ses yeux bleus se mirent à briller et s'ouvrirent tout grands. Un courant chaud parcourut tout son être tandis qu'elle mesurait la portée des mots qu'elle venait d'entendre. Ainsi donc, le vieillard l'attendait!

Ce qu'elle avait redouté le plus, c'était justement le moment de son arrivée. Et... voici qu'elle était attendue!

Les préparatifs auxquels elle avait apporté tant de soin s'avéreraient efficaces. La lettre qu'elle avait forgée à grand-peine — cette lettre, fabriquée de toutes pièces, dans laquelle la petite-fille, aujourd'hui décédée, du vieillard la *priait* de venir s'occuper de sa petite Phyllis — ne serait que la confirmation d'un état de choses qui avait déjà été accepté comme inévitable. Mais comment...

La femme se ressaisit, évitant, par un effort de volonté, de compléter sa pensée. Ce n'était pas le moment de se préoccuper de l'étrange comportement d'un vieillard. Il lui fallait entrer en possession de la ferme, et plus vite cette question serait réglée, mieux cela vaudrait.

Elle sourit de nouveau, d'un air minaudier, et l'éclat de son triomphe intérieur illumina son visage aux traits grossiers.

— Vous plairait-il de faire le reste de la route en voiture avec nous, Mr. Wainwright? demanda-t-elle. La promenade a dû vous fatiguer.

Le vieillard hocha la tête et répondit avec empressement :

— Bien volontiers, Mrs. Carmody. Je suis allé jusqu'à Kempster : c'est un long trajet et je suis un peu las. A propos, ajouta-t-il, j'ai vu votre sœur là-bas.

Il venait de franchir la grille — celle qui était ouverte, cette fois — et se dirigeait vers la portière avant de la voiture quand Mrs. Carmody réussit à murmurer, d'une voix pâteuse :

— Ma... sœur?

— Chut! murmura le chauffeur. Ne faites pas attention. Il mélange tout dans sa tête. Il se figure que chacun de nous a une vivante image, qu'il rencontre à chaque coin de rue. Voilà des années que c'est comme ça. Mais, encore une fois, il est parfaitement inoffensif.

Cette fois, la femme eut moins de peine à approuver de la tête. L'épisode de la grille n'était plus dans son esprit qu'un vague fantasme qui devenait plus indistinct d'une minute à l'autre. Elle sourit au vieillard qui soulevait poliment son chapeau, et le regarda s'installer sur le siège à côté du chauffeur.

La voiture démarra poussivement, parcourut la vaste cour qui précédait la maison, contourna celle-ci et s'arrêta devant la véranda. Une fillette en robe blanche s'avança et resta sur le seuil de la porte, observant les nouveaux arrivants.

D'un regard prompt à saisir les détails, Mrs. Carmody remarqua qu'elle avait un joli visage encadré de cheveux blonds, qu'elle était mince, un peu frêle même, qu'elle pouvait avoir entre quinze et seize ans, et ne semblait pas très amicale.

Tout en se raidissant à cette constatation, la femme adressa un sourire aimable à la fillette et lui dit :

— Bonjour, Phyllis. Je suis heureuse de vous voir.

— Bonjour, répondit Phyllis. Et Mrs. Carmody sourit de contentement car, bien qu'exprimée à contrecœur, c'était néanmoins là une parole de bienvenue, une sorte d'acceptation.

En même temps, elle eut un petit rire intérieur : cette naïve fille de la campagne apprendrait vite qu'on ne résiste pas à un geste amical dicté par une volonté de fer.

L'avenir lui apparaissait sous un aspect tout à fait conforme à ses désirs. D'abord, il faudrait s'installer, puis s'employer à rapprocher Bill et Phyllis, de telle façon que, très vite, ils en viennent à considérer le mariage comme l'aboutissement naturel de leurs relations. Ensuite...

La nuit était tombée et Mrs. Carmody avait depuis longtemps éteint la lampe dans la chambre du maître, avant que le souvenir du vieillard et des choses surprenantes qu'il avait dites et faites lui fût revenu à l'esprit.

Elle se coucha dans l'obscurité et, blottie dans le grand lit si confortable, elle réfléchit longuement. Enfin, gagnée par le sommeil, elle haussa les épaules. « Inoffensif », avait dit le chauffeur. Eh bien, ce vieil imbécile ferait mieux de le rester!

Le lendemain, Mrs. Carmody fut réveillée par un remue-ménage au-dessous d'elle. Elle s'habilla en hâte, avec le sentiment d'avoir été frustrée dès le premier jour. Cette vague impression devint une certitude lorsqu'elle vit le vieillard et Phyllis en train de prendre leur petit déjeuner.

Trois autres assiettées de céréales étaient posées sur la table, et Mrs. Carmody se laissa tomber sur une chaise devant l'une d'elles, dans un silence profond. Puis, remarquant un carnet ouvert devant la fillette, elle vit là une occasion d'entamer la conversation — qu'elle saisit aussitôt.

— Vous faites vos devoirs? demanda-t-elle de son ton le plus amical.

— Non! répondit Phyllis en refermant le carnet et en se levant de table.

Mrs. Carmody resta figée, luttant pour empêcher ses joues de blêmir. Inutile de s'énerver, se disait-elle. La seule chose à faire était de gagner, d'une manière ou d'une autre — de n'importe quelle manière — l'amitié de cette fille taciturne.

D'ailleurs, elle avait des renseignements à lui demander : au sujet de la nourriture, au sujet de la maison, au sujet de... l'argent.

Brusquement, le petit déjeuner lui parut insipide. Elle se leva, laissant son assiettée de céréales à demi pleine. Dans la cuisine, elle trouva Phyllis occupée à faire la vaisselle.

— Laissez-moi laver, lui dit-elle. Vous essuierez si vous voulez.

Et elle ajouta :

— Ce serait dommage d'abîmer de jolies mains comme les vôtres à faire la vaisselle.

Puis, après avoir jeté un rapide coup d'œil à la fillette, elle reprit :

— J'ai un peu honte de m'être levée si tard. Je suis venue ici pour travailler, et non pour me reposer.

— Oh! vous vous y habituerez, répondit Phyllis. Et Mrs. Carmody eut de nouveau un petit rire de contentement intérieur : la dangereuse grève du silence était terminée. Elle demanda :

— Pour les provisions... Faut-il les faire dans une boutique déterminée? Dans sa lettre, votre mère n'a pas fait allusion à ce genre de détails et je...

Elle s'interrompit, avec un tressaillement involontaire, à cette mention de la lettre. Un moment, elle resta sans bouger, les mains dans l'eau chaude. Puis elle se força à ajouter :

— Votre pauvre maman! La lettre qu'elle m'a écrite était celle d'une personne si lasse... J'ai pleuré en la lisant.

Sous ses paupières mi-closes, elle vit trembler les lèvres de la fillette et comprit qu'elle avait remporté la victoire. Une joie triomphante l'envahit à la pensée qu'elle était, en ce moment, maîtresse de la situation, que chaque mot prononcé, chaque attitude, étaient soumis à son contrôle. Vivement, elle ajouta :

— Mais nous parlerons de ces détails plus tard.

A travers ses larmes, la fillette murmura :

— Nous avons un compte ouvert à l'épicerie Graham, à Agan. Vous pouvez téléphoner pour passer vos commandes : on livre à domicile.

La femme se précipita dans la salle à manger pour enlever les assiettes qui y étaient restées et dissimuler la lueur de triomphe qui brillait dans ses yeux. Un compte ouvert à l'épicerie! La question de savoir comment obtenir la disposition de l'argent, la perspective d'éventuelles démarches à accomplir, la certitude qu'il lui faudrait avant tout se faire bien voir des occupants de la maison et des habitants du village, l'avaient, par avance, rendue presque malade.

Et voici qu'un moyen tout simple s'offrait à elle : un compte ouvert!... Restait à savoir si l'épicier accepterait ses commandes...

— Mrs. Carmody, dit soudain la fillette, interrompant le cours de ses pensées, je voudrais m'excuser de ne pas avoir répondu tout à l'heure à votre question concernant mon carnet. Voyez-vous, les voisins veulent toujours savoir ce que mon arrière-grand-père dit à leur sujet. Alors, pendant le petit déjeuner, au moment où il est le plus en forme, je lui pose des questions et je prends des notes. Je lui fais croire que j'ai l'intention d'écrire un livre sur lui quand je serai grande. Je ne pouvais pas vous expliquer tout cela devant lui, n'est-ce pas?

— Bien sûr que non, répondit la femme, tout en pensant que, si les voisins étaient tellement intéressés par ce que le vieux disait d'eux, ils ne manqueraient pas de se montrer aimables envers toute personne capable de leur rapporter le dernier écho de ses paroles... Il lui faudrait donc ouvrir ses oreilles toutes grandes et, peut-être, prendre, elle aussi, des notes sur un carnet.

Elle entendit la voix de la fillette qui reprenait :

— Je voulais vous dire aussi que grand papa a vraiment le don de double vue. Vous n'y croyez sans doute pas encore, mais...

Ses yeux brillaient de passion, et la femme était trop avisée pour laisser s'éteindre un tel enthousiasme.

— Mais si, naturellement, j'y crois! se récria-t-elle. Je ne suis pas de ces sceptiques qui refusent d'affronter la réalité. De tous temps, il y a eu des gens doués d'étranges pouvoirs. D'ailleurs, est-ce que je n'ai pas vu, de mes propres yeux, Mr. Wainwright traverser une lourde porte de bois et...

Sa voix s'altéra. Les mots qu'elle venait d'employer pour décrire cet acte incroyable évoquaient une image trop vivante et trop réelle, et elle ne put qu'achever, d'un ton tremblant :

— Naturellement que j'y crois!

— Ce que je voulais dire, Mrs. Carmody, poursuivit la fillette, c'est qu'il ne faut pas vous froisser si grand-papa vous dit quelque chose qui vous semble désagréable. Il s'imagine toujours qu'il parle d'événements qui ont déjà eu lieu. Et puis il a cette manie de vous parler de votre sœur, si vous êtes une femme, ou de votre frère, si vous êtes un homme, alors qu'en réalité c'est de vous-même qu'il s'agit.

En réalité, c'est de vous-même qu'il s'agit...

Le souvenir de ces mots tourbillonna dans l'esprit de la femme longtemps après que la fillette fut retournée à l'école et que Graham, l'épicier, eut pris note de sa commande, effectuée pour le compte de la ferme Wainwright, en disant simplement :

— Mais oui, Mrs. Carmody, nous savons bien qui vous êtes.

Ce fut seulement vers midi qu'elle se décida à aller trouver le vieux monsieur, assis sous la véranda, pour lui poser la question qu'elle agitait dans son esprit depuis la veille :

— Mr. Wainwright, quand vous avez vu ma sœur, hier, à Kempster, que... que vous a-t-elle dit?

Elle attendit la réponse dans un état de tension nerveuse qui l'effraya, et avec la désagréable impression de s'être rendue parfaitement ridicule. Le vieillard ôta pensivement sa pipe de sa bouche et répondit :

— Elle sortait du palais de justice et...

— Du palais de justice! s'écria Mrs. Carmody.

Fronçant les sourcils d'un air de profonde méditation, Mr. Wainwright reprit :

— Comme elle ne m'a pas adressé la parole, je ne peux pas vous dire ce qu'elle était venue y faire. Mais, acheva-t-il d'un ton poli, il devait s'agir d'un de ces petits litiges de rien du tout comme il nous arrive à tous d'en avoir à régler, un jour ou l'autre.

La voiture ralentit et, se penchant vers Kent, le chauffeur lui dit, en désignant de la main une maison de bois à deux étages précédée d'une véranda :

— Voilà l'hôtel. Je vous laisse maintenant, car j'ai du travail qui m'attend. Je vous raconterai la fin de l'histoire une autre fois. Ou bien, si je n'avais pas le temps de le faire, demandez à quelqu'un d'autre : tout le monde la connaît, par ici.

Le lendemain matin, l'éclat d'un soleil éblouissant pénétrant dans sa chambre d'hôtel réveilla Kent. Il se leva et alla à la fenêtre pour regarder le paisible village qui s'étendait devant lui.

Aucun bruit ne se faisait entendre : le petit rideau d'arbres et la rangée de maisons aux toits rouges demeuraient figés dans une immobilité de rêve sous le ciel très bleu.

Kent se dit qu'il avait bien fait de se décider à passer le reste de l'été dans ce coin tranquille, pour y mener tout à loisir les négociations relatives à la vente de la ferme que ses parents lui avaient léguée. Après s'être surmené pendant toute l'année, il avait vraiment besoin de repos.

Après quelques instants de méditation, il descendit à la salle à manger et se surprit lui-même en dévorant deux œufs sur le plat et quatre tranches de bacon en plus de son assiettée de céréales. Le petit déjeuner terminé, il voulut aller s'installer sous la véranda... et y trouva le fantôme, assis dans un fauteuil d'osier.

Kent s'arrêta court et sentit un petit frisson courir dans sa nuque. Au bout d'un moment, le vieillard l'aperçut et dit :

— Bonjour, Mr. Kent. Je serais très heureux si vous vouliez bien vous asseoir et faire un brin de causette avec moi. J'ai besoin d'être réconforté.

Ces mots étaient prononcés d'un ton de confidence presque pathétique et, pourtant, Kent éprouva la brusque sensation de perdre pied. Sans qu'il sût dire pourquoi, la bienveillance que le vieillard lui avait témoignée la veille lui avait paru irréelle.

Cependant, voici qu'elle se manifestait de nouveau. Il se ressaisit bien vite. Après tout, l'explication était simple — en partie du moins. Il y avait là un vieux monsieur — cette réputation de fantôme que lui faisaient les gens était ridicule, naturellement — un vieux monsieur, donc, qui possédait le don de prévoir l'avenir. Et de le prévoir de telle façon que, s'agissant de Mrs. Carmody, il lui semblait avoir vécu pendant plusieurs mois en sa compagnie avant même qu'elle fût venue s'installer chez lui.

De toute évidence, il éprouvait la même impression à l'égard de Kent. Par conséquent...

— Bonjour, Mr. Wainwright! dit Kent d'un ton cordial, en s'asseyant à côté du vieillard. Vous avez besoin d'être réconforté, dites-vous. Qu'est-ce donc qui vous attriste?

Le vieux monsieur hésita un instant, et son front creusé de fines rides se plissa sous un effort de réflexion. Enfin, il répondit d'une voix lente :

— Oh! sans doute ai-je eu tort d'en parler. Ce n'est la faute de personne, je suppose... Les petits tracas de la vie quotidienne, voilà tout. En l'occurrence, il s'agit de Mrs. Carmody qui vient de me harceler pour que je lui dise ce que sa sœur faisait au palais de justice.

Cette allusion à la seule partie de l'histoire que connût Kent laissa celui-ci interloqué et sans voix. Sa raison refusait d'admettre qu'il y eût là une simple coïncidence, et toutes sortes de pensées confuses se pressaient dans son esprit.

Cet être bizarre et énigmatique était-il, en même temps qu'un voyant et un fantôme, un devin capable de lire dans la pensée d'autrui? Son vieux cerveau usé avait-il acquis des qualités d'automatisme qui le faisaient réagir aux pensées filtrant de l'esprit de ses interlocuteurs? Ou bien...

Kent cessa un instant de réfléchir, l'esprit littéralement transpercé par la pensée qui venait d'y naître : ou bien cette allusion à Mrs. Carmody, cette illusion que la gouvernante était toujours là pour s'occuper de lui, n'étaient-elles qu'une de ces fantastiques et macabres réminiscences comme on en trouve dans les récits de maisons hantées où un crime a été commis — dans ces histoires d'âmes en peine, de meurtriers et de victimes condamnés à revivre à jamais la vie qui était la leur avant et pendant le crime?

Mais ce qu'il imaginait là était impossible! Mrs. Carmody était toujours en vie — enfermée dans un asile d'aliénés, certes, mais bien vivante!

Kent exhala avec précaution la bouffée d'air qu'il avait retenue pendant près d'une minute et reprit :

— Pourquoi ne lui dites-vous pas de demander elle-même à sa sœur ce que celle-ci faisait au palais de justice?

Une expression d'intense surprise couvrit le visage fin et parcheminé, et le vieillard répondit avec une étrange dignité :

— Tout cela est plus compliqué que vous ne semblez le croire, Mr. Kent. Je n'ai jamais très bien compris ce qui provoquait l'apparition de tant de jumeaux dans le monde depuis ces dernières années, et le fait que la plupart d'entre eux soient brouillés au point de ne plus s'adresser la parole est pour moi une source d'étonnement plus grand encore.

Il hocha la tête et poursuivit :

— Tout cela est très troublant. Ainsi, la présence au palais de justice de la sœur de Mrs. Carmody...

Il me semble avoir entendu raconter quelque chose à ce sujet, mais, sur le moment, j'ai dû considérer que c'était sans importance, car je ne me rappelle pas bien les détails. Ce n'est pas là une situation agréable pour un inoffensif vieillard.

Inoffensif! Involontairement, Kent fronça les sourcils. C'était ce qualificatif que les gens s'accordaient pour appliquer au... fantôme! Tom, le chauffeur, l'avait employé; la petite Phyllis aussi, d'après le récit de Tom; et, maintenant, le vieux monsieur lui-même.

Inoffensif, inoffensif, inoffensif... Mais, se dit Kent, les nerfs tendus, que penser du fait que le vieillard ait poussé une femme à l'assassiner? Quel était son but? Quel était...

Il desserra ses doigts qu'il tenait crispés sur le bras du fauteuil, en se demandant avec inquiétude ce qui lui prenait de se laisser ainsi impressionner par une histoire de ce genre.

Puis il leva les yeux. Le ciel était plus bleu que jamais, la journée d'été magnifique. Tout était pour le mieux dans le monde de la réalité.

Un calme et un silence profonds régnaient autour de Kent tandis que, les yeux mi-clos, il examinait le vieux visage maigre et allongé. Le teint de Mr. Wainwright était légèrement grisâtre, comme celui des personnes âgées, et de petites lignes s'entrecroisaient sur sa peau au grain délicat. Il avait un nez fin, un peu aquilin, une jolie bouche aux lèvres minces.

C'était un beau vieillard, mais... cela n'expliquait rien, et...

Le vieux monsieur s'était levé et se tenait debout très droit. Remettant soigneusement son chapeau sur sa tête, il dit :

— Je dois m'en aller, maintenant. Mes relations avec Mrs. Carmody étant un peu tendues, il est très important que je ne la fasse pas attendre pour déjeuner. Nous nous reverrons certainement, Mr. Kent.

Kent se leva à son tour. Une séduisante idée lui était venue à l'esprit. Son intention était tout d'abord de se rendre à la ferme qui avait appartenu à ses parents pour se présenter aux métayers; mais cela pouvait attendre.

Pourquoi ne pas accompagner le... fantôme jusqu'à la demeure abandonnée des Wainwright et...

Quoi donc?

Cette question qu'il se posait à lui-même le déconcerta un moment; mais, bientôt, il serra les lèvres d'un air résolu. Cette mystérieuse histoire occupait déjà trop son esprit, et la laisser en prendre possession risquerait de contrecarrer tous les plans qu'il pourrait faire. D'ailleurs, en ce qui concernait la ferme, rien ne pressait. Kent était là pour se reposer et se détendre tout autant que pour s'occuper de ses affaires.

Il restait debout, immobile, pas tout à fait décidé encore, l'esprit paralysé par une sorte de réticence.

N'était-il pas dangereux d'accompagner un fantôme jusqu'à une vieille maison isolée et dissimulée à tous les regards?

Mais Kent chassa cette crainte lancinante en se disant qu'après tout... ce n'était pas Mrs. Carmody qui avait été assassinée. Elle avait perdu la tête, certes; mais le danger à redouter était uniquement d'ordre moral, et non physique. De plus...

Kent s'efforçait de s'endurcir et de garder l'esprit clair. Nulle panique soudaine, nulle menace horrible ou mystérieuses ne réussirait à ébranler sa raison. Par conséquent...

Kent ouvrit la bouche pour rappeler le vieillard qui s'éloignait d'un pas précautionneux le long du trottoir. Mais, avant qu'il ait eu le temps d'émettre un son, une voix grave s'éleva tout près de lui :

— J'ai remarqué que vous parliez avec le fantôme, Mr. Kent, dit cette voix.

Kent se retourna pour faire face à un homme de forte corpulence qu'il avait vu assis dans une petite pièce, derrière le bureau de réception de l'hôtel. Le gros homme reprit, d'un ton important, en faisant trembler son triple menton :

— Mon nom est Jenkins, monsieur. Je suis le directeur de l'hôtel Agan.

De ses yeux pâles et enfoncés dans leurs orbites il scrutait le visage de Kent. Après un instant de silence, il poursuivit :

— Tom m'a raconté que vous aviez rencontré hier le personnage le plus important de notre district. Il s'agit là d'un cas étrange et mystérieux. Très étrange et très mystérieux.

Le vieillard avait remonté la rue et sa silhouette incroyablement maigre, qui se déplaçait lentement, disparut brusquement derrière un bouquet d'arbres. Kent regarda un moment dans sa direction, en pensant qu'il ferait peut-être bien de suivre le vieux monsieur dès qu'il pourrait, sans impolitesse, prendre congé de l'importun.

Puis il reporta son regard sur le directeur de l'hôtel, qui reprenait de sa voix grave :

— Je crois comprendre que Tom n'a pas eu le temps de vous raconter tout ce qui s'est passé à la ferme Wainwright. Peut-être pourrais-je achever pour vous cet étrange et mystérieux récit.

Kent fut frappé de constater que les mots « étrange et mystérieux » revenaient souvent dans la conversation de cette montagne de chair.

Il comprit en même temps qu'il lui faudrait remettre à plus tard sa visite à la ferme fantôme, sous peine d'offenser son hôte.

Fronçant les sourcils, il décida de se plier aux circonstances. Point n'était besoin de suivre, dès maintenant, la piste du vieillard; peut-être aurait-il intérêt, au contraire, à avoir tous les éléments en main avant de tenter de résoudre cette énigme. Le gros homme s'étant laissé tomber sur un siège en soufflant bruyamment, Kent s'assit à son tour et demanda :

— Les habitants de cette région ont-ils découvert une théorie qui puisse expliquer la... (il hésita un instant avant de poursuivre) l'apparence étrange et mystérieuse du fantôme? Car vous affirmez que c'est un fantôme, malgré son aspect matériel...

— C'est, incontestablement, un fantôme! grommela Jenkins de sa voix de basse. Nous l'avons enterré, n'est-il pas vrai? Et déterré une semaine plus tard, pour voir s'il était toujours dans sa tombe. Or, il y était — bien mort, et froid comme le marbre. Certes, il s'agit réellement d'un fantôme! Quelle autre explication pourrait-il y avoir?

— Je dois avouer que... je ne crois guère aux... fantômes, dit Kent en pesant ses mots.

Le gros homme repoussa cette objection d'une main molle et répliqua :

— Aucun de nous n'y croyait, monsieur. Aucun de nous! Mais les faits sont les faits.

Kent resta un instant silencieux avant de reprendre :

— Un fantôme qui prédit l'avenir... Mais quelle sorte d'avenir? Celui qu'il prévoit n'est-il pas aussi vague que l'affirmation selon laquelle il aurait vu la sœur de Mrs. Carmody quitter le palais de justice?

Mr. Jenkins secoua la tête, d'un mouvement qui fit trembler ses joues flasques, et répondit en s'éclaircissant la voix :

— Il s'agit là de petits événements locaux et sans importance, mais néanmoins susceptibles d'intéresser un vieillard qui a vécu ici toute sa vie.

— A-t-il jamais dit quoi que ce soit au sujet de la guerre? demanda Kent.

— Il en parle comme si elle était finie et considère, par conséquent, que moins il en est question dans la conversation, mieux cela vaut.

Avec un gros rire rauque, mais plein d'indulgence, Mr. Jenkins poursuivit :

— Ce qui l'étonne le plus, à propos de la guerre, c'est que les prix continuent à monter. Cela le perturbe beaucoup. Et il est inutile de poursuivre la conversation avec lui, car il se fatigue vite de parler et prend un air de martyr... Il a parlé, cependant, d'un débarquement américain dans le nord de la France; mais, acheva le gros homme en haussant les épaules, nous savons tous que ce débarquement aura lieu un jour.

Kent fit un signe d'assentiment et reprit :

— Cette Mrs. Cardoy... quand est-elle arrivée ici?

— En 1933, répondit Jenkins. Cela fait près de neuf ans.

— Et Mr. Wainwright est mort depuis cinq ans?

Le gros homme se carra dans son fauteuil et répliqua d'un ton pompeux :

— Je serais heureux de vous raconter le reste de l'histoire de façon méthodique, Mr. Kent. Je vais donc commencer, en passant sous silence les premiers mois qui ont suivi l'arrivée de Mrs. Carmody, car ils contiennent bien peu d'événements importants...

En quittant la coopérative agricole de Kempster, la femme avait un air triomphant. Elle sentait renaître en elle l'enthousiasme qui l'avait saisie lorsque, deux mois plus tôt, elle avait découvert l'existence de cette coopérative.

Quatre poulets et trois douzaines d'œufs, représentant quatre dollars en espèces sonnantes!

En espèces!

Mais, bientôt, son enthousiasme tomba et elle fronça les sourcils. Maintenant que la moisson approchait (elle commencerait dans une semaine), il ne lui serait plus possible, pour tirer de l'argent de la ferme, de recourir à ce genre d'expédient. En un éclair, son imagination lui fit revoir le carnet de chèques qu'elle avait trouvé dans la maison et grâce auquel elle avait obtenu ce renseignement sensationnel : le compte des Wainwright à la banque de Kempster s'élevait à onze mille sept cent trente-quatre dollars cinquante et un *cents*.

Une prodigieuse fortune, si proche d'elle — et en même temps si lointaine!

La femme restait immobile devant la porte de la

banque, paralysée par une pensée sombre comme la nuit : si elle entrait là, dans quelques minutes elle apprendrait le pire.

Cette fois, ce ne seraient pas un vieillard et une fillette qu'elle aurait à affronter. Ce serait...

Le directeur de la banque était un petit homme tiré à quatre épingles et portant des lunettes à monture d'écaille derrière lesquelles étincelaient deux grands yeux gris.

— Ah! vous voici, Mrs. Carmody, dit-il en se frottant les mains. Enfin, vous avez l'idée de venir me voir!

Avec un petit rire étouffé, il reprit :

— Eh bien, voyons! nous allons tout régler pour le mieux : ne vous inquiétez pas. Je pense qu'à nous deux, nous pouvons nous arranger pour gérer la fortune de la famille Wainwright à la satisfaction de la collectivité comme à celle de la justice. N'est-ce pas votre avis?

De la justice! La femme perçut ces mots au moment où une nouvelle vague de triomphe montait en elle. Ainsi, c'était cela! c'était ce que le vieillard avait prédit — et c'était une bonne chose, non une mauvaise!

Pendant un instant, elle se sentit furieuse contre le vieil imbécile qui lui avait fait une telle peur... Mais le banquier poursuivait :

— Si j'ai bien compris, vous avez en main une lettre de votre belle-sœur vous priant de veiller sur Phyllis et sur la ferme. Peut-être ne sera-t-il pas nécessaire de produire cette lettre, étant donné que vous êtes la seule parente de la défunte; mais, en l'absence d'un testament, elle constituerait une pièce officielle sur laquelle le tribunal pourrait s'appuyer pour vous nommer exécutrice.

La femme resta immobile, comme figée par ces paroles. Sans raison apparente, alors qu'elle avait toujours pensé qu'en cas de nécessité elle pourrait présenter cette lettre forgée avec tant de soin, maintenant que le moment critique était venu elle hésitait à le faire...

Elle fit mine, pourtant, de fouiller dans son sac pour y chercher la lettre, en marmonnant que, peut-être, celle-ci ne s'y trouvait plus. Mais elle savait bien à quoi s'en tenir!

Au bout d'un moment, elle la tira de son sac, la sortit, sans la regarder, de l'enveloppe blanche dans laquelle elle l'avait soigneusement placée, la glissa entre les doigts boudinés qui se tendaient pour la prendre — et attendit la sentence...

Tout en lisant la lettre, le banquier murmurait, tant pour lui-même que pour son interlocutrice :

— Hum... Elle vous offre vingt-cinq dollars par mois, tous frais payés...

La femme sentit frémir chaque muscle de son corps massif et pensa rageusement qu'elle devait être folle lorsqu'elle avait écrit une chose pareille... Vivement, elle s'écria :

— Ne parlons pas d'argent : je ne suis pas ici pour...

— Ce que j'allais dire, interrompit le directeur de la banque, c'est que ce salaire me paraît tout à fait insuffisant. La personne chargée d'administrer une ferme aussi grande et aussi prospère que celle des Wainwright devrait toucher au moins cinquante dollars par mois, et c'est cette somme que j'ai l'intention de réclamer pour vous au juge... Le tribunal siège justement, ce matin, dans notre village, ajouta-t-il, et, si vous voulez bien m'accompagner, nous pourrons faire régler cette question immédiatement.

Après un instant de réflexion, il reprit :

— A propos, le juge s'intéresse beaucoup aux prédictions du vieux Mr. Wainwright.

— Je connais les toutes dernières, répliqua la femme en avalant sa salive.

Un peu plus tard, elle se laissa conduire par son guide à travers les rues du petit village, que le brillant soleil de cette fin de juillet inondait de ses rayons.

Peu à peu, ceux-ci réchauffèrent le sang qui s'était figé dans ses veines.

Trois années s'étaient écoulées depuis lors, trois paisibles années. Occupée à passer le balai mécanique sur le tapis du salon, la femme s'arrêta court dans cette tâche et fronça les sourcils. Sans savoir au juste ce qui avait fait naître cette question dans son esprit, elle se demandait...

Avait-elle vu le vieillard en quittant le palais de justice, trois ans plus tôt, ce fameux jour de juillet où le monde s'était offert à elle sans qu'elle eût à lutter pour le conquérir?

Le vieux monsieur avait prédit ce qui se passerait à ce moment-là; cela signifiait donc que, d'une manière ou d'une autre, il l'avait vu. Cette image s'était-elle présentée à lui sous la forme d'une vision, ou bien, au cours des mois, un rapport entre certains faits s'était-il établi dans son esprit? Bref, avait-il été effectivement, physiquement, présent, et la scène qu'il décrivait lui était-elle revenue en mémoire avec le temps, à la suite de quelque vague association d'idées?

La femme ne se rappelait pas l'avoir vu. Quelque effort qu'elle fît pour évoquer ce moment, rien n'en subsistait dans sa mémoire, à part le souvenir flou d'une grande satisfaction.

Mais, naturellement, le vieillard pensait s'être trouvé devant le palais de justice avec elle. Le vieil imbécile croyait que tout ce dont il parlait était un souvenir de son passé. Quel univers nébuleux et sénile ce passé devait être!

Il devait se dérouler devant son esprit comme une route au-dessus de laquelle flotteraient des lambeaux de brouillard tantôt épais et impénétrables, tantôt légers et éclairés par les brillants rayons du soleil... et par des images.

Des images d'événements.

Elle perçut un mouvement de l'autre côté de la

pièce. Le vieillard s'agitait sur son siège. Après quelques instants de réflexion, il fit remarquer :

— On dirait que c'est hier que Phyllis et le jeune Couzens se sont mariés. Et, pourtant, il y a de cela...

Il s'interrompit pour demander d'un ton poli :

— Combien de temps y a-t-il au juste, Pearl? Ma mémoire n'est plus aussi bonne qu'autrefois et...

Ces mots ne pénétrèrent pas vraiment l'esprit de la femme, mais son regard, qui faisait rêveusement le tour de la pièce, se posa sur la grassouillette Pearl et s'y arrêta. La fillette se redressa d'un mouvement brusque sur le canapé sur lequel elle s'était vautrée, et ses gros yeux ronds de bébé s'agrandirent de surprise.

— M'man! cria-t-elle d'une voix aiguë. T'as entendu? Grand-papa parle comme si Phyllis et Charlie Couzens étaient mariés ensemble!

Il y eut un bruit étouffé, pareil à celui que pourrait faire une personne qui s'étrangle. Avec un tressaillement, la femme se rendit compte qu'il sortait de son propre gosier. Haletante, elle se précipita vers le vieillard et se pencha sur lui, les lèvres serrées, le regard dur.

Pendant un moment, son effroi fut si grand qu'elle resta sans voix. L'étendue de la catastrophe que faisait présager la remarque du vieux monsieur était telle qu'elle ne laissait guère place à la pensée. Mais...

Un mariage comme celui-là... Alors qu'elle avait eu la prétention de croire que Phyllis et Bill... Alors que Bill lui-même avait dit...

Un mariage entre Phyllis et le fils du fermier voisin mettrait fin automatiquement à sa sécurité. Elle possédait près d'un millier de dollars, mais combien de temps cette somme durerait-elle une fois tarie la source des revenus?

Sous l'effet de la frayeur qui lui causait une douleur aiguë, le flot de paroles, un instant contenu par la fureur même de ses pensées, se déversa d'un seul coup :

— Espèce de vieil imbécile! hurla-t-elle rageusement. Ainsi, pendant toutes ces années où je m'occupais de vous, vous ne faisiez que comploter contre moi et les miens! Voilà bien l'un de vos sales tours! Vous vous croyez malin d'utiliser votre don de cette façon, hein?...

Ce fut la façon peureuse dont le vieillard se recroquevillait sous l'effet de cette algarade qui fit prendre conscience à la femme du danger d'un tel éclat, après des années de souriante amabilité.

— Je ne comprends pas, Mrs. Carmody, murmura craintivement le vieux monsieur. Qu'y a-t-il donc?

— L'avez-vous dit? répliqua-t-elle, dans un cri qu'elle eût été incapable de retenir, fût-ce même pour sauver son âme.

— Ai-je dit... quoi?

— Que Phyllis et le jeune Couzens...

— Ah! c'est d'eux qu'il s'agit, dit le vieillard, semblant oublier complètement qu'elle était penchée au-dessus de lui. Un sourire bienveillant éclaira son visage et il reprit d'un ton paisible : On dirait que c'est hier seulement qu'ils se sont mariés.

Puis, pour la seconde fois, il remarqua l'expression sombre et menaçante de la femme qui le dominait de toute sa hauteur, et demanda dans un hoquet :

— Mais qu'y a-t-il donc? Est-il arrivé quelque chose à Phyllis ou à son mari?

La femme se ressaisit au prix d'un terrible effort, et son regard bleu ardoise se fixa sur lui avec une intensité effrayante :

— Je ne veux pas que vous parliez d'eux, dit-elle d'une voix sourde. Je ne veux pas entendre un seul mot à leur sujet. C'est compris?

Le vieillard s'agita sur son siège. Son visage, que sillonnaient des myriades de petites rides nouvelles, prit une expression hébétée et il balbutia :

— Ce sera comme vous voudrez, naturellement,

Mrs. Carmody... Mais... tout de même... ma propre arrière-petite-fille...

Il se tassa sur sa chaise tandis que la femme se tournait d'un brusque mouvement vers Pearl, en grondant :

— Si jamais tu répètes un seul mot de tout ça à Phyllis, je te... Tu sais ce que je te ferai!

— Oh! bien sûr, m'man, répondit la fillette. Tu peux compter sur moi, m'man!

Toute tremblante, la femme détourna la tête. Pendant des années, elle avait gardé au fond de son esprit un vague plan, avec l'idée d'y recourir si jamais Phyllis manifestait un jour son intention d'épouser quelqu'un d'autre...

Le dégoût et la frayeur mêlés tordirent son visage en une vilaine grimace et firent sortir l'affreux projet du coin sombre de son cerveau où elle le tenait caché.

Ses doigts continuaient à trembler tandis qu'elle travaillait. Tout à coup, elle se vit dans la glace accrochée au-dessus de l'évier et recula, effrayée par l'image déformée d'elle-même qui lui était renvoyée.

Cela la calma d'un seul coup. Mais la peur subsista, continuant à monter, en grosses vagues, du plus profond de son être. Qu'était-elle, en somme? Une femme de quarante-cinq ans, en pleine misère, sans revenus... Il y avait bien les fonds de secours de l'Etat mais ceux-ci ne lui seraient alloués que lorsque tout l'argent qu'elle possédait actuellement aurait fondu. Il y avait aussi la retraite des vieux travailleurs... mais elle n'y aurait droit que dans vingt-cinq ans.

La femme poussa un profond soupir. Sur ce terrain, elle se savait vaincue d'avance, mais ce n'étaient là que des détails sans importance. Actuellement, seul comptait le projet qu'elle tenait en réserve et, pour mener à bien celui-ci, il lui fallait obtenir la pleine collaboration de Bill.

Elle examina attentivement son fils lorsque celui-ci

rentra déjeuner, après avoir passé la matinée à travailler aux champs. Depuis un an, ce garçon faisait montre d'un calme qui l'intriguait — comme si, à vingt ans, il avait brusquement acquis la sagesse un peu rassise d'un adulte.

Il avait tout à fait l'air d'un homme, à présent. De taille moyenne, mais solidement bâti, il avait un visage aux traits assez grossiers qu'éclairait une sombre passion.

C'était une bonne chose que cette passion. Bill avait certainement hérité de sa mère cette âme inquiète et trouble, cette ambition démesurée... Il ne fallait pas oublier non plus que, juste à l'époque où la famille avait quitté la ville pour venir s'installer à la ferme, il avait été surpris en train de voler, et relâché après une forte admonestation.

Loin de lui tenir rigueur de cette incartade, la femme n'avait ressenti qu'une rage amère contre un monde si dur envers les jeunes gens impitoyablement condamnés par le destin à n'avoir jamais d'argent à dépenser.

Tout cela était loin, à présent. Depuis deux ans, Bill travaillait consciencieusement et régulièrement, abattant sa part de besogne tout comme les autres journaliers. Cependant...

Lorsqu'il s'agirait d'obtenir Phyllis, le caractère dur et tenace qui était le sien autrefois reprendrait le dessus — et leur vaudrait à tous trois la victoire.

A la dérobée, la femme observait son fils qui, par-dessus la table, jetait de longs coups d'œil appuyés sur Phyllis, assise en face de lui. Depuis plus d'un an, elle le voyait regarder Phyllis de cette façon. De plus, elle l'avait interrogé et...

Pour conquérir la jeune fille qu'il aimait, un garçon de vingt ans serait certainement prêt à se battre, à lutter âprement et sans scrupule.

Mais la difficulté était de savoir comment une mère pourrait bien s'y prendre pour exposer à son fils le sinistre projet qu'elle avait en tête. Lui dirait-elle tout crûment les choses ou bien...?

Après le déjeuner, pendant que Phyllis et Pearl faisaient la vaisselle, la femme suivit silencieusement Bill qui montait dans sa chambre. Et, en fait, tout se passa beaucoup plus simplement qu'elle n'avait osé l'espérer.

Quand elle eut terminé, il resta étendu sur son lit pendant un moment, les yeux fixés au plafond, le visage calme, presque placide. Enfin, il dit :

— Si je comprends bien, tu as l'intention d'emmener Pearl voir un film à Kempster, ce soir. Pendant ce temps, le vieux, naturellement, dormira comme une souche. Mais, quand Phyllis ira se coucher, à l'heure habituelle, j'entrerai dans sa chambre... et alors elle sera bien forcée de m'épouser?

C'était dit de façon si brutale que la femme eut un geste de recul, comme si on lui avait présenté un miroir dans lequel se seraient reflétés son visage ravagé et son âme vile. Bill reprit, du même ton froid :

— Si je fais ce que tu me dis, nous pourrons rester à la ferme. C'est bien ça?

Elle fit un signe d'assentiment, car aucun mot ne parvenait à sortir de ses lèvres. Puis, n'osant pas rester plus longtemps auprès de son fils, elle se détourna et quitta la chambre.

Peu à peu, l'humeur sombre dans laquelle cet entretien l'avait laissée se dissipa. Vers trois heures, elle alla retrouver le vieillard sous la véranda. En l'entendant approcher, il leva les yeux vers elle et dit :

— Quelle chose affreuse! Votre sœur a été pendue. J'ai appris cela tout à l'heure, à l'hôtel. Pendue!... C'est vraiment terrible! Vous aviez bien raison de ne pas vouloir entretenir de relations avec elle!

Puis, paraissant oublier complètement sa présence, il retomba dans un profond silence et resta assis, immobile, le regard perdu dans le vague.

Ce qu'il venait de dire était absolument irréel, tout à fait incroyable, parfaitement fantastique. La femme le regarda fixement et comprit, dans un éclair, la signification du petit sourire — un sourire très serein — qui venait d'apparaître sur ses lèvres.

Ainsi, se dit-elle froidement, c'était son plan. Le vieux scélérat n'avait nullement l'intention de laisser son arrière-petite-fille épouser Bill. C'est pourquoi, fort de sa réputation de prophète, il voulait habilement lui faire croire que Phyllis et le jeune Couzens...

Ce mariage était son but. Et, maintenant, il cherchait à effrayer la femme afin de l'amener à faire quelque chose pour l'empêcher. Pendue, vraiment! Une sourde colère intérieure la posséda.

Le vieux était malin... mais pas assez, cependant.

Au cinéma, elle eut conscience d'un brouhaha de conversations et de l'éclat tremblotant des lumières. Trop de conversations dénuées de sens et trop de lumières...

Ses yeux lui faisaient mal, et, plus tard, lorsqu'elle se retrouva dans les rues mal éclairées de Kempster, le contraste entre les lumières trop crues et cette demi-obscurité lui apporta un vif soulagement.

Sans doute avait-elle dit : « Pearl, si nous allions prendre une banane glacée à la crème? », à moins que ce ne fût Pearl qui l'eût proposé et qu'elle eût accepté. Toujours est-il qu'elle se retrouva assise à une petite table en face de sa fille, en sentant fondre dans sa bouche de la glace qui avait un goût de banane.

Une seule pensée, harcelante, occupait son esprit : si Bill et elle réussissaient à mener à bien leur projet, le monde serait à eux. Rien, désormais, ne pourrait leur nuire autant que ne le ferait un tel mariage...

— Dis, m'man, j'ai sommeil! Il est onze heures et demie, murmura soudain Pearl d'une voix dolente.

Dans un sursaut, la femme revint à la réalité et, regardant sa montre, constata que la fillette avait dit vrai. « Miséricorde! » s'écria-t-elle avec un étonnement feint. « Je ne me rendais pas compte qu'il était si tard! »

Le cheval qui les attendait devant la porte paraissait impatient de regagner son écurie. Tandis que la carriole roulait le long de la colline, la femme ne voyait briller autour d'elle aucune lumière. Les bâtiments de la ferme se détachaient, sombres et mornes sous la clarté de la lune, comme de grandes ombres dépourvues de forme.

Laissant à Pearl le soin de dételer le cheval, la femme pénétra en tremblant dans la maison. Dans la cuisine une lampe brûlait faiblement. Elle remonta la mèche, mais, malgré la lumière, ce fut en trébuchant qu'elle monta l'escalier. Enfin, péniblement, elle atteignit le premier étage, alla jusqu'à la chambre de Bill et frappa, tout doucement, à la porte.

Il n'y eut pas de réponse.

Elle ouvrit la porte. La pâle lueur jaune de la lampe éclaira le lit vide. Un instant hébétée, la femme ne se ressaisit qu'en entendant le bruit des pas de Pearl dans la cuisine, au-dessous d'elle. Vivement, elle referma la porte. La fillette monta l'escalier en bâillant et disparut aussitôt dans sa chambre.

Le gros homme s'interrompit brusquement car la sonnerie du téléphone retentissait dans le lointain. Il se leva lourdement de son siège en grommelant d'un ton d'excuse :

— Je reviens tout de suite.

— Une question seulement avant que vous ne partiez, dit Kent précipitamment. Qu'est-ce que cette prophétie concernant une pendaison?... Je croyais que Mrs. Carmody était internée, mais bel et bien vivante.

— Elle l'est en effet, répondit le propriétaire de l'hôtel, dont la grosse masse s'encadrait dans la porte. Nous avons tous pensé que le vieux cherchait simplement à nous en faire accroire.

Les minutes traînaient en longueur. Kent tira de sa poche un calepin et, sans but précis, traça minutieusement ces mots :

Un vieux monsieur
capable de prédire l'avenir,
qui a poussé une femme à l'assassiner
mais qui vit toujours,
qui passe à travers les objets les plus solides
et qui (peut-être) sait lire dans les pensées.

Il demeura un instant pensif avant d'ajouter :

Un fantôme sénile.

Pendant quelques instants, il regarda ces lignes, puis il eut un rire lugubre... et perçut au même moment, venant de la pièce voisine, un cliquetis de boules qui roulaient.

Il se leva, jeta un coup d'œil par la porte entrouverte et sourit d'un air sardonique en voyant le gros Jenkis occupé à faire une partie de billard avec un homme de la même corpulence et à peu près du même âge que lui.

Avec un haussement d'épaules indifférent, Kent se détourna pour sortir. De toute évidence, il ne pourrait apprendre le reste de l'histoire que bribe par bribe, en s'adressant aux gens du village qu'il aurait l'occasion de rencontrer. Il pensa aussi qu'il ferait bien d'écrire à miss Kincaid de lui envoyer quelques livres traitant de fantômes et de voyants — aussi bien des légendes que des ouvrages de caractère tant soit peu scientifique.

Il aurait intérêt à consulter tous les livres qui pourraient lui tomber sous la main s'il tenait à résoudre l'énigme du... fantôme!

Pendant quatre semaines, les livres ne cessèrent de lui parvenir par petits paquets. Miss Kincaid envoya des histoires de fantômes, des documents concernant des récits véridiques, quatre ouvrages traitant de phénomènes psychiques, une histoire de la magie, un traité d'astrologie, les œuvres de Charles Fort et, en dernier lieu, trois petits volumes écrits par un certain J.W. Dune et ayant pour sujet le Temps.

Kent s'assit sous la véranda, un matin, juste après

l'arrivée du courrier qui les lui avait apportés, et lut les trois livres d'une seule traite, avec une émotion qui allait croissant à chaque page.

Enfin il se leva en chancelant, à peu près convaincu maintenant de connaître la terrible réponse aux questions qu'il se posait, bien qu'il lui restât encore quelques points à éclaircir.

Une heure plus tard, posté derrière un petit bouquet d'arbres qui dominait la maison et la cour de la ferme, il attendait. C'était le moment où le... fantôme avait l'habitude de sortir pour faire sa promenade matinale.

A midi, Kent, les nerfs tendus, rentra à l'hôtel en se disant que, ce jour-là justement, le vieillard avait dû décider d'aller... ailleurs.

La question de savoir où pouvait bien être cet « ailleurs » faillit lui faire perdre l'esprit. Le lendemain matin, dès huit heures, il se remit en faction derrière le bosquet. Mais le vieillard ne parut pas.

Le troisième jour, Kent eut plus de chance. Des nuages noirs et menaçants parcouraient le ciel tandis qu'il regardait la longue silhouette mince sortir de derrière la maison et s'approcher de la grille. Le vieillard traversa le champ, et Kent, quittant son poste d'observation, se dirigea ostensiblement vers lui.

— Hé! bonjour, Mr. Wainwright! dit-il.

Le vieux monsieur s'approcha sans répondre, et Kent remarqua qu'il le dévisageait avec curiosité. Arrivé tout près de lui, il s'arrêta et demanda d'un ton courtois :

— Est-ce que je vous connais, jeune homme?

Pendant un court instant, Kent demeura interloqué. Puis il pensa : « Juste ciel! Mais *ça* aussi concorde avec le reste... et concorde même parfaitement. Il fallait bien que le vieux monsieur me rencontre à un moment donné! »

A voix haute, il expliqua patiemment à son interlocuteur qu'il était le fils d'Angus Kent et qu'il venait faire un petit séjour dans la région. Quand il eut terminé, le vieillard lui dit :

— J'ai eu grand plaisir à faire votre connaissance et je serais très heureux d'aller vous rendre visite à votre hôtel pour parler de votre père.

Sur ces paroles courtoises, il s'éloigna. Dès qu'il fut hors de vue, Kent se dirigea vers la clôture. Au moment où il se glissait péniblement en dessous, quelques gouttes de pluie commençaient à tomber. Arrivé de l'autre côté, Kent s'arrêta, un peu hésitant. Il devait absolument pénétrer dans la maison avant que le vieillard, arrêté dans sa promenade par la pluie, ne revînt sur ses pas.

Le tout était de savoir s'il en aurait le temps.

Il s'élança vers les bâtiments de la ferme en jetant de fréquents coups d'œil par-dessus son épaule, dans la crainte de voir réapparaître à tout instant la longue et mince silhouette.

La maison se dressait, paisible et silencieuse sous la pluie qui tombait dru, mais le poids de tant d'années d'abandon se faisait lourdement sentir sur ses murs de bois. Une rafale de pluie fouetta le visage de Kent, qui se hâta de se mettre à l'abri sous l'auvent.

Il y resta un long moment, attendant que l'averse prît fin. Puis, comme les minutes passaient sans amener d'accalmie, il jeta un coup d'œil autour de lui et vit la véranda.

Il se précipita vers le refuge qu'elle lui offrait et, de là, examina plus à loisir les deux fenêtres et la porte sur lesquelles étaient clouées des planches. Celles-ci étaient épaisses et paraissaient fort lourdes et, bien que Kent s'y fût attendu, cette constatation lui causa une vive déception.

Pénétrer à l'intérieur de la maison serait pour lui une lourde tâche!

La pluie diminuant enfin, il quitta son abri et, en

levant les yeux, remarqua un balcon au premier étage. Se hisser jusque-là ne fut pas une petite affaire, mais l'effort en valait la peine.

Une large planche, mal assujettie sur l'une des fenêtres du balcon, se détacha sous sa main, ce qui lui permit d'arracher plus facilement les autres. La fenêtre qui se trouvait derrière les planches était soigneusement fermée.

Kent n'hésita pas : brandissant l'une des planches, il en frappa violemment la vitre qui vola en éclats avec un bizarre petit tintement.

Il était dans la maison! La chambre dans laquelle il venait de pénétrer était sombre, poussiéreuse et dépourvue de tout mobilier. Elle donnait sur un long couloir dans lequel se trouvait une rangée d'autres chambres tout aussi sombres et vides.

Le rez-de-chaussée ne comportait, lui aussi, que des pièces vides, depuis longtemps inhabitées, et le sous-sol était un trou noir entouré de ciment. Kent tâtonna autour de lui, en faisant craquer des allumettes pour s'éclairer un peu; puis, son examen terminé, il remonta précipitamment l'escalier. Il avait remarqué des fentes entre les planches de plusieurs fenêtres du rez-de-chaussée et, après avoir repéré les plus larges, il alla se poster derrière la fenêtre qui faisait face à la grille. Là, il attendit.

Ce ne fut pas long.

Le vieillard franchit la grille pour se diriger vers la maison. Kent alla se placer derrière l'une des fenêtres latérales, puis la quitta pour l'une de celles de derrière, et, chaque fois, le vieillard reparut au bout d'un moment.

Kent courut alors à la fenêtre de la véranda, où il avait repéré un large interstice entre les planches, s'attendant à voir de nouveau apparaître le vieux monsieur.

Mais dix minutes s'écoulèrent sans que celui-ci eût tourné le coin de la maison. Lentement, Kent monta à l'étage supérieur et passa sur le balcon.

Il lui fut facile de reclouer les planches sur les fenêtres — mais beaucoup moins de redescendre à terre.

Cependant, il tenait la preuve qu'il était venu chercher : quelque part, derrière la maison, le fantôme disparaissait. Toute la question était de savoir comment empêcher cette disparition.

Comment, en d'autres termes, prendre au piège le genre de... fantôme... qu'était devenu le vieux Mr. Wainwright, depuis longtemps décédé?

Le lendemain, vers midi, Kent était tapi dans le champ qui s'étendait au sud de la ferme. Un peu plus tôt, il avait vu le vieux monsieur traverser la grille et passer devant sa cachette pour aller se promener dans la vallée. Maintenant...

A travers sa longue-vue, il le regardait venir vers lui, vers la ferme.

Quittant le petit bois, Kent se mit en marche d'un air désinvolte, en faisant mine de ne pas le voir. Il se demandait en quels termes il s'adresserait à lui, quand le vieillard le salua d'un :

— Tiens! bonjour, Mr. Kent. Vous allez vous promener?

Kent se retourna et attendit qu'il l'eût rattrapé avant de répondre :

— Je me préparais à aller trouver Mrs. Carmody pour lui demander un verre d'eau avant de retourner à l'hôtel. Si cela ne vous ennuie pas, nous pouvons faire la route ensemble.

— Bien volontiers, monsieur, dit le vieillard.

Ils marchèrent côte à côte. Kent se forçait à se tenir bien droit pour imiter la superbe allure de son compagnon, mais son cerveau était en ébullition. Que se passerait-il lorsqu'ils arriveraient à la grille? Quelque part, de ce côté, le corps du vieillard commencerait à perdre de sa substance, mais...

Ses pensées l'emportaient très loin, très haut; mais

il lui fallait commencer à tâter le terrain. D'un air un peu compassé, il dit :

— De l'endroit où nous sommes, la ferme paraît bien abandonnée. N'est-ce pas votre avis, Mr. Wainwright?

Le vieillard eut un brusque serrement de gorge, mais son interlocuteur fut surpris de l'entendre répondre avec vivacité :

— Vous avez remarqué cela, vous aussi, Mr. Kent? J'ai longtemps pensé qu'il s'agissait là d'une illusion dont j'étais le jouet et qui me causait un certain malaise. J'ai découvert d'ailleurs que cet aspect d'abandon disparaissait dès que je franchissais la grille.

Ainsi, c'était à la grille que commençait à s'opérer le changement... Kent laissa ses pensées retomber à terre et écouta le vieillard qui poursuivait, avec un soulagement évident :

— Je suis heureux que nous partagions la même illusion, Mr. Kent, car je me suis fait du souci à ce sujet.

Kent hésita un instant, puis il tira précautionneusement de son étui la longue-vue et la tendit au vieillard, en disant d'un ton désinvolte :

— Regardez donc à travers cet instrument. Peut-être vous aidera-t-il à dissiper l'illusion.

Il n'eut pas plus tôt remis la longue-vue au vieux monsieur qu'il se sentit pris de pitié envers lui et de remords à la pensée de l'effarante situation dans laquelle il le mettait.

Mais le remords passa, et la pitié fit place à une curiosité presque désespérée. Les sourcils froncés, il guetta l'expression du mince visage ridé tandis que, de ses mains décharnées, le vieillard portait la longue-vue à ses yeux et, lentement, la réglait à sa vue.

Soudain, il poussa un cri rauque et eut un brusque sursaut. Kent, qui s'attendait à cette réaction, bondit en avant juste à temps pour saisir la longue-vue au moment où elle allait tomber à terre.

— Comment... murmura le vieillard d'une voix

tremblante, mais c'est impossible! Toutes les fenêtres condamnées... et... (un éclair soupçonneux brilla dans son regard) Mrs. Carmody serait-elle partie si vite?

— Qu'y a-t-il, monsieur? demanda Kent.

Il se sentait honteux de sa vilenie, mais ne pouvait vraiment pas abandonner la partie après en être arrivé là.

— Je dois être devenu fou... reprit le vieux monsieur en hochant la tête. Mes yeux... mon cerveau... ne sont plus ce qu'ils étaient autrefois...

— Allons jusqu'à la ferme, proposa Kent. Je boirai mon verre d'eau, et nous verrons ce qui se passe.

Il était nécessaire qu'au fond de ce vieil esprit vacillant demeurât le souvenir d'un compagnon. Le patriarche se redressa et dit d'un ton calme :

— C'est cela : allons-y! Et vous aurez votre verre d'eau, Mr. Kent.

Tout en marchant aux côtés de la haute silhouette bien droite, Kent éprouvait le sentiment pénible et déprimant de s'être immiscé dans une tragédie humaine.

Rendu presque malade par sa victoire, il regarda le nonagénaire manœuvrer futilement, d'une main tremblante, la grille verrouillée.

L'esprit tendu comme une peau de tambour, Kent se disait que, pour la première fois peut-être depuis que cet étrange phénomène avait commencé à se produire, le vieux monsieur n'était pas *passé à travers* la grille.

— Je ne comprends pas, murmura le vieillard au bout d'un instant. Cette grille est fermée au cadenas. Et pourtant, ce matin même, je...

Kent avait détaché le fil de fer qui fermait la grille réservée au passage des voitures.

— Passons par là, dit-il avec douceur.

La consternation du vieillard était à la fois pitoyable et affreuse à voir. Il s'arrêta pour regarder les mauvaises herbes dont le sol était couvert, puis, d'un air incrédule, il tâta l'une après l'autre les planches de bois noirci clouées sur l'une des fenêtres. Son dos très droit commença à s'affaisser. Son visage devint hagard. Paradoxalement, il eut soudain l'air *vieux*.

Avec une lassitude qui était le signe d'une extrême vieillesse, il monta les marches de la véranda aux murs défraîchis. Et alors...

Kent eut la terrible et fulgurante révélation de la vérité en cet ultime instant où le vieillard s'avançait timidement, presque à l'aveuglette, vers la porte garnie de planches.

— Attendez! cria-t-il d'une voix perçante. Attendez!

Mais sa voix s'éteignit. A l'endroit où s'était tenu le vieillard, il n'y avait... rien.

Le vent souffla un instant lugubrement autour de la maison, secouant les gouttières.

Kent resta seul sous la véranda où personne ne s'asseyait plus depuis longtemps. Seul avec ses pensées. Comme dans un monstrueux kaléidoscope se présentaient à son esprit des images qui éclairaient pour lui... tout ce qu'il n'avait pas compris jusqu'alors.

Et, dominant toute pensée, tout sentiment, il y avait en lui cette redoutable crainte d'arriver trop tard...

Il courait en soufflant l'air par grosses bouffées. Un vent léger faisait voltiger la poussière que ses souliers soulevaient de terre et la lui fouettait au visage.

La pensée lui vint qu'il avait été bien inspiré de faire tant de marche à pied au cours du mois précédent, car cet entraînement lui donnait juste assez d'énergie pour lui permettre de parcourir les deux interminables kilomètres qui le séparaient de l'hôtel.

Un goût de sel, piquant et désagréable, lui emplissait la bouche tandis qu'il montait d'un pas chancelant les quelques marches donnant accès à l'hôtel. Dans le vestibule, à travers la brume qui lui obscurcissait la vue, il aperçut Tom qui le dévisageait d'un air surpris. Haletant, Kent lui cria :

— Je vous offre cinq dollars pour faire mes bagages et me conduire à Kempster à temps pour attraper le train de midi. Pendant le trajet, vous m'indiquerez le chemin à suivre pour me rendre à l'asile d'aliénés de Peerton. Pour l'amour du Ciel, dépêchez-vous!

— Mais, monsieur, répondit Tom en roulant des yeux ronds, j'ai fait préparer vos bagages par la femme de chambre tout de suite après le petit déjeuner. Vous ne vous rappelez donc pas que nous sommes aujourd'hui le 17 août?

Kent lui jeta un regard horrifié. Si cette prédiction-là s'était réalisée, qu'en serait-il de l'autre... de la plus affreuse?

Pendant que la voiture roulait vers Kempster, il entendit vaguement le chauffeur lui expliquer que Peerton était une ville assez importante et qu'il trouverait facilement un taxi à la gare...

Du taxi, l'asile d'aliénés apparaissait comme une rangée de longs bâtiments blancs s'élevant au milieu d'un vaste espace vert planté d'arbres et entouré d'une haute clôture de fil de fer barbelé. Arrivé à destination, et tout en suivant l'interminable couloir silencieux, Kent pestait intérieurement contre la lenteur de la femme en blouse blanche qui lui servait de guide. Ne sentait-elle donc pas que c'était là une question de vie ou de mort?

Le médecin était assis dans une petite pièce douillette et très claire. Il se leva poliment en voyant entrer Kent. Mais celui-ci attendit que l'infirmière eût refermé la porte derrière elle avant de dire :

— Docteur, vous avez comme pensionnaire une femme du nom de Carmody.

Il s'interrompit un instant pour laisser le nom pénétrer dans l'esprit de son interlocuteur, et reprit précipitamment :

— Si vous ne vous rappelez pas son nom, peu importe. Je sais qu'elle est ici.

— Mais je me souviens parfaitement de ce cas, dit le médecin, dont le beau visage viril s'éclaira d'un sourire.

— Ecoutez, s'écria Kent d'un ton désespéré, je viens de découvrir la vérité au sujet de cette affaire, et voici ce que vous devez faire immédiatement : conduisez-moi auprès de cette femme pour que je puisse la convaincre — et que vous la convainquiez vous-même — que son innnocence a été reconnue et qu'elle va être remise en liberté. Avez-vous compris?

— Je crois, répliqua tranquillement le médecin, que vous feriez mieux de commencer par le commencement.

Kent éprouva la pénible sensation de voir un mur infranchissable se dresser entre lui et le but qu'il s'était fixé. D'une voix angoissée, il reprit :

— Pour l'amour du ciel, docteur, croyez-moi : il n'y a pas de temps à perdre! Je ne sais pas au juste comment les choses doivent se passer, mais la prédiction concernant la pendaison devrait se réaliser dans moins de...

— Voyons, Mr. Kent, interrompit le médecin d'un ton de reproche, j'aimerais que...

— Vous ne comprenez donc pas? hurla Kent. Si nous ne voulons pas que cette prophétie s'accomplisse, il nous faut agir et agir vite. Je vous dis que je possède des renseignements qui permettront de faire mettre cette femme en liberté. Mais *c'est une question de minutes!*

Il s'arrêta court car il venait de remarquer que son interlocuteur le regardait en fronçant les sourcils d'un air inquiet.

— Allons, Mr. Kent, dit le médecin, calmez-vous : je suis sûr que tout ira bien.

Kent se demanda si tous les gens sains d'esprit pouvaient se montrer aussi exaspérants que ce médecin dont le ton apaisant avait pour effet de le rendre fou. En même temps, il se dit qu'il ferait bien de se montrer plus prudent dans ses propos sous peine de se retrouver enfermé avec les pensionnaires de l'asile...

Il commença à parler, à raconter ce qu'il avait entendu, vu et fait. Son interlocuteur l'interrompait fréquemment par des questions incisives, de sorte que — ainsi que cela lui avait été suggéré — il dut se résoudre à reprendre son récit au début afin d'en combler les lacunes.

Il se tut un instant, s'efforçant de clarifier ses idées; puis, avec autant de calme que possible, il reprit la parole.

Au fur et à mesure que les minutes s'écoulaient, il se surprenait à écouter sa propre voix. Chaque fois que son débit s'accélérait ou que son ton montait un peu, il se forçait à parler plus lentement, en articulant chaque syllabe.

Arrivé au point de son récit où entraient en jeu les ouvrages de Dunne sur le Temps, il s'interrompit, se demandant avec consternation s'il lui faudrait expliquer la théorie de l'auteur selon laquelle le temps serait un état d'esprit. Le reste avait peu d'importance, mais ce passage-là...

Il entendit vaguement le médecin déclarer :

— J'ai lu plusieurs des œuvres de Mr. Dunne et je regrette de dire que je ne puis accepter sa théorie du temps multidimensionnel. Je...

— Ecoutez, coupa Kent d'une voix étranglée, représentez-vous un vieillard gâteux. C'est un monde étrange, incohérent, que celui dans lequel il vit. Ses idées sont bizarres, le plus souvent décousues; ses souvenirs, surtout, sont indiciblement confus. Et c'est dans cet esprit en désordre que, d'une façon ou d'une autre, s'est opérée *une fois* une variation du phénomène décrit par Dunne.

« Un vieillard chez qui la notion du temps a été déformée par la sénilité; un vieillard qui pénètre dans le futur aussi facilement que vous ou moi pouvons pénétrer dans la pièce voisine...

— *Quoi!* s'écria le médecin. Se levant d'un bond, il se mit à marcher de long en large sur le plancher recouvert d'un tapis, puis, s'arrêtant enfin pour dévisager Kent, il reprit :

— Mr. Kent, c'est véritablement là une idée singulière. Mais je ne vois toujours pas en quoi Mrs. Carmody...

Kent poussa un sourd grognement, puis, se ressaisissant au prix d'un terrible effort, il demanda :

— Vous rappelez-vous l'affaire du meurtre?

— Vaguement, répondit le médecin. Il s'agissait d'une tragédie domestique, si je ne me trompe?

— Eh bien, écoutez, dit Kent. En se réveillant, le lendemain du jour où elle pensait avoir arrangé les choses à sa convenance et à celle de sa famille, Mrs. Carmody trouva sur sa commode un message qui était là depuis la veille au soir.

« Dans ce message, son fils Bill l'informait qu'il ne pouvait mettre à exécution le plan qu'elle lui avait suggéré. Il ajoutait que, d'ailleurs, il n'aimait pas la ferme et préférait retourner immédiatement en ville. Effectivement, il alla prendre le train à Kempster pendant que sa mère était au cinéma.

« Entre autres choses, il disait encore dans ce message que, quelques jours auparavant, le vieux monsieur avait paru surpris de le trouver encore à la ferme. Il lui avait parlé comme s'il le croyait déjà installé en ville...

C'était pour l'esprit de la femme un continuel tourment que ce vieux qui se mêlait de tout...

Le vieux avait dit que Bill était parti vivre en ville; c'est pourquoi, en un moment critique, Bill était parti.

Parti, parti, parti... et tout espoir avec lui. Phyllis épouserait Charlie Couzens, et que se passerait-il alors? Qu'adviendrait-il d'une pauvre, d'une misérable femme de quarante-cinq ans sans ressources?

C'était le vieux qui avait tout combiné, se disait-elle en descendant de sa chambre. Quel vieillard démoniaque! D'abord, il avait suggéré à Bill d'aller vivre en ville, puis il avait parlé du jeune homme que Phyllis devrait épouser; enfin, il avait essayé de l'effrayer, *elle,* avec cette histoire de pendaison..

De pendaison...

La femme s'arrêta pile dans le couloir du rez-de-chaussée, le regard fixe, le cerveau en ébullition. Mais...

Si tout ce que le vieux avait prédit d'autre se réalisait, alors... *la pendaison!*

Les pensées tourbillonnaient follement dans son esprit. Elle se tapit un moment, comme une bête aux abois, et un éclair rusé brilla dans son regard. On ne pend que les gens qui ont commis un meurtre et...

Et elle se garderait bien de faire une chose aussi stupide.

Elle ne se souvenait pas d'avoir pris son petit déjeuner, mais elle s'entendait encore demander d'une voix monocorde :

— Où est Mr. Wainwright?

— Il est allé faire sa promenade, m'man. Hé! m'man! T'es malade?

Malade! Qui donc pouvait bien lui poser une question aussi sotte? Ce serait le vieux qui se sentirait mal quand elle en aurait fini avec lui...

Elle se revoyait ensuite occupée à faire la vaisselle, mais après cela, il y avait un vide étrange et tout noir dans son esprit, traversé de temps en temps par quelque pensée confuse... parti... espoir... Bill... damné vieillard...

Elle se tenait debout, pour la centième fois peut-être, près de la contre-porte, regardant d'un œil mauvais l'angle de la maison derrière lequel le vieillard devait apparaître... quand cela se passa.

A un moment, il y avait la contre-porte et la véranda déserte. Et, à la minute suivante, surgissant de nulle part, le vieillard se matérialisa à ses yeux. Il ouvrit la contre-porte, tomba à demi dessus et s'écroula lentement à terre en se tortillant, tandis que la femme lui criait des mots dénués de sens...

— C'est là sa version de l'histoire, dit Kent avec lassitude. Elle a déclaré que le vieux monsieur était tout simplement tombé raide mort. Mais le médecin venu examiner le corps a témoigné que Mr. Wainwright était mort étouffé. De plus, dans une crise d'hystérie, Mrs. Carmody a raconté tout ce qu'elle avait dit et fait, et ces divers éléments réunis ont contribué à discréditer sa théorie.

Il s'interrompit un instant, puis acheva d'une voix bizarre :

— Il est, je crois, médicalement reconnu que des gens très âgés peuvent mourir étouffés simplement en avalant leur salive de travers, ou qu'une paralysie de la gorge peut se produire à la suite d'un choc...

— D'un choc! s'écria le médecin en se laissant retomber sur la chaise d'où il s'apprêtait à se lever. Voyons! Voudriez-vous insinuer que c'est votre intervention auprès du vieillard, ce jour-là, qui a provoqué sa brusque apparition devant Mrs. Carmody, et que le choc causé par ce qu'il venait d'endurer a...

— Ce que je cherche à vous dire, interrompit Kent, c'est que nous disposons seulement de quelques minutes pour empêcher cette femme de se pendre. Elle ne peut être pendue que de ses propres mains, et c'est aujourd'hui seulement qu'elle pourrait se livrer à cet acte de désespoir car, si nous arrivons à temps pour lui expliquer tout ce que je viens de vous dire, elle n'aura plus de motif pour le faire. Voulez-vous venir... Pour l'amour du ciel, je vous en prie!

— Mais la prophétie? protesta le médecin. Si le vieux monsieur possède réellement ce pouvoir incroyable, comment réussirons-nous à empêcher l'inévitable de se produire?

— Ecoutez, répliqua Kent, j'ai influé sur le passé par un acte de l'avenir. Je peux donc sûrement modifier l'avenir par... *mais venez donc!*

Il ne pouvait détacher ses yeux de la femme. Celle-ci était assise dans sa petite chambre très claire, et elle continuait à sourire comme elle l'avait fait en les voyant entrer. Cependant, tandis que le médecin parlait, son sourire devenait plus hésitant.

— Vous voulez dire, demanda-t-elle enfin, qu'on va me rendre ma liberté, que vous allez écrire à mes enfants de venir me chercher?

— Parfaitement, répondit Kent avec chaleur, bien qu'il y eût dans sa voix une note de perplexité. Si j'ai bien compris, reprit-il, votre fils Bill est marié et travaille dans une fabrique de machines, où votre fille est elle-même employée comme sténo-dactylo?

— Oui, c'est bien cela, répliqua la femme d'un ton très calme.

Un peu plus tard, tandis que la domestique du médecin servait à Kent un repas réchauffé à la hâte, celui-ci dit en fronçant les sourcils :

— Je ne comprends pas! Tout semble être réglé pour le mieux : les enfants Carmody ont chacun un emploi. Phyllis a épousé le jeune Couzens et vit dans la famille de son mari. Quant à Mrs. Carmody — et c'est là ce qui me surprend — elle ne m'a pas fait l'effet d'une femme sur le point de se pendre. Elle s'est montrée très gaie. Sa chambre est bien arrangée et décorée avec toutes sortes de petits objets cousus ou brodés à la main...

— Son dossier montre que, depuis son arrivée chez nous, elle n'a donné aucun ennui, dit le médecin. C'est pourquoi nous avons pu lui accorder un certain nombre de faveurs. Elle fait beaucoup de travaux d'aiguille... Mais qu'y a-t-il?

Kent se demanda sombrement s'il avait l'air aussi fou que la pensée qui venait de surgir dans son esprit.

— Docteur, cria-t-il d'une voix rauque, il y a dans cette affaire un côté psychologique que j'ai complètement négligé!

Il se leva brusquement en ajoutant :

— Docteur! Il faut retourner auprès de cette femme et lui dire qu'elle peut rester ici. Il faut lui dire...

Le grincement d'une porte qu'on ouvrait violemment se fit entendre, suivi d'un bruit de pas hâtifs. Un homme en uniforme fit irruption dans le bureau du médecin en criant :

— Docteur! Une femme vient de se pendre... une certaine Mrs. Carmody. Elle a taillé des bandes dans sa robe et utilisé la suspension pour...

On l'avait déjà détachée quand Kent et le médecin arrivèrent sur les lieux du drame. Son corps massif, maintenant rigide, était étendu par terre. Un petit sourire errait encore sur ses lèvres serrées. Kent entendit vaguement le médecin lui murmurer à l'oreille :

— Personne n'est responsable de ce malheur, naturellement. Comment nous, gens sains d'esprit, aurions-nous pu nous rappeler sans cesse que la grande obsession de sa vie était la sécurité... et qu'ici, dans cet asile, elle avait trouvé cette sécurité à laquelle elle aspirait si ardemment?

Kent l'entendit à peine. Il avait bizarrement froid et la chambre lui paraissait très lointaine. En esprit, il revoyait la ferme Wainwright avec ses pièces vides et ses fenêtres barrées de planches. Pendant des années encore, pourtant, un très, très vieil homme sortirait de cette maison pour aller se promener dans la campagne, jusqu'au jour où, lui aussi, s'enfoncerait dans la mort qui l'avait frappé depuis longtemps.

Car un jour viendrait où le... fantôme ne se promènerait plus.

The ghost
Traduit par Denise Hersant

CINÉMATHÈQUE

Ecrite en 1946, à la même époque que les premières nouvelles du cycle de Linn, et bâtie sur une idée percutante, Cinémathèque *annonce le style de science-fiction nouveau, volontiers humoristique, qui sera celui de l'école* Galaxy *des années cinquante.*

Ajoutons qu'en 1970, la reprenant pratiquement telle quelle, Van Vogt en fera les premiers chapitres de son roman Quête sans fin *et que certaines notations, certains détails, que l'on pourrait trouver superflus, prendront tout leur sens dans ce nouveau contexte. Comme s'ils avaient attendu qu'un quart de siècle plus tard l'auteur leur donne un prolongement.*

Après la représentation, les cent délégués à la convention des industries électroniques se dirigèrent vers la sortie. Plusieurs avaient amené leur femme, dont les voix aiguës se mêlaient à celles des hommes. Le son se dispersa dans le hall de l'hôtel, mais le señor Pedro del Corteya, levant brusquement les yeux de ce qu'il faisait, vit qu'il n'était pas seul.

Il continua à réenrouler le film, le remit dans sa boîte, puis commença à démonter l'appareil de projection. Du coin de l'œil il observait l'inconnu avec l'intense curiosité des races latines. Son travail terminé, il se retourna.

— Vous désirez me parler, señor?

L'homme de haute taille parut hésiter, puis s'avança. Il était épais et solide, avec des yeux marron et des cheveux éclaircis.

— Vous nous avez montré un curieux film, ce soir.

Corteya accepta le compliment avec un sourire.

— Cela vous a amusé, señor?

De nouveau, l'homme parut hésiter, puis :

— Où l'avez-vous eu?

Corteya haussa les épaules. Ces Américains! S'imaginait-il qu'il allait lui donner les secrets du métier?

— Me prenez-vous pour un imbécile, señor? Voulez-vous me faire concurrence? Avec votre argent, vous auriez vite fait de gâcher mes prix.

L'étranger éclata de rire et lui tendit sa carte :

WALTER DORMAN
Président
ELECTRONIC COMPANY OF AMERICA

Corteya la regarda, puis la lui rendit. Dorman le regarda fixement, puis finit par lui dire avec une note d'incrédulité dans la voix : « Vous pensez toujours que je veux votre peau? »

Corteya haussa de nouveau les épaules.

— Que voulez-vous savoir, señor?

— Ce film?

Corteya fit un geste méprisant.

— Une banale nouveauté de dix minutes.

— Fort bien faite, si vous voulez mon avis.

— Chacun sait, señor, qu'Hollywood est merveilleux.

— Hollywood n'a jamais fait un seul film de cette qualité.

Le sourire de Corteya signifiait : puisque vous le dites... Puis, pour la première fois, il réfléchit à la bande qu'il venait de passer. Il ne s'en souvenait guère, car il avait l'habitude de regarder les spectateurs, non le film. Il se rappela quand même qu'il avait pour sujet une cuisinière électrique automatique fabriquant un repas prêt à servir si on lui fournissait les ingrédients nécessaires. Il l'avait déjà montré lors du repas annuel des diététiciens de la ville, qui avaient ri de bon cœur en voyant cette machine imaginaire.

— Señor, dit-il, je me fournis auprès de plusieurs cinémathèques, mais je ne sais pas où elles prennent les films. Moi, je me contente de regarder leurs catalogues et de commander ce dont j'ai besoin. (Il haussa les épaules.) Ce n'est pas plus compliqué que ça.

— Avez-vous d'autres nouveautés dans le même genre?

— Quelques-unes. Je ne me souviens pas bien.

— Et elles proviennent toutes de la même cinémathèque?

L'insistance de Dorman commençait à être lassante.

— Je ne m'en souviens réellement pas, señor. Pour moi, cela fait partie du travail courant.

— Vous avez d'autres films du même genre sous la main?

— Ici, señor? Non!

— Mais à votre bureau?

Corteya paraissait malheureux. C'était un homme simple et honnête, capable de mentir comme tout le monde, mais seulement s'il avait commencé par là. Ayant commencé à dire la vérité, il ne pouvait plus s'arrêter.

— Au dîner de l'Aéro-Club, demain, dit-il sur un ton lugubre, je présente un film sur une autre planète. Le catalogue dit que c'est très amusant.

— Je sais que c'est beaucoup vous demander, mais pourrions-nous aller à votre bureau pour que vous me montriez ce film maintenant?

— Mais, señor, ma femme m'attend...

En guise de réponse, Dorman prit son portefeuille et en sortit un billet de vingt dollars. Comme il s'y attendait, l'autre accepta sans trop de façons.

Il ne leur fallut que huit minutes pour se rendre au bureau de Corteya, et quelques minutes après l'appareil de projection ronronnait.

Un paysage maritime apparut, sous un ciel nuageux mais éclatant de lumière. La mer était lourde et huileuse, sans une vague. Soudain, les profondeurs ténébreuses s'agitèrent et une créature creva la surface, faisant un bond de cinq, quinze, trente mètres. Son énorme tête bulbeuse et sa vaste gueule béante semblaient presque toucher la caméra. Puis elle retomba en se débattant tentant furieusement d'agripper la proie vers laquelle elle avait bondi.

Mais elle retomba, impuissante, et frappa la surface de l'eau avec des éclaboussements gigantesques. Dorman était stupéfait. Jusque-là, il avait admiré l'illusion fortement réaliste qui devait avoir été produite dans un studio avec un monstre mécanique et une mer artificielle. Mais ces énormes jets d'eau paraissaient *réels*. La voix du commentateur s'éleva :

— Vous venez de voir une pieuvre vénusienne. Ces créatures vivent dans les fonds des chaudes mers de Vénus et ne viennent à la surface que pour trouver des proies. Notre caméraman a servi d'appât, et c'est lui que la pieuvre vient d'attaquer. En fait, il ne courait aucun risque, car il était protégé par des dispositifs électroniques.

Dorman eut un sourire crispé. D'abord une cuisinière électrique qui prépare les repas toute seule, et maintenant un voyage sur Vénus! Le tout réalisé avec beaucoup de talent — le fait de suggérer qu'il n'y avait pas eu de danger était particulièrement habile. Le faux suspense de tant de films « touristiques » sur des endroits réellement existants finissait par vous donner la nausée. Il se leva, car la suite ne l'intéressait pas. Un moment, en voyant fonctionner la cuisinière automatique, il avait craint que ce ne fût une habile publicité pour un de ses concurrents. Le film sur Vénus replaçait toute l'affaire dans une perspective correcte. Il vit que Corteya avait arrêté la projection. Le plafonnier se ralluma.

— Vous avez appris ce que vous désiriez savoir?

— Pratiquement.

Le jeune homme continua à dévider la bobine. Dorman inspecta la pièce. Il y avait une sorte de comptoir, sur lequel était posé l'appareil. Une seule chaise. Quelques rayonnages. Les murs blanchis à la chaux étaient ornés de photos de films — avec une légende indiquant le sujet, le nombre de bobines et le coût de la projection. Il était évident que seuls des acquéreurs préalablement sollicités devaient venir ici.

— Est-ce tout ce que vous désirez, señor?

Dorman se retourna. Le film était dans sa boîte, l'appareil rangé.

— J'aurais voulu savoir si ces deux films proviennent de la même cinémathèque.

Corteya ne bougea pas.

— Oui, señor, dit-il avec son sourire légèrement méprisant. J'ai vérifié en arrivant.

Dorman ne fit pas mine de partir. C'était amplement suffisant, en fait, mais il détestait les affaires inachevées. Tout vérifier, puis tout revérifier. C'était sa méthode, et il n'avait pas l'intention d'en changer. Il sortit un billet de dix dollars.

— Leur catalogue. J'aimerais y jeter un coup d'œil.

Corteya accepta le billet et sortit plusieurs classeurs de dessous le comptoir.

— Leur catalogue est mensuel. Voici deux des quatre derniers mois.

Seuls les deux derniers proposaient des « nouveautés ».

Dorman parcourut la colonne avec un sourire qui allait en s'élargissant. Vénus, la traversée d'un désert martien, un voyage en astronef jusqu'à la Lune, un panorama aérien des montagnes d'Europe, un autre sur les lunes de Jupiter, une exploration des anneaux de Saturne, un voyage en bateau sur un fleuve d'oxygène liquide de Pluton et, pour couronner le tout, le soleil vu successivement de chacune des dix planètes.

Son regard vola sur les autres nouveautés et s'arrêta sur ce qu'il cherchait : « *Présentation amusante d'une cuisinière automatique qui fait* tout toute seule. » Il referma le catalogue et regarda l'adresse : Cinémathèque Arlay, Sunset Boulevard, Hollywood, California.

— Merci, dit Dorman.

Il traversa la rue et monta dans sa voiture. Le temps avait fraîchi, et il remonta la vitre, puis alluma une cigarette. Il revint à l'hôtel sans se presser. Dans le hall, un homme l'interpella :

— Hé, Wally, venez prendre un verre au bar. Tout le monde vous cherche. Où étiez-vous passé?

Une minute plus tard, assis devant un verre, Dorman expliqua :

— J'ai poursuivi une chimère.

Il donna brièvement quelques détails. Un autre homme, qui avait suivi la conversation, tourna la tête vers lui.

— Wally, je vous admire. (Il vida son verre d'un trait.) Et ce ne sont pas des paroles en l'air. Je suis venu ici, entre autres, dans l'espoir de découvrir un nouveau président pour notre conseil d'administration. Il faudra que vous preniez mille actions, mais je vous montrerai nos bilans; vous verrez, c'est une affaire. Ce que nous voulons, c'est surtout un homme qui ne rate jamais une affaire. Pour moi, ce que vous avez fait ce soir tient du génie. Vous êtes notre homme!

— Garçon! dit Dorman. A boire!

La musique se fit plus gaie. Les voix montaient et descendaient dans une animation constante. La soirée se prolongea tard.

Dix semaines auparavant, Mr. Lester Arlay, de la Cinémathèque Arlay, avait lu la première lettre de réclamations en plissant son front déjà fortement ridé. Elle avait été glissée dans la boîte contenant la bobine, et commençait par :

« *Cher Mr. Arley...* »

Mr. Arlay fit une grimace. Il détestait que l'on déforme son nom. Il reprit sa lecture :

Cher Mr. Arley,

Le film sonore Magie de la nourriture *que vous m'avez envoyé ne correspond absolument pas à ce que j'attendais. Ni le public ni moi n'y avons compris quoi que ce soit. Il n'y est absolument pas question de nourriture. Cela a ruiné mon programme destiné au congrès des détaillants en alimentation.*

La lettre était signée par un de ses meilleurs clients, et Mr. Arlay, qui se souvenait parfaitement du film, était consterné. C'était pourtant une affaire excellente : un film éducatif tourné par une grosse compagnie de distribution qui vous le prêtait pour rien, et que l'on pouvait louer à un tarif raisonnable, mais qui était tout bénéfice. Et il convenait parfaitement à des épiciers détaillants.

Mr. Arlay remit la lettre dans la boîte contenant le film et posa le tout dans le casier « A VOIR », puis il se mit en demeure d'inspecter les autres films qui lui avaient été retournés ce matin-là. Il y en avait dix, et sur ce nombre quatre autres clients se plaignaient de « *ne pas avoir reçu le film que nous avions demandé* », « *ne pas pouvoir comprendre pourquoi vous nous avez envoyé un film tellement différent de celui que nous désirions* », « *avoir dû subir ce délire visuel* », « *avoir gâché notre soirée par cette mauvaise plaisanterie* ».

Mr. Arlay était devenu d'une pâleur mortelle et ne parvenait pas à détacher son regard des lettres. Puis, avec une activité fiévreuse, il prit l'un des films litigieux, le plaça dans l'appareil de projection et effectua les réglages nécessaires. Enfin il ferma la lumière et regarda l'écran avec une impatience qu'il avait peine à contenir.

Une musique joyeuse s'enfla progressivement, tout en devenant de plus en plus impossible à suivre. Des violons chantaient une douce mélodie, à laquelle venait se joindre un thème strident. Puis la musique cessa et l'écran prit vie, traversé de formes colorées en perpétuel mouvement, ne formant jamais un ensemble cohérent. Les couleurs, vives au début, s'assombrirent, et l'écran devint presque noir.

Dans ces ténèbres, une jeune femme s'avança, avec une légèreté et une grâce naturelle qui dénotaient une photogénie innée. Mr. Arlay ne la connaissait pas, mais un sourire, un simple mouvement de la main, suffisaient à imposer sa personnalité.

Hélas, elle disparut presque immédiatement dans un déferlement de couleurs sombres. Elle réapparut pourtant, et cette fois elle suivait un couloir intensément bleu jusque dans un salon où un jeune homme assis lisait un journal devant une vaste baie vitrée. Mr. Arlay eut un rapide aperçu de la ville éclatante qui s'étendait au-dehors, puis l'image se centra sur la jeune femme.

Elle était près du jeune homme et paraissait hésiter. Les détails de sa chair se mêlèrent au thème des couleurs sombres, et ce furent ces couleurs, revêtant une forme humaine, qui se penchèrent en avant et embrassèrent très visiblement le jeune homme sur la bouche. Le baiser dura longtemps et, lorsqu'il fut terminé, le jeune homme était, lui aussi, devenu une composition colorée, abstraite.

Les couleurs tournoyèrent. L'écran devint une splendide spirale chromatique. La musique revenait. Emergeant de sa stupeur, Mr. Arlay examina à la lueur du projecteur la lettre qui avait accompagné le film.

« *Délire visuel.* » Ah! c'était celle-là! Il prit une autre bobine, dont le titre était *Comment s'occuper d'une ferme avicole.*

Sur l'écran, la jeune femme marchait maintenant le long d'une rue, d'un pas hésitant, en se retournant parfois vers le jeune homme qui la suivait à quelques pas. Mr. Arlay arrêta la projection, réenroula le film, puis en mit un autre dans l'appareil, celui dont la lettre disait que leur « soirée avait été gâchée par cette mauvaise plaisanterie ».

Une machine apparut sur l'écran. L'image était d'une netteté parfaite, et le film n'avait certainement rien d'une plaisanterie, sinon que Mr. Arlay ne se souvenait pas d'avoir jamais vu une machine semblable. Sur le moment, cela ne l'inquiéta guère; le monde était plein de machines qu'il n'avait jamais vues et qu'il n'avait, de plus, aucun désir de voir. Il attendit. Une calme voix masculine s'éleva :

— Aucun astronaute ne devrait avoir le moindre mal à réparer ce nouveau moteur spatial.

Mr. Arlay soupira et regarda le titre qui était indiqué sur la boîte : *Comment se servir du moteur diesel American Cogshill.*

Cela paraissait clair. On lui avait renvoyé toute une série de films qui n'étaient pas à lui — et dans les boîtes d'origine, par-dessus le marché. Le pire, c'était qu'il avait donné en location cinq mauvais films du même coup.

Commentant l'image, la voix disait : « Et maintenant, vous devez soulever la gaine du moteur. Comme son poids standard est de huit tonnes, il faut prendre soin, à proximité d'un corps planétaire, d'équilibrer les indicateurs d'antigravité à une similitude de quatre-vingt-dix-neuf gravitonnes. Ensuite, une bonne poussée suffit à la déloger. »

Mr. Arlay était en train de ranger la bobine lorsqu'une pensée le frappa : « Qu'est-ce qu'il a dit? *Qu'est-ce...* »

Quelque chose n'était pas normal, pas normal du tout. Il cligna des yeux comme un hibou.

Il fut interrompu par l'arrivée d'une jeune femme vêtue d'un manteau de vison, aux mains couvertes de bagues. « Hello, chéri », dit-elle d'unc voix voilée.

Mr. Arlay vint vers elle, oubliant toute pensée perturbatrice. Sa femme esquiva habilement le baiser qu'il essaya de planter sur ses lèvres.

— Tu as de l'argent? demanda-t-elle. J'ai quelques courses à faire.

— Fais attention, Tania, nous touchons presque le fond.

C'était dit affectueusement; il voulut l'embrasser de nouveau et parvint à effleurer sa joue. Son corps délié piaffait d'impatience.

— Tu ne cesses de me répéter ça, dit-elle en lui

jetant un regard sombre. Il y en a pourtant qui font vraiment de l'argent, en ville.

Mr. Arlay faillit lui faire remarquer qu'il n'en « faisait » pas moins qu'eux, mais il était sans illusions sur l'ascendant qu'il avait sur sa jeune femme. Son affaire lui rapportait entre trois et cinq cents dollars par semaine. Ce n'était pas faramineux, certes, mais les vedettes de cinéma ne gagnent guère davantage. Par semaine, elles touchent sans doute un peu plus, mais rares sont celles qui le font cinquante-deux semaines par an. Ce revenu lui avait permis, il y avait trois ans, d'épouser une petite actrice bien plus attirante physiquement qu'il n'était en droit de s'y attendre. Mentalement, c'était une autre question. Son sens de la survie aurait stupéfait Darwin. Quelles que fussent les variations de son revenu, elle parvenait toujours à le dépenser. Son adaptabilité étonnait même le pessimiste et blasé Mr. Arlay.

Il n'était toutefois pas conscient — elle non plus, d'ailleurs, et elle s'en serait fort peu soucié — de la profonde influence qu'elle exerçait sur lui. Les qualités d'imagination qui lui avaient permis de monter son affaire avaient cédé la place à une confiance aveugle en l'expérience. Il aurait été étonné d'apprendre que l'habitude qu'il avait de se considérer comme un « monsieur » n'était qu'une compensation pour la catastrophe psychique dont il avait été victime lorsqu'elle avait fait son entrée dans sa vie.

De toute façon, il n'était guère probable que sa défunte imagination lui ait permis de découvrir qu'il se trouvait en possession de films tournés *dans* plus de cinquante ans.

Maintenant qu'elle était là, il s'efforça de la garder le plus longtemps possible auprès de lui.

— J'ai quelque chose qui t'intéressera peut-être. On m'a envoyé par erreur un drôle de film, vraiment inhabituel.

— Ecoute, chéri, je suis très pressée, et...

Elle vit que ce n'était pas le moment de refuser.

Il fallait bien lui donner une miette de temps à autre. Il était *tellement* naïf, et ne se doutait *jamais* de rien. Elle serait bien stupide de se le mettre à dos.

— D'accord, chéri, dit-elle d'une voix langoureuse, puisque cela te fait plaisir.

Il lui passa le film avec la fille, le jeune homme et les jeux de couleurs. Dès que la fille apparut sur l'écran il comprit qu'il avait commis une erreur. Sa femme se raidit dès que la superbe actrice fit son entrée.

— Hm-m-m-m, fit-elle avec acidité, tu vends de la fesse, maintenant?

Mr. Arlay laissa le film continuer sans faire de commentaires. Il avait momentanément oublié que sa femme n'admirait *pas* les autres actrices. En suivant le film, il comprit que la tristesse de la musique et des couleurs signifiait que le mariage de la jeune femme n'était pas heureux. Les mouvements de couleurs étaient destinés à rendre ses émotions, ses doutes, et les pensées qui se pressaient dans son esprit. « Intéressant, pensa-t-il, je me demande bien qui a pu tourner cela. »

Lorsque la bobine fut terminée, Tania se leva d'un bond.

— Bon, il faut que je me sauve. Je peux faire un chèque de cinq cents dollars? O.K.?

— Trois! dit Mr. Arlay.

— Quatre, dit sa femme, jouant aimablement le jeu.

Quatre, donc. Après son départ, Mr. Arlay se mit en demeure de rechercher l'expéditeur de ces films inhabituels. La fiche du film *Comment s'occuper d'une ferme avicole* lui donna la liste des personnes, institutions ou écoles qui l'avaient loué. Le coupable serait évidemment l'avant-dernier.

« *Collège Tichenor* », lut-il.

Mr. Arlay fit une grimace et modifia mentalement le texte de la lettre qu'il s'apprêtait à écrire. Tichenor était de loin un de ses meilleurs clients. De plus, leur opérateur, Peter Caxton, professeur de sciences, était un homme expérimenté. Il semblait impossible qu'il fût le coupable.

Rapidement, il examina les fiches des autres films excentriques; partout, l'avant-dernier emprunteur était le Collège Tichenor. Mr. Arlay se mit à sa machine à écrire et, se souvenant que les faits ne blessent pas, écrivit :

Cher Dr. Caxton,

Plusieurs des films que vous nous avez retournés n'étaient pas ceux que nous vous avions prêtés. Au total cinq films...

Il s'arrêta. Cinq? Comment pouvait-il être certain qu'il n'y en avait que cinq? Il alla chercher la fiche Tichenor dans le fichier clients. La liste des films empruntés était longue. Il laissa de côté les quinze premiers. Le seizième avait été emprunté il y avait un peu plus de quinze jours. Son titre était *Comment tailler les arbres fruitiers*. Le film s'avéra être une fantastique concoction dans laquelle une fusée de forme bizarre semblait s'élever de la surface terrestre pour aller sur la Lune. Les truquages étaient très réalistes et la photo était léchée dans le style d'Hollywood.

Mr. Arlay coupa la projection, et l'idée lui vint que cela vaudrait la peine de représenter celui qui fabriquait ces films.

Il se remit au travail et projeta un à un les dix-neuf derniers films que Tichenor lui avait empruntés — ou, plus exactement, les seize qui étaient là. Trois avaient été reloués, et il ne tarderait sans doute pas à en entendre parler.

Sur les seize, sept étaient des films de voyages — de voyages uniques et incroyables, filmés par un fou. Mais, fou ou pas, il avait du génie, et avait conçu les décors les plus réalistes jamais dessinés pour des films fantastiques. Parmi les premiers se trouvait le film sur Vénus que Pedro del Corteya devait montrer à Mr. Dorman dix semaines plus tard. Mr. Arlay le regarda en connaisseur, ainsi que les autres bandes sur le système solaire. Il y avait peut-être de l'avenir dans ces films présentant de façon habile ce que la science croyait savoir sur les planètes du système solaire.

Sept films de voyages, et huit consacrés au mode d'emploi ou de réparation de divers engins, dont un au moins était totalement incompréhensible, pour Mr. Arlay du moins. Une sorte de carter muni d'une turbine — le carter comprenait plusieurs petites chambres, et lorsqu'on les emplissait d'une fine poudre métallique, la turbine pouvait tourner à une vitesse énorme qui ne ralentissait pas lorsqu'on la reliait à une autre machine de structure complexe. Un autre était consacré à la réparation d'un « fusil atomique ». Ici aussi, la fine poudre métallique était introduite dans de minuscules chambres, mais il y avait aussi un « tunnel à transformation » dont le but n'était pas apparent. Lorsqu'on s'en servait, cette arme portative pouvait faire voler en poussière une colline de cent mètres de haut.

Mr. Arlay commençait à se sentir agacé. Cela allait un peu trop loin. Les voyages avaient une certaine valeur scientifique, mais ces films, avec leurs détails inutilement précis, perdaient toute crédibilité : un moteur atomique, un fusil atomique, comment réparer un moteur spatial, comment entretenir et faire marcher un Vol-O, machine à voler individuelle — une sorte de harnais muni d'un tube métallique qui vous soulevait du sol en vous faisant voler. Un poste de radio qui était un simple bracelet de « métal sensible », dont on allait jusqu'à montrer la structure cristalline — même les ondes radio étaient visualisées, ainsi que la façon dont elles se transformaient en sons dans des bulles microscopiques prisonnières du métal. D'autres étaient plus amusants, dans le style arts ménagers : une lumière qui naissait en l'air à l'endroit désiré, des tapis insalissables et enfin la cuisinière automatique qui devait plus tard éveiller l'instinct compétitif de Dorman. Bien avant la fin des projections, Mr. Arlay s'était dit qu'il devait y avoir un public intéressé par ces bandes. Il faudrait bien insister, toutefois, sur l'aspect « anticipation », de façon à ce que le public ne soit pas pris au dépourvu.

La meilleure solution serait de trouver leur source, afin de pouvoir s'en procurer à volonté. Il téléphona au Collège Tichenor et demanda à parler à Caxton, qui lui dit :

— Mais, mon cher Mr. Arlay, il est absolument exclu que nous soyons les responsables. Afin d'éviter de semblables confusions, j'ai depuis longtemps adopté le principe de n'emprunter qu'à une seule cinémathèque à la fois. Depuis deux mois, nous n'avons fait appel qu'à vous, et nous avons toujours renvoyé les films rapidement. Vous devriez revoir vos dossiers.

Son ton était légèrement condescendant, et la peur de perdre un client fit reculer Mr. Arlay.

— Oui, oui, bien sûr... Je vérifierai moi-même. Mon assistant a dû... euh...

Mr. Arlay raccrocha, vit qu'il était presque une heure et alla jusqu'à Vine Street pour manger de la soupe à la tomate. Peu à peu, il se calma; la situation n'était pas vraiment grave. Il avait perdu dix-neuf films, mais s'il écrivait des lettres habiles aux firmes qui les avaient fournis, elles lui enverraient sans tarder de nouvelles copies. Et pour compenser la tension nerveuse qu'il subissait, il possédait seize, peut-être même dix-neuf nouveautés qui se vendraient sans doute bien.

Ce fut le cas par la suite. Les bandes furent louées régulièrement, et plusieurs étaient retenues des semaines à l'avance. Mr. Arlay ne se souciait guère de ce que leur véritable propriétaire penserait en apprenant ce qui se passait. Sans doute demanderait-il le pourcentage habituel, et cela, Mr. Arlay était prêt à le payer.

Mr. Arlay envoya également des formulaires pour se faire une idée des réactions du public. Ils revinrent dûment remplis. Nombre de spectateurs : 100, 200, 75, 150. Nature du public : épiciers détaillants, classe d'astronomie dans une université, société de physiciens, élèves d'un lycée. Réactions du public : « amusant » — « intéressant » — « cela passe grâce à l'excellence de la photo »; une critique souvent exprimée était : « vu la nature du sujet, les dialogues devraient être plus humoristiques ».

Et ce n'était pas tout. A la fin du deuxième mois, Mr. Arlay se trouvait en possession de trente et un films supplémentaires, provenant tous du Collège Tichenor.

Au bout de dix semaines, tout juste avant que Corteya ne présente le film sur la cuisinière-miracle au congrès des industries électroniques, deux événements prirent place simultanément : Mr. Arlay augmenta de cinquante pour cent le prix de location des bandes et reçut une lettre de Peter Caxton :

« *J'ai remarqué une liste de nouveautés dans votre catalogue. Je désirerais, pour mercredi prochain, un film sur une planète.* »

« Et maintenant, pensa Mr. Arlay, nous allons voir! »

Le film lui fut retourné vendredi. C'était également un documentaire de voyage imaginaire, mais pas celui qu'il avait envoyé.

En se rendant au Collège Tichenor pour les classes de l'après-midi, Peter Caxton passa au drugstore pour acheter un paquet de cigarettes. Il s'arrêta devant le grand miroir placé près de l'entrée et se regarda des pieds à la tête.

Ce qu'il vit lui plut. Il était grand, ses vêtements lui allaient bien, son visage était lisse mais pas trop jeune, et ses yeux gris semblaient sourire. Il ressortit fort content de lui. Caxton ne se faisait pas d'illusions. La vie était ce qu'on en faisait. Et, s'il ne commettait pas d'erreurs, il deviendrait principal du collège dans deux ans, lorsque le Vieux prendrait sa retraite. Caxton ne voyait pas comment il aurait pu presser le mouvement.

Tichenor n'était pas une de ces super-écoles soutenues par des crédits illimités. Il n'y avait qu'une seule salle de détente pour les professeurs hommes et femmes. Caxton s'installa dans un fauteuil et alluma une cigarette. Il l'avait fumée à moitié lorsque miss Gregg entra.

Elle lui adressa un sourire chaleureux.

— Hello, Peter.

Elle dirigea un regard interrogateur vers les vestiaires.

— Il n'y a personne dans le vestiaire hommes, dit Caxton.

Elle ouvrit la porte de celui des femmes et jeta un coup d'œil à l'intérieur, puis s'approcha de lui en souplesse et lui planta un baiser sur les lèvres.

— Prudence, dit Caxton.

— Ce soir, murmura-t-elle, derrière le parc.

— J'essaierai, dit Caxton avec un soupçon d'irritation, mais ma femme...

Elle lui murmura à l'oreille :

— Je t'attendrai, puis s'éclipsa.

Resté seul, Caxton fit la moue. Au début, la conquête de miss Gregg avait été fort agréable, mais après six mois de rendez-vous de plus en plus rapprochés, cela commençait à devenir lassant. Elle en était arrivée à envisager qu'il divorce, en imaginant que cela ne nuirait pas à sa carrière, et que tout finirait pour le mieux dans le meilleur des mondes. Caxton ne partageait ni son désir d'une telle issue, ni sa vague conviction que cela n'aurait aucune répercussion fâcheuse.

Il s'était rendu compte trop tard qu'elle était de tempérament purement émotif. Depuis un mois, il avait décidé de rompre, sans pouvoir imaginer d'autre moyen que de l'évincer de l'école. Comment? En faisant courir des bruits sur elle et Dorrit. Ainsi, il ferait d'une pierre deux coups. Ancil Dorrit était son principal rival à la succession du principal et, qui pis était, il s'entendait très bien avec le Vieux.

Cela ne devrait pas être trop difficile. Tout le monde, sauf miss Gregg, savait que Dorrit était amoureux fou d'elle — et ce dernier ne se doutait apparemment pas que son secret avait transpiré. Caxton trouvait la situation amusante; lui, un homme marié, lui avait volé la fille de ses rêves — pourquoi ne lui ravirait-il pas aussi le poste de principal? Il faudrait bien réfléchir, et procéder avec la plus grande prudence.

Caxton écrasa distraitement son mégot et se dirigea lentement vers l'auditorium. Quelle stupidité, ces séances de cinéma! Au début, il avait trouvé cela excellent, mais il y avait trop de films médiocres. Et puis cela ne leur apprenait rien. Il avait une fois interrogé quelques-uns de ses meilleurs élèves sur ce qu'un film leur avait appris, et les réponses avaient été très décevantes. Les défenseurs de cette méthode prétendaient toutefois que l'effet était cumulatif et que les gosses adoraient ça; le conseil des professeurs avait fini par décider qu'il fallait montrer chaque film également aux secondes et non plus seulement aux premières.

Cela signifiait que chaque matin et chaque après-midi, il devait s'occuper d'une bande d'adolescents de quinze à dix-sept ans dans un auditorium plongé dans l'obscurité. Heureusement, c'était la dernière séance de la journée. Le film se déroulait depuis une bonne minute lorsque Caxton regarda l'écran pour la première fois; immédiatement, il interrompit la projection, ralluma les lumières, et sortit de la cabine de projection.

— Qui est responsable de cette stupide plaisanterie?

Personne ne répondit. Les filles parurent un peu effrayées et les garçons se raidirent. Quelques « chouchous » pâlirent.

— Qui, cria Caxton, a changé les bobines pendant l'heure du déjeuner?

Il s'arrêta, comprenant soudain les implications de ce qui se passait. Il était à Tichenor depuis quatre ans, et c'était la première fois qu'il était victime d'une farce d'étudiants. Et il réagissait très mal. Au prix d'un immense effort mental, il parvint à sauver la situation.

— Bien, dit-il en souriant froidement. Si c'est ça que vous voulez voir, vous le verrez!

Le lendemain, cela se répéta, et son sourire devint forcé. Il fallait maintenir la discipline.

— Si cela se répète, je serai contraint d'en aviser le Vi... (il se reprit juste à temps) d'en aviser Mr. Verney.

Le jour suivant, complètement désorienté, il alla voir le principal dans son bureau.

— Mais où trouvent-ils les films? demanda le vieux principal en désespoir de cause. Cela coûte beaucoup d'argent.

Les choses n'en restèrent pas là. Jeudi, le film ayant de nouveau été changé, il trotta d'une classe à l'autre et leur fit remarquer leur manque de loyauté, ajoutant que, puisqu'il faudrait payer les films perdus, l'affaire commençait à prendre un aspect frauduleux.

Le cinquième jour — vendredi — les étudiants prirent l'affaire en main, et les deux chefs de classe allèrent porter une déclaration à la direction.

— Comme vous le savez, déclara l'un d'eux, les étudiants sont au courant de tout ce qui se passe dans les classes. Mais dans le cas présent, nous n'avons pas la moindre indication sur l'identité du coupable. Il agit seul et dans le secret. Nous nous désolidarisons entièrement de lui et lui refusons l'appui que nous accordons normalement à tout étudiant qui s'est mis dans son tort.

Ces belles paroles auraient dû calmer les nerfs de Caxton, mais elles eurent l'effet opposé et renforcèrent les soupçons qu'il avait depuis peu. Il commit l'erreur de s'en ouvrir au principal :

— Si les étudiants ne sont pas responsables, ce ne peut être qu'un des professeurs. Et le seul qui me déteste cordialement est Dorrit. (Il ajouta sombrement :) A votre place, je m'inquiéterais également des relations entre Dorrit et miss Gregg.

Verney commençait à en avoir par-dessus la tête

de cette affaire et il fit montre d'une initiative surprenante. Il fit appeler Miss Gregg et Dorrit et, à la grande consternation de Caxton, leur répéta ses accusations. Miss Gregg jeta un regard stupéfait à Caxton, qui était paralysé, et elle demeura de glace pendant le reste de l'entretien. Dorrit parut sur le point de se mettre en colère, puis éclata de rire.

— Cette semaine aura ouvert bien des yeux, dit-il. Nous avons vu Caxton s'effondrer lorsqu'il est apparu que ses étudiants ne l'aimaient pas. J'avais toujours pensé qu'il était névrosé, mais au cours de ces cinq jours, cela s'est révélé bien pire que je ne l'imaginais. Comme tous les vrais névrosés, il a lancé ces accusations sans même prendre la peine de faire une enquête élémentaire. Par exemple, je peux prouver que, pendant deux jours au moins, il m'eût été impossible d'accéder à la salle de projections : j'étais malade et alité, mardi et mercredi, comme ma logeuse pourra le certifier.

« Quant à la seconde accusation, de loin la plus grave, je souhaiterais qu'elle fût justifiée, quoique dans un sens fort différent que ce qu'impliquait Caxton. Je suis en général assez timide avec les femmes, mais dans ces circonstances je ne vois pas pourquoi je cacherais que j'admire miss Gregg depuis déjà fort longtemps.

Pour la première fois depuis le début, la jeune femme manifesta quelque intérêt. Elle regarda Dorrit du coin de l'œil, comme si elle le découvrait sous un jour nouveau. Puis elle retourna à la contemplation du mur qui lui faisait face. Dorrit contiua :

— Il est, bien entendu, difficile de prouver qu'une accusation aussi vague est fausse, mais...

Le Vieux le coupa :

— Il est parfaitement inutile de vous disculper. Je n'en crois pas un mot, et j'avoue ne pas comprendre dans quel but Mr. Caxton a mêlé une accusation aussi irréfléchie à cette malheureuse affaire de films perdus. Si la situation continue, j'en aviserai le conseil d'administration et ordonnerai une enquête. Ce sera tout. Bonsoir, messieurs. Bonsoir, miss Gregg.

Caxton passa un bien mauvais week-end. Il était évident que le Vieux n'était que trop heureux de profiter de la situation pour se débarrasser d'un héritier non désiré. Il n'avait à s'en prendre qu'à sa propre stupidité... Mais ce n'était pas cela qui l'ennuyait le plus. Il avait l'impression qu'il se tramait quelque chose derrière son dos. Il ne s'était pas trompé.

Le lundi matin, tous les professeurs femmes l'évitèrent, et les hommes furent tout juste polis. L'un d'eux vint toutefois vers lui et lui demanda à voix basse :

— Qu'est-ce qui vous a fait porter une telle accusation contre Gregg et Dorrit?

— J'étais tellement troublé que je ne savais plus ce que je faisais, répondit Caxton lamentablement.

— Ça, c'est certain, dit l'autre. Gregg est allée le répéter à toutes ses collègues.

Elle agit comme une femme bafouée, pensa Caxton.

L'autre ajouta :

— Je vais voir ce que je peux faire, mais...

Il était trop tard. Au déjeuner, les professeurs femmes entrèrent en masse dans le bureau du principal et lui annoncèrent qu'elles refusaient de travailler dans le même établissement qu'un individu capable d'une telle calomnie contre l'une d'elles. Caxton, qui avait d'ailleurs songé à une éventuelle démission, fut obligé d'agir. Il fut convenu qu'elle prendrait effet à la fin du mois, soit au prochain week-end.

Cela éclaircit l'atmosphère. Les hommes redevinrent amicaux, et son propre esprit recommença à fonctionner normalement. Mardi matin, il se leva en pensant avec clarté : « Ces films! Sans cette sale histoire, je n'aurais jamais perdu la tête. Si au moins je pouvais découvrir le responsable! »

Il lui semblait presque que cela compenserait la perte de son travail. A midi, il fit semblant de rentrer chez lui, mais se faufila dans les bâtiments par l'arrière, entra dans l'auditorium et se cacha derrière l'écran.

Il y resta pendant toute l'heure du déjeuner. Rien. Personne ne tenta d'ouvrir les portes fermées à clef, personne n'approcha de la cabine de projection.

Mais lorsque, après le déjeuner, il passa le film aux secondes, ce n'était pas le même que le matin.

Le film original était consacré à l'élevage de la volaille, et celui qu'il projetait maintenant concernait l'utilisation de certains médicaments propres à fluidifier ou épaissir le sang humain, afin de permettre aux sujets de résister à des changements de températures extrêmes.

C'était la première fois qu'il accordait réellement toute son attention à un de ces films. Il pensa, stupéfait : « Mais qui peut bien les fabriquer? Ils sont absolument extraordinaires et pleins d'idées nouvelles... »

Après les classes, il revint dans la salle de projections afin de revoir le film — et il reçut le choc de sa vie. Ce n'était pas le même film que le matin, ni le même qu'après déjeuner. C'était un troisième film, qui traitait de l'intérieur du soleil. Avec des doigts tremblants, il le réenroula et le passa de nouveau. Son visage se couvrit de sueur en voyant un quatrième film entièrement différent apparaître sur l'écran. Son premier mouvement fut de se précipiter chez Verney, mais il s'arrêta. Le Vieux refuserait de venir. Il avait déjà laissé entendre au moins deux fois qu'il était persuadé que l'affaire des films rentrerait dans l'ordre dès que Caxton serait parti. « Demain, dirait-il sans doute, j'irai jeter un coup d'œil sur le projecteur demain. »

Pour Caxton, cela ne pouvait pas attendre au lendemain. Ce fut alors qu'il se souvint du coup de téléphone de Mr. Arlay, plus de deux mois auparavant. Voilà, il allait appeler Arlay. Mais sa seconde impulsion ne dura pas plus que la première. En se souvenant du ton sur lequel il lui avait parlé, il préféra remettre ce projet à plus tard.

Avec des gestes rapides et précis, il démonta l'appareil de projection. Il ne savait pas du tout ce qu'il cherchait et ne trouva d'ailleurs rien. La machine était parfaitement normale et en excellent état.

Il la remonta avec soin, puis fit repasser le film. Cette fois, il n'y eut pas de modification. C'était le même film. Il le fit repasser encore une fois, et ce fut de nouveau le même film.

Caxton se laissa tomber sur une chaise. Il se rendit compte qu'il avait commis une immense erreur. Il se passait quelque chose de fantastique, d'incroyable — il n'essaya même pas de faire des conjectures — et, en démontant l'appareil, il avait annulé ce processus, quel qu'il fût. Et maintenant, il ne pouvait même plus faire mention de sa découverte. Bah! qu'est-ce que cela pouvait bien lui faire, ces films? Il quittait le collège dans quelques jours, alors... Il se leva, sortit de l'école et rentra chez lui d'un pas coléreux.

C'était en l'an 2011 et, bien que l'appareil de projection automatique du Collège Tichenor fût, électroniquement parlant, conscient que quelque chose n'était pas normal, il continuait à fonctionner. A Los Angeles, la machine distributrice de films était, de la même façon, consciente que quelque chose n'était pas normal, mais le trouble n'était pas assez grave pour déclencher les relais d'alarme. Du moins il en fut ainsi pendant trois mois, et puis... Mais procédons dans l'ordre :

Tichenor envoya une commande par les voies électroniques habituelles. La commande était d'origine humaine. Il fallait d'abord perforer le numéro d'ordre du film, puis le numéro d'identification du collège. En général, l'intervention humaine se limitait à cela, sauf dans le cas où aucune copie du film demandé n'était disponible. Une lampe rouge s'allumait alors dans la salle de projections à Tichenor, et le demandeur devait commander un autre film à la place.

Dans le cas présent, une copie était disponible. Le numéro de l'école fut imprimé en lettres magnétiques sur le container ainsi que sur une plaque comptable, laquelle passa par une machine qui prit note de l'information et se chargea de faire payer Tichenor en temps voulu.

Le film lui-même s'introduisit dans un tube. Au début, sa vitesse n'était pas très grande. D'autres containers étaient constamment introduits dans le tube, et seul un ajustement automatique de la vitesse évitait les collisions. Le numéro de la destination du film, le Collège Tichenor, était 9-7-43-6-2- : Zone 9, Tube Principal 7, Tube Secondaire 43, Distribution 6, Ecole 2.

Au croisement de la Zone 9, les indications portées sur le container activèrent un mécanisme qui le fit passer dans le tube distributeur postal principal 7 — c'était le réseau réservé aux petits paquets, et il y en avait une file ininterrompue, chacun dans son container électriquement contrôlé. Le flux ne stoppait jamais, mais ralentissait ou accélérait avant et après chaque nouvelle introduction ou éjection vers les circuits secondaires ou locaux.

... 43-6-2. Clic. Le film arriva dans le récepteur. Un dispositif automatique le mit en place dans l'appareil de projection. A l'heure prévue — cinquante minutes plus tard — l'équipement optique de l'appareil de projection inspecta l'auditorium. Plusieurs étudiants étaient encore dans le hall; un signal retentit; une demi-minute passa, puis l'appareil jeta un dernier « coup d'œil ». Un seul étudiant s'attardait encore dans le hall.

L'appareil sonna de nouveau l'alarme, pour la dernière fois. Ensuite, il avertirait les bureaux du principal, en lui fournissant une image télévisée de l'étudiant récalcitrant. Cette dernière mesure s'avéra inutile, car l'étudiant finit par gagner sa place. Les portes se fermèrent et la projection commença.

Ce qui arriva alors dépassait les capacités de l'ensemble électronique de l'appareil de projection. Le film demandé passa normalement sur l'écran, mais celui qui se réenroula dans le container et fut renvoyé à la cinémathèque de Los Angeles était une vieillerie nommée *Magie de la nourriture,* louée par Tichenor à la cinémathèque Arlay en 1946.

Le container n'était pas, lui non plus, équipé pour détecter de telles erreurs. Par pure chance, trois mois passèrent avant que ce container, ou aucun des autres qui acquirent par la suite un film de 1946, ne fût demandé. Lorsque enfin un de ces films se mit en place dans un appareil de projection, à Santa Monica, il était trop tard. Caxton avait démonté l'appareil de projection 1946 et le processus sériel de connexion temporelle avait été interrompu.

Le temps est la grande constante, mais cette constante n'est pas une simple relation. Le temps est là où vous êtes. Il n'est le même nulle part ailleurs. La lumière d'une étoile pénètre dans l'atmosphère et nous en donne une image vieille de sept cent mille années. Un électron laisse une traînée lumineuse sur une plaque photographique, et nous donne une image venant de cinquante, cent ou cent mille ans dans l'avenir. Les étoiles, l'univers de l'infiniment grand, sont toujours dans le passé. Les électrons — l'infiniment petit — toujours dans l'avenir.

Ceci est une constante de l'univers, et c'est le secret du temps. Pour une seconde d'éternité, deux appareils de projection cinématographique situés en deux périodes différentes de l'espace-temps perdirent certains attributs de leur non-relation fondamentale, et une liaison limitée s'établit.

Elle cessa et ne fut jamais plus.

Le señor Pedro del Corteya remballa son appareil. Il était vaguement malheureux, comme toujours lorsque le public avait réagi avec tiédeur. Il était tard, mais, avant d'ouvrir la portière de sa voiture, il resta un moment à regarder le ciel empli d'étoiles. Il était d'un bleu profond et vibrait du mystère de cet univers immense, mais Corteya le vit à peine. Il pensait.

« Ce sont ces films qui les embêtent. Je leur en ai montré trop dans cette ville. Terminé. »

Il se sentit mieux, comme si on lui avait ôté un énorme poids de l'âme. Il monta dans sa voiture et rentra chez lui.

Film Library
Traduit par Frank Straschitz

PROCESSUS

Les extra-terrestres de Van Vogt sont sans doute les plus convaincants de toute la science-fiction. Et en tout cas ceux qui ont le plus de présence. C'est que, mieux que quiconque, l'auteur de la Faune de l'espace *sait raconter une histoire du point de vue d'une créature* autre *et nous faire découvrir celle-ci* de l'intérieur *à travers ses actions et ses réactions.*

Processus *est à cet égard une œuvre exemplaire : sur un ton proche du simple constat scientifique c'est aussi un poème proprement cosmique.*

Parue en 1950 dans le tout nouveau Magazine of Fantasy and Science-Fiction, *qui n'en était alors qu'à son cinquième numéro, cette nouvelle est également l'une des toutes dernières écrites par Van Vogt avant qu'il ne se consacre à la Dianétique.*

Dans la lumière éclatante de ce lointain soleil, la forêt respirait, s'animait, vivait sa propre vie. Elle avait conscience de la présence du vaisseau qui était venu à travers les hautes couches atmosphériques raréfiées. Mais son hostilité instinctive à l'égard de la chose extra-terrestre ne s'accompagna pas immédiatement de panique.

Sur des dizaines de milliers de kilomètres carrés, ses racines s'entrelaçaient sous la terre, et ses millions de sommets frémissaient doucement parmi mille brises paresseuses. Et au-delà, sur des collines et des montagnes, le long du littoral presque infini, s'étendaient d'autres forêts, aussi solides et aussi massives qu'elle-même.

Depuis des temps immémoriaux, la forêt avait préservé le pays d'un danger vaguement pressenti.

Lentement, progressivement, sa mémoire retrouva la nature de ce danger : il provenait de vaisseaux comme celui-ci, qui descendaient du ciel. La forêt ne pouvait se souvenir avec précision de quelle manière elle s'était défendue dans le passé, mais elle se rappelait instinctivement que la défense avait été nécessaire.

Tandis qu'elle prenait de plus en plus conscience de l'approche du vaisseau dans le ciel teinté de gris et de rouge, ses feuilles chuchotaient l'histoire éternelle de batailles livrées et gagnées. Des bribes de pensées suivaient lentement leur cours sur les ondes de vibrations, et les membres majestueux de dizaines de milliers d'arbres tremblaient avec une infinie douceur.

L'amplitude de ce tremblement, parcourant tous les arbres, créait graduellement un son et une légère pression atmosphérique. Tout d'abord, le phénomène fut presque immatériel, tel un petit souffle de vent flottant dans une vallée étroite. Mais bientôt, il devint *sensible.*

Il acquit de la substance. Le son devint uniforme, enveloppant, pénétrant. Toute la forêt se dressait, vibrante d'hostilité, attendant que la chose dans le ciel se rapproche davantage.

Elle n'eut pas longtemps à attendre.

Le vaisseau quitta sa trajectoire. Sa vitesse, à présent qu'il s'approchait du sol, était plus grande qu'il n'avait semblé de prime abord. Et il était bien plus volumineux. Il apparaissait, comme un oiseau gigantesque, au-dessus des arbres, et il descendait toujours plus bas, peu soucieux des sommets qu'il risquait de toucher. Soudain, il y eut un craquement de bois, un gémissement de branches qui se brisent — et des arbres entiers furent fauchés comme des fétus de paille sans poids et sans force.

Le vaisseau se posa et se fraya un chemin à travers la forêt qui poussait des gémissements et des cris déchirants sur son passage. Il s'installa lourdement sur le sol, après avoir roulé sur trois kilomètres. Il laissait derrière lui un sillage d'arbres brisés qui tressaillaient et exhalaient leur dernier souffle sous la lumière du soleil : un véritable champ de mort — la forêt s'en souvint soudain — semblable à celui d'antan.

La forêt s'extirpa de ses parties tourmentées. Elle retira la sève des géants meurtris et cessa d'envoyer son flot de vibrations dans les secteurs affectés. Plus tard, elle enverrait de nouvelles pousses pour remplacer celles qui avaient été anéanties, mais pour le moment, elle acceptait la mort partielle qui lui était infligée. Elle connut la peur.

C'était une peur mêlée de colère. La forêt sentit le poids du vaisseau pesant sur ses membres brisés, sur cette partie d'elle-même qui n'était pas encore morte. Elle sentit le froid et la dureté des parois métalliques, et sa peur et sa colère s'accentuèrent.

Un murmure méditatif courait sur les ondes de vibrations. « Attendez, disait-il, je porte en moi la mémoire, la mémoire d'antan, celle du désastre que d'autres vaisseaux ont semé sur leur passage. »

La mémoire ne pouvait éclairer le passé. Avec concentration, mais sans certitude quant au résultat, la forêt se prépara à lancer sa première attaque. Elle activa la croissance végétative autour du vaisseau.

Longtemps auparavant, elle avait découvert le grand pouvoir de croissance dont elle était dotée. Il y avait eu un temps où elle n'avait pas été aussi immense qu'aujourd'hui. Et puis, un jour, elle s'était rendu compte qu'elle approchait d'une autre forêt, semblable à elle.

Les deux masses de bois en pleine expansion, les deux colosses aux racines entrelacées se rapprochaient l'un de l'autre, lentement, prudemment, au comble de la stupeur, se demandant chacun avec une circonspection mêlée d'effroi comment une forme de vie similaire à la sienne avait pu réellement exister pendant tout ce temps. Finalement, ils se rencontraient, se touchaient — et s'ensuivaient des années d'hostilités et de combats.

Au cours de cette longue lutte, toute croissance des parties centrales était arrêtée. Il ne poussait plus de nouvelles branches sur les arbres; les feuilles, par nécessité, se durcissaient et gagnaient en résistance, et ainsi, elles remplissaient leurs fonctions pendant des périodes bien plus longues. Les racines se développaient avec lenteur. Toute la force disponible de la forêt se concentrait dans le processus de la défense et de l'attaque.

Des rangées d'arbres se mettaient à pousser en l'espace d'une nuit. D'énormes racines creusaient le sol à des kilomètres de profondeur, fendaient la roche et le métal, formaient une barrière de bois vivant contre l'envahissement de la forêt ennemie. A la surface, les barrières s'élargissaient sur un kilomètre et davantage, tandis que les arbres se tenaient presque tronc contre tronc. En raison de cette double stratégie, la grande bataille décisive n'eut finalement pas lieu. La forêt accepta l'obstacle créé par sa rivale.

Plus tard, elle contraignit une seconde forêt qui l'attaquait sur un autre flanc à une immobilisation analogue.

Les lignes de démarcation devenaient aussi naturelles que l'existence de la grande mer salée du Sud ou que la présence des cimes neigeuses des montagnes qui restaient gelées tout au long de l'année.

Comme elle l'avait fait lors du combat livré avec les deux autres forêts, elle concentra toute sa force contre le vaisseau de l'envahisseur. Des arbres sortirent de terre, à la vitesse de trente centimètres toutes les cinq minutes. Des plantes grimpantes enlacèrent les troncs et rampèrent sur le vaisseau. Leurs innombrables fibres coururent sur le métal, puis s'enroulèrent autour des arbres de l'autre côté. Leurs racines s'enfoncèrent profondément dans le sol, pour ensuite s'ancrer parmi les strates rocheuses, plus solides que n'importe quel vaisseau jamais construit. Les troncs d'arbres s'épaissirent et les fibres devinrent des lianes aussi solides que d'énormes câbles.

Lorsque la lumière de cette première journée s'affaiblit et devint pénombre, le vaisseau était enfoui sous des milliers de tonnes de broussailles et dissimulé par un feuillage si épais que rien ne pouvait le percer.

Le moment était venu de mener l'ultime action destructrice.

Peu après la tombée de la nuit, de petites racines commencèrent à fouiller le ventre du vaisseau. Elles étaient infiniment petites — si petites qu'à leur phase de croissance initiale, elles n'avaient pas plus de volume que quelques douzaines d'atomes, si petites que le métal en apparence solide devenait pour elles du vide, si petites qu'elles pénétraient dans cet acier dur sans le moindre effort.

Ce fut à ce moment-là — on aurait dit qu'il avait attendu cette phase de la progression — que le vaisseau passa à la contre-attaque. Le métal se mit à chauffer, puis devint brûlant, et finalement rougeoyant. Aussitôt, les petites racines se desséchèrent et moururent, les racines plus robustes se consumèrent lentement contre le métal. Il ne se produisit pas de flambée soudaine, de feu incontrôlable, ni d'embrasement brutal au milieu de flammes sautant d'arbre en arbre avec une furie irrésistible. Jadis, longtemps auparavant, la forêt avait appris à maîtriser les incendies provoqués par la foudre ou par une inflammation spontanée. Il suffisait d'envoyer de la sève dans le secteur affecté. Plus l'arbre est vert, saturé de sève, plus le feu doit chauffer pour le consumer.

La forêt ne pouvait pas se souvenir sur le moment d'avoir jamais connu un incendie capable d'empiéter sur un terrain gardé par une rangée d'arbres, suintant une matière gluante par chaque crevasse de leur écorce.

Or cet incendie réussit ce qui paraissait impossible. Il était différent. Il ne se composait pas uniquement de flammes; il contenait de l'énergie. Il ne se nourrissait pas de bois; il était alimenté par une énergie qu'il produisait lui-même.

Devant cette évidence, la forêt retrouva par association d'idées la mémoire de ce qui s'était passé jadis. C'était le souvenir vif et incontestable de ce qu'elle avait fait alors, longtemps auparavant, pour se débarrasser elle-même ainsi que la Terre d'un vaisseau comme celui-ci.

Elle commença à se retirer du voisinage immédiat du vaisseau. Elle abandonna l'échafaudage de broussailles et de sous-bois avec lequel elle avait cru pouvoir emprisonner le bâtiment extra-terrestre. Tandis que la sève précieuse remontait dans les arbres qui formeraient bientôt une seconde ligne de défense, les flammes gagnaient en hauteur et en luminosité, le feu croissait et prenait un tel éclat que toute la scène était baignée dans une lumière fantastique, à donner le frisson.

Il lui fallut un certain temps pour comprendre que le vaisseau ne projetait plus de coulées de feu ni de rayons meurtriers, que les lueurs incandescentes, accompagnées de fumée, qui persistaient, provenaient du bois qui brûlait encore et se consumait normalement.

Ce phénomène également correspondait au souvenir qu'elle avait gardé de ce qui s'était passé... dans une autre existence.

Frénétiquement, mais non sans quelque répugnance, elle mit en œuvre le seul moyen qui lui semblait efficace pour se débarrasser de l'intrus. Frénétiquement, parce qu'elle se rendait compte avec horreur que les rayons mortels du vaisseau étaient capables d'anéantir des forêts entières. Et avec répugnance, parce que le moyen de défense exigeait l'emploi de forces d'énergie à peine moins violentes que celles qui avaient jailli de la machine infernale.

Des dizaines de milliers de racines poussaient vers les formations de terrains et de roches granitiques, qu'elles avaient soigneusement évitées depuis la dernière apparition d'un vaisseau dans l'enceinte de la forêt. En dépit de l'état d'urgence, le processus fut lent. De minuscules racines, frémissant d'une anticipation déplaisante, s'introduisaient de force dans les couches de minerai profondément enterrées, et, par un processus compliqué d'osmose, extrayaient des grains de métal pur de cette matière naturelle et impure. Les grains étaient presque aussi petits que les racines qui, un peu plus tôt, avaient pénétré dans les parois d'acier du vaisseau, assez petits pour être entraînés, en suspens dans la sève, à travers un labyrinthe de racines gigantesques.

Bientôt, des milliers de grains se mouvaient le long de ces canaux. Puis des millions. Bien que chacun pris séparément fût minuscule, le sol sur lequel ils étaient déchargés ne tarda pas à devenir étincelant sous la lueur du feu mourant. Lorsque le soleil monta à l'horizon, une nappe aux mille feux argentés s'étendait sur une surface de trente mètres tout autour du vaisseau.

Ce ne fut que peu avant midi que la machine réagit devant cette nouvelle manœuvre stratégique. Une douzaine d'écoutilles s'ouvrirent brusquement et projetèrent des objets étranges. Ceux-ci descendirent vers le sol et commencèrent à aspirer la fine matière argentée à l'aide de suceurs, en procédant avec méthode et une extrême prudence. Une heure avant que la pénombre ne s'installât, ils avaient récupéré plus de douze tonnes de l'uranium 235 finement répandu.

A la tombée de la nuit, la totalité des objets, articulés sur deux membres, disparut à l'intérieur du vaisseau. Les écoutilles se fermèrent. Puis, l'appareil allongé en forme de torpille s'éleva, léger, et s'élança à grande vitesse vers les horizons lointains où le soleil brillait encore.

La forêt ne prit pleinement conscience de la situation que lorsque les racines profondément enterrées sous l'emplacement du vaisseau accusèrent une soudaine diminution de pression. Plusieurs heures s'écoulèrent avant qu'elle acceptât l'évidence : l'ennemi s'était réellement envolé. Et quelques heures supplémentaires devaient se passer avant qu'elle comprît qu'il fallait éliminer la poussière d'uranium restée sur le sol, parce que ses rayons touchaient un champ trop étendu.

Alors, l'accident se produisit pour une raison très

simple : la forêt avait retiré la substance radio-active de la roche. Pour s'en débarrasser, à présent, il suffisait de la ramener dans les couches rocheuses les plus proches, particulièrement dans une roche qui avait la propriété d'absorber la radio-activité. Pour la forêt, la situation ne semblait guère poser de problème.

Une heure après la mise en œuvre de ce plan, une explosion jaillit de la terre et fit pousser un énorme champignon dans l'espace.

La surprise de la forêt dépassa toute expression, et elle fut bien incapable de comprendre le phénomène.

L'énorme conséquence meurtrière de l'accident lui échappa totalement. Sa propre expérience du drame qui se jouait lui suffit. Un véritable ouragan rasa les arbres sur des kilomètres carrés de surface. Le souffle de chaleur et de radiations déclencha des incendies qu'il fallut des heures pour éteindre.

La peur s'insinua. La forêt se rappela des événements identiques. Mais plus obsédante que l'évocation de ce souvenir, s'imposa la vision des conséquences possibles de ce qui s'était passé... De la nature de leur évolution.

Peu après l'aube, le lendemain matin, la forêt lança son attaque. Sa victime fut la forêt qui — à en croire sa mémoire déficiente — avait envahi initialement son territoire.

Tout le long du front d'arbres qui séparait les deux colosses, de petites explosions atomiques éclatèrent. La barrière solide que formaient les arbres et qui constituait la défense extérieure de l'autre forêt s'écroula sous les rafales du souffle atomique.

L'ennemie réagit instinctivement et fit monter sa réserve de sève. Lorsqu'elle fut vraiment compromise et qu'il lui fallut entreprendre la tâche immense de faire pousser une nouvelle barrière, d'autres bombes explosèrent et détruisirent sa principale provision de sève. Et à partir de ce moment, parce qu'elle ne comprenait pas ce qui se passait, elle fut perdue.

Dans le *no man's land* où les bombes avaient explosé, la forêt assaillante envoya d'urgence une provision incessante de racines : toute résistance rencontrée sur la longue marche vers la victoire était supprimée par l'explosion d'une bombe atomique. Peu après midi, ce nouveau jour, une explosion titanique détruisit les arbres centraux constituant le noyau vital de la forêt — et ce fut la fin de la bataille.

Il fallut des mois à la forêt pour s'étendre sur le territoire de sa rivale vaincue, pour pressurer le restant de sève des racines mourantes, pour dominer des arbres qui n'avaient plus aucune défense et pour prendre pleinement possession d'une terre désormais incontestée.

Dès que cette tâche fut achevée, la forêt se tourna comme une furie contre l'ennemie qui se trouvait sur son autre flanc. Une nouvelle fois, elle attaqua avec la foudre atomique, et elle tenta d'ensevelir son adversaire sous une nappe de feu.

Cependant, elle se heurta à une force égale à la sienne. L'ennemie riposta par une pluie d'atomes en explosion!

La science destructrice avait franchi la barrière de racines entrelacées qui séparaient les forêts.

Les deux monstres s'anéantirent presque mutuellement. De chacun ne survécut qu'un misérable vestige de l'ancienne richesse. Et le processus pénible de la croissance et de l'extension recommença. Tandis que les années passaient, la mémoire de ce qui s'était produit s'effaça. Qu'importait, d'ailleurs! En vérité, les vaisseaux continuaient à venir comme il leur plaisait. Et de toute manière, même si la forêt se souvenait, les bombes atomiques refusaient d'exploser en présence d'un de ces vaisseaux.

La seule façon de chasser les envahisseurs consistait à entourer chacune de leurs machines d'une fine poussière de matière radio-active. Ensuite, il ne restait qu'à attendre que la machine ramasse la matière dangereuse, puis qu'elle se retire le plus rapidement possible.

La victoire avait toujours la même simplicité.

Process

Traduit par Gisèle Bernier.

FUTUR PARFAIT

Parmi les multiples possibilités qu'offre la science-fiction, la présentation d'une utopie, positive ou négative, occupe une place de choix, aussi bien historiquement que par le retentissement d'œuvres telles que 1984 *ou* le Meilleur des mondes.

Mais de Platon à Skinner, en passant par Huxley et Orwell, la plupart des utopies sont avant tout des œuvres polémiques, de violents plaidoyers pour ou contre telle ou telle forme d'organisation sociale. La démarche de Van Vogt est quelque peu différente. Avec Futur parfait, *publié en 1972 dans la revue* Vertex, *il nous présente, par le biais d'une histoire passionnante, une « société future possible », avec à la fois ses aspects positifs et ses aspects négatifs, laissant au lecteur le soin de peser le pour et le contre.*

« Bien sûr, précise-t-il, il serait exagéré de dire que, grâce à ce genre d'extrapolation, les lecteurs de science-fiction pourront avoir un aperçu de tous les systèmes politiques et économiques possibles. Mais si ce n'est pas le cas, ce ne sera pas faute, pour les auteurs, d'avoir essayé de le leur fournir. »

Le jour de ses dix-huit ans, Steven Dalkins reçut une lettre de l'United Governments Life Credit l'informant qu'un compte courant d'un million de dollars avait été ouvert à son nom. La note d'accompagnement donnait tous les avertissements de rigueur pour les jeunes gens de dix-huit ans. Il lui était expliqué en termes pondérés que l'argent mis à sa disposition — le million de dollars — représentait ce qu'il aurait pu espérer gagner au cours de toute sa vie.

« N'en usez qu'avec modération, il se peut que

vous ne receviez plus jamais rien d'autre »; à cela se résumait la teneur des recommandations.

Dalkins était prêt. En neuf jours, à compter de son anniversaire, il avait dépensé 982 543,81 dollars. Et il se torturait la cervelle pour chercher à quoi il pourrait consacrer les dix-sept mille dollars restants quand un fonctionnaire du Trésor vint l'arrêter dans son somptueux appartement.

Dalkins éteignit sa cigarette dans le cendrier placé à sa portée — il était surpris d'en voir un dans le cabinet du psychiatre — puis s'avança vers la porte que lui avait indiquée la jeune femme. Il entra et s'immobilisa, avec un respect teinté d'ironie, en attendant que l'on remarque sa présence.

L'homme assis derrière le bureau avait la cinquantaine, il était maigre, ses cheveux n'étaient pas encore striés de gris; il s'affairait à tracer des lignes sur un graphique. Sans lever les yeux, il dit : « Prenez un siège. »

Il n'y en avait que deux entre lesquels choisir, une chaise à dossier raide et un fauteuil profond et confortable. Dalkins, poussant un soupir, s'installa dans ce dernier.

Sans le regarder, le docteur Buhner dit : « Je me demandais si vous choisiriez celui-là. »

Il marqua son tableau d'une ligne supplémentaire. Dalkins l'observait avec dédain. Il n'avait aucune inquiétude. Il n'attendait de cette entrevue que des réactions stéréotypées. Il était prêt à entendre le verdict, quel qu'il fût. Mais de telles banalités tenaient de l'insulte.

Toujours sardoniquement respectueux, il déclara : « Vous m'avez fait demander, docteur Buhner. »

C'était un euphémisme. Le tribunal l'avait envoyé dans ce bureau. Il n'obtint pas de réponse. Il haussa les épaules et s'adossa en prévision de l'attente.

L'homme reprit : « Vos réactions à ma remarque sont des plus intéressantes. » Une ligne sur le graphique.

Dalkins lança un regard mauvais à la tête inclinée. « Ecoutez », fit-il, irrité, « est-ce là votre façon de traiter les êtres humains?

— Oh non. » Et d'un ton plus vif : « Aux fins légales, nous définissons l'être humain comme une personne non aliénée. Vous êtes une personne aliénée. En conséquence, légalement, vous n'êtes pas un être humain. »

Dalkins se hérissa, puis se contint. Il demanda d'un ton cynique : « N'ai-je pas des mains, des organes, des dimensions, une sensibilité, des affections, des passions? Est-ce que je n'absorbe pas la même nourriture... ne suis-je pas sujet aux mêmes maladies?... » Il se sentit content de lui.

Cette fois, le docteur Buhner répondit sans lever la tête. « Associations de mots caractéristiques. » Inévitablement, le tableau s'enrichit d'un trait.

L'homme âgé se redressa. C'était la première fois qu'il relevait la tête. Ses yeux gris et brillants se fixèrent sur Dalkins. « J'ai une question à vous poser », dit-il. « Aviez-vous une raison de dépenser cet argent en moins de dix jours? »

Le petit visage bien propre du jeune homme esquissa une grimace. « Vous voudriez bien le savoir, hein? » demanda-t-il, le ton sarcastique.

Le docteur Buhner se leva. « Eh bien, je pense que cela met le point final à cette affaire. Je vais recommander que l'on vous confisque tout ce que vous avez acheté, sauf deux costumes et leurs accessoires, et que vous soyez également frappé d'une amende équivalant aux dix-sept mille dollars qui restent à votre compte. Cela vous laissera entre les mains quelques centaines de dollars; vous pourrez également conserver votre appartement. Je dois vous signaler que les êtres humains peuvent être poursuivis, ou frappés d'amende, jusqu'à un montant de cent mille dollars par période de cinq ans. Bien entendu, les personnes aliénées perdent tout lorsqu'elles sont jugées coupables. Dans votre cas, je vous autoriserai à toucher cent dollars par semaine, à prélever sur l'amende, qui vous seront versés si vous venez vous faire soigner dans mon cabinet. Pas de visite, pas de cent dollars. »

Dalkins eut un rire lourd de moquerie. « Vous ne me reverrez jamais », affirma-t-il, « à moins de me faire traîner ici par la police, pour écouter vos analyses bidon et vos jugements ridicules. »

Le psychiatre resta planté à le regarder. S'il y avait une expression sur son visage aux joues creuses, elle était indéchiffrable. Pourtant ce qu'il dit ensuite semblait indiquer que Dalkins avait percé sa neutralité professionnelle. Ce fut d'un ton presque agressif qu'il s'informa : « Très bien. Qu'est-ce que vous avez en tête? Que voulez-vous? »

Dalkins était déjà à la porte, l'air méprisant. Il demeura immobile et sentit renaître en lui le sentiment de grandeur qui l'avait incité à se comporter de manière si décisive. Durant les quelques heures suivant son arrestation, ce sentiment avait faibli. Il avait même éprouvé une vague impression d'assentiment avec tous ceux qui considéraient ce qu'il avait fait comme un signe de folie.

Jamais plus il ne s'abaisserait à douter ainsi.

Sa voix réaffirmait qu'il avait raison quand il observa : « Vous avez couru votre chance. La prochaine fois, dites donc au Grand Manitou d'employer un homme quand il s'agit d'un boulot d'homme. Vous avez raté votre coup, mon petit. »

« Néanmoins », avança le docteur Buhner, fort heureux que ce dialogue improvisé se soit engagé pendant que les instruments étaient encore en position d'enregistrement, « si je comprenais clairement, je pourrais vous faciliter les choses. J'imagine que vous aimez le luxe. Steven Dalkins n'a sûrement rien d'un ascète. »

Steven se mit à rire. « J'ai choisi le grand fauteuil parce que vous vous y attendiez. Je me suis mis en colère parce que vous pensiez que ce serait le cas. Je me suis sciemment prêté à vos idées préconçues. *Je n'entre pas* dedans.

— Tout le monde entre quelque part. La structure de l'homme, de nature durable, ne permet que des variations mineures de la personnalité et même de l'expérience. »

Steven haussa les épaules.

Le docteur Buhner attaqua promptement sous un autre angle. « Qu'est-ce qu'il y a de mal à ce que toute personne normale reçoive un million de dollars pour son dix-huitième anniversaire? Tout le monde pense que cette politique, tout comme une quantité de dispositions semblables, ont marqué une date dans l'histoire de l'humanité.

— Continuez, continuez, mon petit gars », dit Steven Dalkins. « Mais quand vous en aurez terminé, laissez-moi partir. Vous arrivez trop tard pour ce genre de conversation. A l'avenir, je ne parlerai plus qu'aux responsables. »

Sans attendre de réponse, Dalkins ouvrit cette fois le battant. A cet instant, le docteur Buhner lui dit : « En vous en allant, arrêtez-vous donc devant le miroir de l'antichambre et regardez bien qui se permet de parler de petits garçons.

— D'accord, d'accord », répliqua Dalkins. « Je ne mesure qu'un mètre soixante-cinq. D'accord, je n'ai même pas l'air d'avoir dix-huit ans.

— Peut-être quinze, glissa Buhner.

— Dans le cas présent, le courage s'accompagne d'un format réduit. »

Un silence, que Steven rompit : « Et pour votre gouverne, je ne suis pas aliéné. Et c'est vous qui devrez prendre la décision de changer, pas moi. »

Buhner sourit, en homme qui a l'habitude de causer avec des gens qui pensent : « C'est toi, l'anormal, pas moi! » Il déclara pourtant : « Si vous n'êtes pas un aliéné, je ne sais plus qui l'est. »

Mais il parlait à une porte close.

Quand le jeune homme se fut retiré, le psychiatre regagna son fauteuil, gardant aux lèvres son vague sourire. Il fut rejoint par un autre homme qui s'installa en silence dans le fauteuil où se trouvait Dalkins quelques minutes auparavant.

« Eh bien, vous avez tout entendu », fit Buhner.

L'autre pinça ses lèvres plutôt épaisses et fit un signe d'acquiescement.

« Alors, qu'en dites-vous? »

Pour toute réponse, l'homme se caressa pensivement la joue.

« Il paraissait sincère, à la façon des aliénés », insista le psychiatre.

Avant que son visiteur ait pu répondre ou bouger, la porte se rouvrit. La jeune femme de l'antichambre entra, avec deux copies imprimées sur ordinateur. Elle en remit une à chacun des hommes et ressortit.

Dans un léger froissement de papier, le docteur Buhner et son invité parcoururent les renseignements fournis. Puis le visiteur replia lentement son papier et parla pour la première fois.

« Ses réactions physiologiques », dit-il d'une voix douce de baryton, « lorsque vous lui avez posé cette question, démontrent qu'il était informé du délai de dix jours entre le temps où a été dépensée une quantité d'argent et le moment où un être humain s'en aperçoit.

— Ce renseignement ne compte que parmi les connaissances spéciales. Ce n'est pas d'ordre secret, simplement on n'en fait pas part au public. Des dizaines de milliers d'individus ont appris l'existence de ce délai pendant leur formation professionnelle. »

Le second homme tapota le papier maintenant posé sur ses genoux. « Je remarque », dit-il, « qu'il a dépensé la plus grande partie de l'argent à la production rapide d'un film. Y a-t-il la moindre chance que ce film ait une valeur quelconque? »

L'homme maigre secoua la tête. « Je l'ai fait examiner par un groupe de gens de cinéma, tous spécialistes. Leur compte rendu a renforcé mes impressions. C'est un navet sans queue ni tête. Il semble que personne parmi les acteurs rassemblés à la hâte n'ait lu le scénario en entier. Ils ont joué par petits bouts. Il est clair que ce projet visait à dépenser la somme considérable que l'on peut mettre dans un film. »

Le visiteur paraissait ahuri. « Avez-vous jamais eu un cas semblable auparavant? s'enquit-il.

— Une seule fois, avec la différence qu'en faisant des recherches sur les dépenses, nous avons découvert que l'individu avait tenté de cacher une cinquantaine de milliers de dollars, et en avait versé cinquante mille autres à titre de pot-de-vin.

— Dieu du Ciel! Et à qui donc? » lança le visiteur, cette fois stupéfait. Comme le docteur Buhner faisait un signe de dénégation en souriant, il se reprit : « Naturellement, le bénéficiaire a subi une sanction et l'incident ne figure même plus à son dossier. »

Il changea de sujet. « Que comptez-vous faire maintenant, avec Dalkins?

— Seulement voir venir. Il n'a pas d'argent caché. En conséquence, l'instant de vérité devrait arriver rapidement.

— Tout de même... » Le visiteur restait pensif... « Il est dit sur le papier de l'ordinateur qu'il a payé deux mois de loyer en avance. Et ses réserves de nourriture?

— Des fournitures en quantité.

— Si bien qu'il a de quoi vivre en tout confort pendant deux mois. »

Le spécialiste tapota le compte rendu. « Ce qui m'inquiète », dit-il, « c'est que l'ordinateur reconnaît que ce n'est pas une personne aliénée. »

Steven Dalkins quitta les locaux du docteur Buhner pour se trouver dans un couloir étincelant, qu'il suivit jusqu'à l'ascenseur qui le descendit jusqu'au rez-de-chaussée. De là, il s'engagea dans un monde dont l'apparence extérieure n'avait guère changé en cinquante ans. Les mêmes bâtisses, ou du moins, des bâtiments du même modèle. Du verre, de la pierre, de la brique et du plastique disposés en des dessins variés qui montaient en altitude. Cela ne différait des périodes antérieures que du fait que tout cela lui répétait tous les jours — dans sa mémoire consciente — que c'était la perfection.

L'âge d'or était arrivé. Certes, le bénéficiaire, âgé de dix-huit ans, d'un million de dollars, devrait travailler jusqu'au remboursement de la somme. Mais après tout, le travail était une bénédiction pour les gens; les individus normaux n'en doutaient pas le moins du monde.

La plupart des gens ne parvenaient jamais à payer leur dette; ils ne gagnaient tout simplement pas assez d'argent. Mais, d'autre part, n'étant pas des aliénés, ils dépensaient rarement tous leurs gains.

Quand une personne mourait, ce qui restait du million revenait à l'Etat. Du même coup, le reste de la dette se trouvait automatiquement effacé des registres. Les enfants ne pouvaient hériter que de quelques effets personnels, pas d'argent ni de biens immobiliers. Rien ne se perdait. Tout le monde prenait le départ avec une ardoise toute neuve... et un million de dollars. Légalement, cette somme ne pouvait pas être versée deux fois à qui que ce soit, pas même une partie. La loi ne prévoyait aucun allègement à la situation dans laquelle se trouvait Steven. S'il travaillait, ses gains iraient d'office au règlement de sa dette existante.

Très indifférent à tout cela en apparence, Steven grimpa dans un taxi électrique et s'éloigna.

Au bout d'un temps, le taxi vira dans la rue proche du fleuve pour aller stopper dans l'allée d'un immeuble à appartements construit en hauteur. Steven descendit dans la chaleur du jour, paya le chauffeur, puis s'avança en sautillant jusqu'à la porte d'entrée étincelante. Ce faisant, il avait conscience qu'une autre voiture s'arrêtait de l'autre côté de la rue, au long du quai. Un homme en descendit et feignit de s'absorber dans la contemplation du panorama.

L'espion rapporta par la suite au docteur Buhner : « Monsieur Dalkins a pénétré dans l'immeuble où il loge, et au bout de deux heures, n'en était toujours pas ressorti. »

Les jours passaient, et il ne ressortait toujours pas.

Au bout d'une semaine de surveillance, les guetteurs haussèrent les épaules et déclarèrent en quelque sorte : « Voyons, pourquoi ne pas laisser les choses suivre leur cours de façon normale pour un gars de dix-huit ans? »

En conséquence, Dalkins reçut à son appartement une note de l'Ordinateur d'Unions qui l'informait qu'une jeune femme nommée Stacy Aikens, âgée de vingt-trois ans, avait été choisie pour lui comme une partenaire possible de mariage.

« Comme vous le savez probablement », achevait la note, « après un choix par l'ordinateur, les deux parties disposent de quatorze jours pour faire la connaissance de la personne choisie, l'accepter ou la refuser. Si une personne sélectionnée est consentante et l'autre pas, l'individu consentant reste libre et aura trois autres chances d'accepter un partenaire de mariage. Cependant, celle des parties qui aura refusé d'agréer le choix de l'ordinateur n'aura plus que deux chances. Quand le candidat aura utilisé ses trois possibilités, une année devra s'écouler avant qu'il lui soit offert trois autres chances. Si le candidat rencontre dans sa vie privée un partenaire dont les caractéristiques particulières entrent dans le cadre du programme de l'ordinateur, le mariage peut également avoir lieu. Il faut souligner que dans le cas présent, Stacy Aitkens a déjà renoncé à exiger que son compagnon possède de l'argent. Tout candidat en puissance qui ne souhaite pas se marier à la présente époque doit en informer l'Ordinateur d'Unions. »

Dalkins ne fit rien. Il ne souleva pas d'objections et ne demanda pas que son nom fût retiré de la liste. Il ne téléphona pas à la jeune femme, et quand elle se décida à l'appeler, le douzième jour, il lui répondit qu'il la jugeait acceptable.

En possession de ces renseignements, le docteur Buhner eut une autre entrevue avec le représentant du Trésor public. L'homme s'enquit : « Pensez-vous qu'il épouse cette femme? »

Buhner ébaucha un sourire. « C'est là que nous le tenons. Pour que ses fonctions génitales soient libérées, il le doit. De toute évidence, quels que soient ses projets, cela, au moins, doit avoir de l'importance pour lui.

— Peut-être qu'il ne recherche que l'occasion de se servir de l'argent qu'elle a. »

Le sombre sourire demeura sur les lèvres du psychiatre. « Non. Nous avons déjà limité ses retraits exactement au double de ce qui lui permettait de vivre jusqu'à ce jour, avec la possibilité d'obtenir des fonds supplémentaires sur demande spéciale à des fins dûment explicitées. Non-non », poursuivit-il en secouant la tête. « Lorsque la biologie a résolu le problème du blocage de l'organe sexuel mâle, pour le libérer pus tard de façon qu'il ne fonctionne qu'avec une seule femme — l'épouse — tout le développement des relations familiales et, en fait, de l'histoire de l'humanité, s'est trouvé modifié de façon positive. Et, naturellement, comme les femmes vivent en moyenne sept ans de plus que les hommes, nous avons pris des dispositions pour que nos jeunes hommes épousent des filles de quatre à sept ans plus âgées qu'eux. »

Il conclut : « Moi, je parie qu'il se montrera pour la cérémonie du mariage. »

Le panneau peint au-dessus des portes annonçait : CENTRE DE COMPENSATION HORMONALE ET D'ENREGISTREMENT DE MARIAGE. Il y avait queue devant les portes, à l'arrivée de Dalkins. Un groupe d'hommes s'alignait d'un côté d'une longue et étroite séparation en forme de clôture, et une colonne de femmes de l'autre. A une exception près, tous les individus de sexe masculin étaient des moins de vingt ans; et les jeunes femmes avaient de peu dépassé les vingt ans. L'exception parmi les hommes était un individu d'une quarantaine d'années. A son arrivée, Dalkins ne repéra pas de femme d'âge correspondant dans la queue féminine; il en conclut donc que cet homme était là pour l'espionner. Il arbora un sourire dédaigneux.

Il prit sa place au bout de la file des hommes et parcourut du regard les femmes de l'autre côté de la balustrade. Il distingua aussitôt Stacy Aikens. Elle l'avait déjà vu et le fixait de ses yeux impatients. Leurs regards se croisèrent. C'était la première fois qu'ils se contemplaient en chair et en os, et Dalkins songea qu'il valait mieux sourire. Il sourit donc et elle lui répondit, révélant des dents un peu grandes.

Stacy quitta son rang dans la queue — elle occupait la troisième place à partir des portes — et, selon le règlement, elle vint en arrière pour se tenir à sa hauteur, en dixième position. A sa façon de marcher, il déduisit qu'elle avait les jambes très courtes.

Dalkins ne critiquait nullement l'apparence physique de Stacy. Le nouveau mode de penser à ce point de vue remontait déjà à plus de quarante ans et, malgré son antipathie pour la partie du monde dans laquelle il vivait, ce détail était un de ceux qu'il ne combattait pas. Le nouveau style esthétique exigeait que l'on juge beaux sans exception toutes les filles, femmes, garçons et hommes normalement constitués.

En conséquence, l'apparence physique, ce qu'en termes de pensée ancien style on eût appelé la beauté, n'était pas un des facteurs de calcul des unions. La taille l'était. Le poids également. Ainsi que l'âge. Par conséquent, la jeune femme qui se tenait maintenant derrière la barrière à la hauteur de Steven mesurait un mètre soixante-trois (contre son mètre soixante-cinq), pesait quarante-cinq kilos et lui cinquante-cinq, et avait cinq ans de plus que lui.

Dans le monde entier, les gros épousaient des grosses, les minces des minces, les moyens des moyennes. Et, naturellement, la ridicule tendance qu'avaient eue les hommes à épouser des femmes plus jeunes qu'eux se trouvait annulée par un système totalement opposé, fondé sur le bon sens et les découvertes de la biochimie. En matière de sexualité comme d'économie, c'était l'âge d'or.

Bientôt ils furent à l'intérieur de la bâtisse où on les fit asseoir dans des cabines voisines, parfaitement visibles l'un pour l'autre aussi bien que pour les jeunes hommes et femmes des autres stalles, à travers d'épaisses vitres de plastique. Comme, sur l'insistance de Steven, ils avaient opté pour le mariage en communauté, ils durent signer une plaque de plastique avec une plume spéciale. Leur signature fut automatiquement transmise par l'ordinateur au lointain service des statistiques démographiques, dans la capitale de l'Etat. La signature constituait en elle-même toute la cérémonie du mariage, et il ne fallait plus que la rectification médicale du mâle et une seconde adaptation hormonale pour que l'union devienne légale et permanente.

A la demande de l'ordinateur, Dalkins défit la fermeture de hanche de son pantalon spécial de mariage. Puis il se pencha en arrière, toujours sur demande, et attendit pendant que deux mains mécaniques le bouclaient dans des sangles. Quand les mains se furent retirées, une structure qui ressemblait à du verre, avec une aiguille sur le devant, ainsi qu'un faisceau lumineux se braquèrent sur sa cuisse nue. L'aiguille se déplaça lentement et pénétra dans la chair. Le fluide rouge visible dans l'aiguille transparente disparut dans le corps de Steven. Puis l'aiguille se retira.

L'ordinateur dit : « Tenez le bras raidi pour la seconde opération. »

Dalkins, qui avait repéré l'homme plus âgé, vit qu'il se tenait à quelques pas, observant la « cérémonie du mariage », et constata que l'homme était si convaincu que tout se passait bien qu'il s'était déjà à demi détourné.

Allons-y! songea Dalkins.

Le visiphone sonna. Le docteur Buhner pressa le bouton qui branchait son minuscule écouteur d'oreille et annonça : « Docteur Buhner, j'écoute. »

L'image qui se dessina sur la plaque de vision était celle de son visiteur et confident d'il y avait un certain temps. Celui-ci répondit d'une voix irritée : « Ici Roosley. Qu'est-ce qui n'a pas marché? »

Buhner ne pouvait s'y tromper, le ton était accusateur et chargé de reproches, aussi dit-il : « Il faut d'abord que nous aboutissions à une entente, vous et moi.

— A quel sujet? » Voix et visage étonnés.

« Je n'avais aucune forme de pouvoir dans cette situation. La loi ne le permet pas.

— Mais vous aviez un observateur sur les lieux. »

Buhner feignit de ne pas saisir ce second blâme. « Vous ai-je clairement exposé ma position?

— Oui, oui. » Le ton était résigné.

« Ce qui s'est passé », reprit Buhner d'une voix plus animée, « c'est que notre Steven paraît avoir une fois de plus pris la peine d'apprendre d'avance les détails d'un processus auquel la plupart des gens se soumettent sans aucune connaissance préalable.

— Quand on me l'a appliqué », dit Roosley, « j'étais dans une pièce fermée à clé, sanglé dans un fauteuil. Je n'avais pas une chance de m'échapper.

— Si vous vous étiez muni d'une clé de réparateur d'ordinateurs et d'un pistolet automatique pour fracasser la serrure... » avança le docteur Buhner.

Le visage sur l'image parut impressionné. Au bout d'un temps, Roosley demanda : « Que comptez-vous faire?

— Rien.

— Pourquoi? » D'un ton durci.

« Il n'existe pas de loi pour interdire ce que Steven a fait.

— Vous voulez dire que l'on a le droit de désactiver une machine et de s'évader d'un bâtiment clos, le pistolet à la main?

— Il se peut que la Rectification Hormonale le

poursuive en dommages et intérêts, mais comme il n'a pas d'argent, cela ne leur servira à rien.

— M...m... mais », protesta son interlocuteur, « n'est-il pas illégal de se trouver dans l'état de Steven à présent, celui d'un mâle sexuellement libéré et en liberté?

— Non.

— Mais... » L'autre était perdu.

« La loi exige que tout enfant de sexe masculin qui atteint l'âge de la puberté soit soumis au contrôle de ses capacités sexuelles. La loi exige qu'il puisse se marier, le mariage étant une union d'origine humaine, mais seulement s'il accepte d'être rectifié et ajusté à sa future épouse. Si cela ne se déroule pas ainsi, il n'y a pas eu mariage du point de vue légal. Vous voyez », poursuivit le docteur Buhner, « toute cette technique est empruntée à l'ancien concept de l'armée populaire communiste chinoise, sauf bien entendu qu'il n'est pas prévu de peine de mort. Mais cela reste tout simplement, à présent comme avant, un piège pour l'individu non averti qui, dans l'armée communiste comme dans notre société, était un moins de vingt encore à l'état naïf. Avant qu'il ait le temps de réfléchir, nous capturons sa sexualité. Avant qu'il ait pu enrichir ses connaissances, nous l'ajustons sexuellement à sa future femme, et la loi déclare qu'une fois ces formalités accomplies, on ne saurait les annuler. L'Etat est justifié de prendre ces mesures arbitraires parce qu'il a pour but de gouverner un peuple paisible et travailleur. »

Un silence suivit.

« Où est la femme de Steven maintenant?

— Elle n'est pas mariée. La dernière formalité n'a pas été accomplie. Elle a regagné son propre appartement.

— Et où est Steven?

— Il n'est pas encore rentré chez lui. »

Une nouvelle interruption, et Roosley reprit : « Si

je comprends bien, c'est la première fois en un quart de siècle qu'un homme est quelque part... » Il esquissa un geste vague du bras, englobant la moitié de l'horizon... « en mesure d'accomplir l'acte sexuel avec plus d'une femme?

— Il fut un temps où il en allait ainsi de tous les êtres de sexe masculin.

— Et ce *n'est pas* illégal?

— Non. C'est tout au plus indésirable. Mais c'est un état naturel. Aucun état humain naturel n'a été spécialement qualifié illégal. »

Le visage sur l'écran avait, au cours des quelques instants pendant lesquels Roosley avait envisagé les possibilités d'une telle situation, pris un aspect nettement coloré. L'homme murmura : « Mais, bon Dieu! Un seul garçon avec *toutes* ces filles et femmes célibataires de dix-huit à vingt-trois ans!

— Il se pourrait qu'il n'ait pas comme objectif de les séduire », observa le psychiatre. « Si tel avait été le cas, il n'aurait pas eu besoin de se débarrasser de son argent.

— Mais quel but peut-il bien poursuivre? fit Roosley, l'air ahuri.

— Mes assistants continuent de fouiller le passé de Steven pour y découvrir des indices.

— Que pensez-vous qu'il fasse désormais?

— On dirait qu'il a bien dissimulé sa piste », dit le psychiatre, à regret. « Je n'ai aucun compte rendu de ses mouvements. Peut-être est-il en train de courir les filles. »

Roosley émit un son étranglé et coupa la communication.

Buhner hésita, puis composa un numéro très spécial. Cette fois, après le déclic, il n'y eut pas de visage sur l'écran, mais une voix d'homme — profonde, décidée, intéressée — se fit entendre : « J'ai lu votre rapport, docteur. Je conviens qu'il y a lieu de faire de la publicité autour de l'affaire Steven. Si vos prévisions à son sujet ne se réalisent pas, du moins aurons-nous fait notre premier essai en dix ans. Bonne chance. »

Steven avait les fesses dans l'herbe, le dos contre un arbre, en bordure du parc, et contemplait le ciel. Ce n'était qu'une attitude. En réalité, il était à l'affût d'espions possibles. Il n'avait pas la certitude absolue de s'être enfui sans être vu. Il présumait que les maîtres du Trésor public tiendraient à découvrir comment il envisageait de vivre sans argent.

« C'est facile », cria-t-il pour le bénéfice de quatre suspects qui passèrent durant le temps où il resta assis en cet endroit (comme s'ils pouvaient comprendre ce qu'il voulait dire). « Le monde paie davantage à l'esprit créateur, et le maximum au révolté. Allez répéter ça à vos patrons. »

Un des quatre, un individu d'une trentaine d'années, l'air intrigué, s'approcha pour lui dire : « Dites donc! C'est vous qui avez gaspillé votre million, selon les bulletins d'information. Pourquoi? »

Ebloui et enchanté, Steven répondit : « Vous voulez dire que l'on parle de moi? » Il se contint, haussa les épaules et reprit : « Passez votre chemin, vieux. Si vous ne comprenez pas pourquoi, vous le dire ne vous avencerait à rien. »

A la tombée du jour, Steven se mit paresseusement debout. D'un pas allègre — au cas où il y aurait eu un guetteur — il entra dans le parc et se rendit au bord d'un petit ruisseau qui s'enfonçait dans une conduite. En se penchant, il fouilla dans l'ombre de la conduite, puis se redressa. Il avait à présent en main une enveloppe imperméable. Il en retira une pancarte roulée qu'il se glissa par-dessus la tête, comme les hommes-sandwichs d'antan. Le devant était de toile blanche et portait le message suivant :

Je suis Steve Dalkins, le dingue,
qui a jeté au vent
son million de dollars.

Dans le dos, également de toile, il annonçait :

Je vous invite à écouter
mon histoire tous les soirs
à huit heures dans West Park.

Cette partie du message n'était pas sincère. Peut-être, s'il trouvait un arrangement, enverrait-il quelqu'un dans le parc au cas où des curieux feraient leur apparition. Mais son but essentiel était de tromper les observateurs possibles.

Steven allait d'un pas assuré, avec le sourire. Le ciel s'assombrissait et les trottoirs commençaient à s'illuminer, restituant la lumière qu'ils avaient accumulée durant le jour. Même chose pour les façades des magasins. Les gens s'approchaient, lui jetaient un coup d'œil, parcouraient son manifeste et s'en allaient. La plupart exprimaient d'une façon ou d'une autre leur désapprobation, mais Dalkins, aux aguets, en remarqua un par ci, un par là, dont la réaction était différente. A chacun d'eux, quand il le pouvait, il murmurait très bas : « Il faut faire quelque chose, n'est-ce pas? Retrouvez-moi n'importe quel soir au... » Et il nommait un parc différent. L'instant culminant de la soirée arriva quand un individu au visage empourpré prit le pas à son côté et lui demanda : « Vous avez un plan pour battre ces salopards?

— Certainement », répondit Steven.

Le jeune homme se redressa, roulant des épaules. Il y avait dans ce geste une hostilité sans limites. « Je suis de votre bord et je vous amènerai ma bande. Je m'appelle Jack.

— Bien. »

Ce premier soir, à dix heures, le groupe ne comprit que huit personnes venues à titre individuel, parmi lesquelles deux jeunes femmes, et une bande étonnamment importante de sept jeunes hommes à l'expression intense et de quatre jeunes femmes non moins convaincues. C'était la « bande » de Jack.

Personne ne demanda « pourquoi ». Tous, hommes et femmes, savaient que cela s'imposait. Chacun d'eux était soulagé de voir enfin quelqu'un faire le pas en avant. De manière définitive.

On eût dit que tous comprenaient la réalité des choses au fond de leurs entrailles et que *cela* au moins allait de soi. Il fallait seulement dégager les détails de l'action à suivre. Et, naturellement, sur ce point, Steven avait son plan.

Dès ce premier soir, ils fondèrent les Associés du Renversement. Il fut convenu que Steven Dalkins recevrait compensation de son million de dollars perdu. Chacune des personnes présentes à la réunion de fondation lui signa un chèque de mille dollars. Tous les membres à venir — c'était autorisé — devraient verser chacun un montant égal, au bénéfice de Steven.

« Il se peut que vous ne récupériez pas entièrement votre million », déclara Jack Brooks, le garçon à la figure rouge, « mais nous rassemblerons certainement autant de gens décidés qu'il y en avait pour soutenir les assassins d'Alexandre II de Russie dans les années 1880. Ce n'est sûrement pas trop espérer que compter sur cinq cents membres.

— Je pense qu'ils seront plus nombreux que cela », dit Steven d'un ton détaché.

A la fin du Premier Mois, ils étaient 2 782 associés. Durant le Deuxième Mois, chacun des membres eut pour mission de découvrir cinq personnes aliénées de plus. Comme les recettes dépassaient le million de dollars, Steven déclara qu'il ferait don du supplément pour couvrir les dépenses. Il avait confié la première partie de son plan au petit cercle intime des conspirateurs, dans lequel était compris Jack. Ces gens bien informés dirent à ceux qui les interrogeaient que le plan était « des plus vastes », mais qu'il serait dangereux d'en révéler les détails à d'autres que les personnages clés.

Les Associés du Renversement comptaient 53 064 membres à la fin du Quatrième Mois, quand ils mirent en œuvre leur première démonstration de défi absolu.

Les autorités avaient pris la décision de rendre publique la condition de Steven. Filles et femmes étaient invitées, si un petit jeune homme les accostait, à communiquer avec la police dès qu'il se montrerait entreprenant. Dans ses rapports, Buhner exprimait ses doutes qu'une femme quelconque pût résister aux charmes d'un homme sexuellement libéré. Toutefois, avançait-il, Steven ne pouvait pas en être certain, aussi prendrait-il des précautions.

Néanmoins le psychiatre, quand il restait éveillé la nuit, se sentait un peu plus agité que de coutume.

Le jour, il surveillait les progrès de Steven en fonction du nombre de chèques établis à son nom. Tandis que le total grandissait, un frisson d'angoisse passait presque visiblement à travers ceux des membres des Gouvernements Unis qui, selon leurs accords, devaient être tenus au courant de ce genre de questions.

Chaque fois que l'on devenait trop inquiet, on entrait en contact avec Buhner. Ce matin-là, celui qui l'appelait avait un visage épais et une voix coléreuse. Il demanda : « Qu'est-ce que vous faites contre ces malfaiteurs?

— Nous nous préparons au grand nettoyage.

— Qu'entendez-vous par là? »

Buhner s'expliqua. La police abandonnait ses méthodes routinières pour se braquer contre une force atavique. Une étrange espèce d'êtres humains naissait de la charpente de la société. Ces individus nerveux et résolus sortaient au grand jour dans le dessein commun de démolir un environnement qui, d'une façon encore obscure, avait suscité leur révolte.

Leur tendance non conformiste à user de violence avait pourtant sa pureté. Ils s'aimaient les uns les autres et étaient loyaux envers leurs chefs. Au cours des décennies antérieures, il y avait eu d'autres mouvements sensationnels qui visaient à faire naître l'affection pour un ou plusieurs chefs et à obtenir l'obéissance des adeptes. Dans le cas présent, *cette année même,* les adeptes avaient la fierté de s'associer à quelqu'un qui avait eu assez de volonté pour abandonner son million de dollars. Après cela, personne ne mettait plus en doute les droits de Steven Dalkins à être « le patron ».

Cela facilitait la tâche de la police. Tous les chèques étaient rédigés au nom d'une seule et même personne. Les signatures étaient disponibles. Tout homme, garçon, fille et femme étaient identifiées et les ordinateurs en expédiaient la liste dans tout le pays. Des inspecteurs se rendaient avec discrétion dans le quartier de chacun des signataires pour les repérer un à un, les hommes comme les femmes.

Bien entendu, la loi ne permettait pas d'arrêter des personnes uniquement parce qu'elles avaient remis un chèque à Steven Dalkins. Il fallait que les gens repérés aient participé à quelque action illégale.

« *Mais que peuvent-ils donc faire contre un monde parfait?* » Telle était la question posée le plus souvent au docteur Buhner, et elle se posait de nouveau. Il répéta sa déclaration du passé : « Il y a douze ans, Charley Huyck mena une révolte dirigée contre notre système d'enseignement par ordinateurs. Il y a vingt-trois ans, la rébellion des frères Gilbert avait pour objectif la méthode d'élection des politiciens. Après chacun de ces événements, *tous* les participants ont été arrêtés, accusés d'aliénation, condamnés et éliminés.

— A quoi pensez-vous que s'attaque Dalkins? s'enquit le personnage important au visage épais.

— A quelque chose de plus élémentaire, à mon avis.

— Au nom du Ciel! » s'emporta le politicien, « Qu'y a-t-il de plus élémentaire qu'une attaque contre le système politique?

— Eh bien... » Buhner cherchait à gagner du temps.

La voix devint moins coléreuse et reprit : « Croyez-vous que Dalkins ait conscience que vous puissiez suivre tous ces chèques à la trace?

— Oui, je pense qu'il le sait, parce qu'il a transféré une part de l'argent à une société.

— Oh, ça! Mais certainement que dans cette situation particulière... »

Buhner fit fermement un geste négatif. « On ne peut pas contrôler de quelle manière les sociétés dépensent leur argent parce que cela risquerait de fournir des tuyaux à leurs concurrents. Il faudrait modifier le programme des ordinateurs ou les autorités devraient faire une déclaration publique. Mais nous ne le voulons pas. Nous voulons nous emparer de toutes ces personnes et nous en débarrasser. »

Cette nuit-là, pendant son insomnie, Buhner fut troublé quand il se rendit compte que plus de quatre mois avaient déjà passé. Donc, si les imaginations de Roosley renfermaient une part de vérité, le moment était venu où les vierges violées allaient se révéler par petites hordes. Ce qu'il y avait d'inquiétant, c'était la possibilité qu'il n'y en eût pas du tout... Se pourrait-il que Steven se soit conduit en personne raisonnable durant tous ces mois et *ne se soit pas* adonné à une campagne de séductions et de viols?

Mais dans ce cas, qu'avait-il donc fabriqué?

Le lendemain matin paraissait absolument enchanteur quand il jeta un coup d'œil par la fenêtre de son appartement. Le ciel était aussi bleu qu'une piscine d'eau de mer brillamment éclairée... Un peu plus tard, il dégustait dans la paix et la sécurité un délicieux petit déjeuner de viande-ersatz quand le voyant rouge d'urgence s'éclaira sur son récepteur de media. Le vibreur d'alerte résonna. Puis un jeune homme s'avança sur l'estrade que montrait la caméra. Il annonça : « Mesdames et messieurs, ne vous alarmez pas. Ce sont les Associés du Renversement qui vous adressent un message. Nous occupons provisoirement les principaux centres d'émissions du continent américain. Nous souhaitons vous dire quelque chose que, selon notre chef, Steven Dalkins, vous souhaiteriez savoir. »

Sur quoi il expliqua et démontra (sur lui-même et

sur une fille apparue soudain) l'opération chimique par laquelle l'ajustement sexuel d'un homme et d'une femme se réalisait. Il indiqua divers endroits où l'on pouvait se procurer le produit chimique et déclara que les autres stations du continent diffusaient des messages semblables.

Il insista : « Tenez prêts vos chèques de mille dollars et rappelez-vous que c'est peut-être votre unique chance de vous procurer le petit étui de seringues renfermant les piqûres de rectification. Vous pouvez les acheter dès maintenant et prendre le temps de réfléchir avant de vous en servir. »

Un des endroits désignés n'était pas à plus d'un kilomètre de l'appartement de Buhner. En quelques secondes, il était dehors, et dévalait dans un ascenseur à grande vitesse... Dehors, il courut après un taxi électrique. Pendant le trajet, il rédigea son chèque. Même dans ces conditions, quand il eut réglé la course au chauffeur, plusieurs centaines d'hommes et une cinquantaine de femmes se pressaient autour d'un hélicoptère posé en bordure d'un petit parc. Tandis que Buhner se frayait passage en brandissant son chèque comme le faisaient les autres, il vit que trois filles et quatre hommes faisaient passer dans la foule de petites trousses et qu'un autre homme aidé d'une femme prenait les chèques, les examinait, puis les déposait dans une caissette de métal.

Le psychiatre arriva juste à temps. Il tendit son chèque, attendit avec inquiétude pendant qu'on l'examinait, puis empoigna l'étui qu'on lui tendait. Il reculait encore, serrant de façon protectrice son nécessaire quand un des jeunes gens hurla un avertissement : « La police! Sauvez-vous tous! »

En deux ou trois secondes, les neuf « marchands » se trouvaient dans l'hélicoptère avec leurs boîtes et leur caissette. Les portes commençaient à peine à se fermer que la machine s'élevait dans les airs comme un faucon effrayé. En l'air, elle ressemblait parfaitement aux douzaines d'autres appareils à bord desquels les acheteurs étaient arrivés et qui depuis de nombreuses minutes décollaient de toutes les rues avoisinantes.

Buhner regagna tout échevelé son bureau, mais ce fut avec un sentiment de triomphe qu'il fit son rapport au Niveau Supérieur. La réponse du laboratoire gouvernemental, plus tard dans la journée, confirmait que les sept seringues de l'étui qu'il avait acheté contenaient bien le produit chimique de libération sexuelle.

Selon un compte rendu plus tardif sur la chaîne des ordinateurs, les Associés du Renversement avaient vendu ce jour 883 912 étuis en 6 224 endroits, à un millier de dollars la pièce. Et tous les chèques étaient au nom de Steven Dalkins.

La puissance et l'argent projettent loin leurs ombres. Les images mentales de certaines personnes ébahies vacillaient à l'idée que la prochaine distribution de produits chimiques rapporteraient huit milliards, ou même *quatre-vingts*!

C'était trop. Les rumeurs parvenaient aux oreilles de Steven. Il songeait : *le grand virage*! Le jour même, il forma le numéro-code qui le reliait à ses fidèles partout, en un circuit fermé. Il se plaça devant la caméra de prise de vues.

Il était là. Ses yeux, telles de petites billes grises, brillaient d'intelligence. Il avait les joues empourprées. Son corps menu était contracté. Il regardait fixement l'objectif, s'efforçant d'atteindre tous les spectateurs de son regard résolu.

Il expliqua le point de vue des membres qui avaient été traumatisés et dont le chef était Jack Brooks, et il termina en disant : « La vision de Jack se révèle plus vaste que la mienne. Tout homme à ses limitations. Ce qui s'est passé paraît marquer les bornes de ce dont je suis capable. Ainsi... »

Il s'interrompit de façon théâtrale, puis débita d'un ton assuré sa déclaration : « J'abandonne immédiatement tout pouvoir que j'avais sur les Associés du Renversement en faveur de mon cher ami, Jack Brooks. Croyez tous à ma profonde amitié ainsi qu'à mes souhaits les meilleurs. »

Il termina avec grâce : « Je continuerai de signer tous les chèques d'achats justifiables pour la prochaine action du mouvement. A cette fin, vous pourrez toujours me joindre en utilisant le code. Adieu à vous tous. Vous êtes formidables! »

Quand la voix et le visage de Steven commencèrent à s'estomper, un jeune homme, au visage très haut en couleur, dans un appartement lointain, actionna son propre visiphone, composa un numéro et hurla dans le micro : « Steven, espèce de salaud, qu'est-ce que tu veux dire... des achats justifiables? Je veux procuration officielle pour tout l'argent à ton compte, sauf peut-être dix millions. Prouve-moi que tu es sincère. »

Ils étaient sur une ligne privée, aussi Steven lui dit-il : « Si je ne conserve pas le contrôle des fonds, tu risques d'être tenté d'agir contre moi.

— Signe-moi tout de suite vingt-huit millions pour payer la prochaine livraison! hurla Jack.

— D'accord », fit Steven.

Une fois l'opération exécutée, Jack Brooks se mit à arpenter le plancher. « Ce fils de pute va s'en tirer avec plus de huit cents millions de dollars », grommela-t-il.

Il arrêta sa promenade, les sourcils froncés, et dit : « Je veux bien être pendu si cela se passe comme ça. » Il s'aprocha de nouveau du visiphone. Cette fois, il appela le docteur Buhner : « Tous les soirs, à la tombée de la nuit, Steven Dalkins fait une promenade dans l'un des parcs. »

Le psychiatre avait au moins trois rendez-vous; et pourtant il réfléchissait à ce qu'il pourrait faire de ce tuyau.

Tout d'abord, avec les ingénieurs et le personnel administratif des ordinateurs. La question était : est-ce que ces énormes machines à penser étaient programmées pour enquêter sur 883 000 noms?

La réponse : il y avait quelque part un flot sans fin de logique exacte, de renseignements complets, sur toutes les actions de tout le monde, sans une seule exception dans tout le réseau... par conséquent, oui.

Le deuxième rendez-vous de Buhner était avec les directeurs de la guilde de la biochimie. Ils avaient à sa disposition une analyse fondée sur un seul indice. Un ancien employé, qui ne faisait pas partie du groupe de confiance qui surveillait la production de l'ingrédient de libération sexuelle (un sur sept) fabriqué dans l'usine où il avait travaillé, avait quitté le travail quelques mois auparavant. L'enquête ouverte avait révélé qu'il avait étudié en secret, sans en informer qui que ce fût, la chimie, pendant de nombreuses années.

« Nous pouvons en déduire », conclut la guilde, « qu'un groupe de sept personnes ou davantage ont, soit pour des motifs personnels, soit en vue d'un complot, demandé de l'emploi dans ce genre de laboratoires à une date reculée, et ont dissimulé leurs connaissances jusqu'à ce que se manifeste une personnalité comme celle de Dalkins. »

Le troisième rendez-vous de Buhner était avec un comité des Gouvernements Unis. Un éminent économiste expliqua d'une voix tremblante aux membres abasourdis du comité que le système du million de dollars remis à toute personne reposait sur une nécessité statistique, à savoir que les besoins de la population devaient rester constants. Une dépense supplémentaire de mille dollars par tête par un fort pourcentage d'adultes ne devait pas se produire.

« Pas de doute, songea Buhner, Steven a flanqué au monde parfait un sacré coup bas... »

Le problème, c'était qu'y faire? A sa manière habituelle, il avança avec précaution : « Il semblerait que la tentative de l'humanité pour contrôler les fonctions génitales ait été réduite à zéro par Steven Dalkins, en tant qu'incidente à la poursuite d'un objectif connu de lui seul. »

Il fit observer que si huit cent mille personnes participaient à un acte collectif de vandalisme contre un système quelconque, alors, par définition, il fallait étudier le système et non l'individu en cause.

Il formula ses recommandations et conclut : « Je m'abstiens personnellement de proposer une solution en ce qui concerne Steven lui-même. Selon la rumeur, il s'efforce de rompre les liens avec ses adeptes. Ce ne sera peut-être pas facile. »

Le lendemain à midi, les Gouvernements Unis publièrent une ferme résolution par l'intermédiaire de leur secrétaire élu :

> Il est jugé inadmissible de permettre à 883 000 hommes de faire leurs proies de cent millions de jeunes femmes non mariées. En conséquence, les Gouvernements Unis autorisent les officines accréditées à vendre des nécessaires de libération hormonale à toutes les personnes de plus de dix-huit ans qui souhaiteraient se désajuster de leurs époux ou épouses. Le prix du nécessaire sera de dix dollars. La liste de ceux qui choisiront cette solution sera mise à la disposition du public. Si des personnes qui auraient déjà acheté les nécessaires les rapportent avant la fin du mois en cours, leurs noms ne figureront pas sur la liste.

En entendant ces paroles fatales, Jack Brooks se leva d'un bond et fonça contre le mur le plus proche de sa chambre, le heurtant de l'épaule. Repoussé par la violence même de son acte, il se précipita contre un autre mur. Bientôt, épuisé, il se laissa choir dans un fauteuil et envisagea la réalité : quiconque pouvait l'obtenir pour dix dollars n'achèterait pas le même produit pour mille.

Les huit milliards qu'avait enfantés son imagination n'étaient plus que l'écume de rage au coin de ses lèvres serrées. Et sa colère ne se dirigeait que contre une seule et même personne : Steven Dalkins. Steven avait dû savoir que cela arriverait... Comment me venger de ce... ce... ce... ce?

Steven Dalkins, ou plutôt ses quatorze *alter ego,* fit sa promenade de santé habituelle peu après la tombée de la nuit. C'était du moins ce que signalaient les agents envoyés par Buhner dans chacun des parcs de la ville.

L'un des quatorze était-il Steven en personne? Peu importait pour les plans de Buhner. Il se tenait dans la rue, en face de l'entrée d'un des parcs publics et observait un jeune homme d'un mètre soixante-cinq qui trottinait dans sa direction. Si c'était Steven, il était bien déguisé. Un excellent maquillage dissimulait tous les traits caractéristiques de son visage.

Alors que ce Steven particulier arrivait devant lui, le psychiatre traversa rapidement la chaussée et dit d'une voix sonore : « Voudriez-vous dire à M. Steven Dalkins que le docteur Buhner aimerait qu'il lui rende visite. Dites-lui qu'il va maintenant falloir qu'il avoue pourquoi il a fait tout ce... »

Il ne put en dire plus. Dalkins pivota sur un pied, traversa la rue en courant et s'engagea sur le trottoir. Il parut soudain apercevoir ce qu'il désirait. Il fonça dans une voiture rangée le long du trottoir au moment où une femme y montait. Il parut y avoir une brève lutte entre eux, que Dalkins gagna. La voiture démarra. La dernière vision de Buhner, ce fut la voiture qui s'éloignait, Dalkins au volant, et la femme adossée sur le siège. Sa tête roula mollement et elle disparut à la vue.

Les hommes de Buhner retrouvèrent le véhicule abandonné une vingtaine de minutes plus tard, avec le cadavre de la propriétaire sur le plancher du compartiment avant.

« Voyons s'il se tirera de *là*! » dit Jack Brooks quand l'assassin lui eut téléphoné la nouvelle. Son visage rouge esquissa un sourire grimaçant. « Expédier en campagne quatorze Steven, c'est l'idée la plus brillante que j'aie jamais eue. »

Il se sentait également mieux pour une autre raison. Il y avait la possibilité qu'un certain pourcentage d'hommes soient prêts à donner leur voiture ou une autre de leurs possessions en échange d'un nécessaire plutôt que de le payer seulement dix dollars et d'être ainsi identifiables sur la liste. C'était vraiment dommage qu'il n'y eût plus d'espèces dans le meilleur des mondes et que toutes les transactions dussent se faire par les ordinateurs de crédit. Quand même — il haussa les épaules — il y avait toujours un moyen.

Le crime fut annoncé par tous les moyens de communication, avec tous les détails.

Il était quatre heures moins le quart lorsque Steven téléphona au docteur Buhner.

Plus **tard...**

Porteur de son matériel, le psychiatre arriva au lieu fixé pour le rendez-vous. A la porte, un homme l'accueillit et lui fit traverser une grande antichambre décorée avec goût. La jolie fille qui y siégeait l'accompagna ensuite jusqu'à une autre porte donnant sur un grand bureau intérieur. Elle ressortit en refermant le battant.

Steven Dalkins désigna la chaise dure et le fauteuil. Le médecin choisit la chaise dure.

« Hum-hum », fit Steven, « je me demandais ce que vous choisiriez ».

Il s'adossa, un sourire torve sur son petit visage. « Quel effet cela fait-il, docteur, qu'un autre vous traite avec cet air supérieur? »

Le docteur Buhner le fixa de ses yeux gris pâle et répondit : « Steven, avant que je ne me mette en route pour venir vous voir, plus de quarante mille membres des Associés du Renversement avaient déjà été arrêtés.

— Ce n'est qu'une de mes résidences », fit Steven.

L'autre ne fit pas attention à cette interruption. « Quatre sur cinq ont déjà choisi de se rendre volontairement dans une des colonies spatiales. De cette façon, ils peuvent conserver leur argent en toute sécurité. » Il eut un sourire sinistre. « Tout le monde n'a pas envie de risquer son million de dollars.

— Ainsi, je serais le seul à courir des risques?

— Steven », reprit Buhner d'une voix anxieuse, « qui a pu tuer ou commander de tuer cette femme? » Comme le silence se prolongeait, il ajouta : « Peut-être le détenons-nous déjà et pouvons-nous vérifier en quelques secondes ce que vous direz? » Il montra les instruments mis en batterie contre le génial jeune garçon et insista : « Steven, vous n'avez pas à vous montrer loyal envers quelqu'un qui tente de vous faire accuser d'un meurtre.

— Qu'arrive-t-il à un meurtrier reconnu? s'enquit Steven après un nouveau silence.

— Personne n'est plus reconnu coupable de meurtre, de nos jours », fut la réponse. « Le *seul* crime, c'est l'aliénation.

— Très bien. Alors, qu'arrive-t-il à la personne reconnue aliénée?

— C'est un renseignement très secret.

— Selon la rumeur, on les exécute. Est-ce vrai?

— Je ne suis pas membre du bureau qui s'en occupe. Mais j'ai entendu cette rumeur. » Buhner reprit son sinistre sourire. « Maintenant que vous en connaissez quelques-unes, Steven, que feriez-*vous* des personnes aliénées? »

Steven hésitait. « C'est injuste », finit-il par déclarer, « que des non-aliénés prononcent un jugement sur les personnes qui, à la suite d'un traumatisme ou un accident d'enfance, se trouvent aliénées.

— Mais vous en avez remarqué? »

Une expression d'éloignement passa dans les yeux du jeune homme. « Beaucoup d'entre eux ont le cœur exceptionnellement chaleureux », dit-il pour gagner du temps.

Buhner refusa de se laisser entraîner dans cette voie. « La plupart sont aliénés sur d'autres points », précisa-t-il, « mais ceux qui sont aliénés de cette manière ont tué environ huit cents personnes.

— Pourquoi? Avez-vous appris pourquoi ils ont commis ces meurtres?

— Les victimes avaient dit ou fait quelque chose en contradiction avec l'idéal de l'assassin.

« Et c'est pourquoi », poursuivit Buhner avec cette pointe d'émotion qui perçait toujours dans sa voix lorsque des faits de cet ordre lui étaient révélés, « c'est pourquoi dans notre grand univers où l'homme ne passe guère qu'une minuscule suite d'années, ceux-là, dans la conviction furieuse de ce qu'ils pensent être leur bon droit, ont refusé même cette brève période de vie à près d'un millier de personnes. Alors, dites-moi, que devrait-on faire de ce genre d'individus? »

Cette fois encore, leurs regards se croisèrent. Mais le garçon détourna rapidement les yeux. Il ne paraissait plus avoir de questions à poser. Ses quatre mois de relations serrées avec les torsions et les distorsions infinies des vérités chez les personnes aliénées qu'il avait connues avaient laissé leur marque sur lui, il le savait.

Le jugement qui s'ensuivit se lisait sur son visage.

« Il s'appelle Jack Brooks », dit Steven.

Buhner pressa quelques boutons sur ses machines, en examina un moment les cadrans, puis déclara : « Il figure parmi ceux qui ont été arrêtés. » Une nouvelle manipulation, suivie de l'observation : « L'ordinateur lui demande s'il a ordonné ou commis le meurtre. Il nie. Mais son cœur, ses poumons, son foie, ses vaisseaux sanguins, tout raconte une autre histoire. »

Leurs yeux se rencontrèrent au-dessus des instruments. « Eh bien, Steven », dit l'homme plus âgé, « je suis parti de l'hypothèse que vous n'êtes pas un aliéné et que par conséquent — bien qu'il soit assez difficile d'imaginer de quoi il retourne — vous aviez une raison profonde de faire ce que vous avez fait. »

Steven demanda : « J'aimerais que vous m'accompagniez quelque part.

— Accepteriez-vous des témoins impartiaux?

— Oui. »

Buhner et le secrétaire des Gouvernements, ainsi que Roosley et deux autres personnalités importantes se tenaient près d'un arbre d'un côté d'une rue, tandis que Steven la traversait en direction d'une petite maison de banlieue.

Il s'immobilisa devant la grille et siffla, deux sons longs et deux courts.

Une minute s'écoula. Puis la porte de la maison s'ouvrit.

Il en sortit une silhouette de jeune fille qui se mouvait rapidement. Enfant? Non. Elle se précipita sur Steven Dalkins et pressa son corps contre lui avec une force qui le fit reculer de plusieurs pas. Tous les deux — la fille dynamique et le garçon plein d'énergie — se mirent alors à se serrer, lèvres contre lèvres, et à s'étreindre en une succession de petites secousses.

« Seigneur! » s'écria Buhner, malgré lui. « Il a fait tout cela pour épouser une fille de son âge! »

Comme s'il avait entendu ces mots, ou s'il avait prévu qu'ils seraient prononcés, Steven se retourna et cria dans le soir qui tombait : « Mais ce n'est pas illégal; plus maintenant. »

« L'amour », marmonna le psychiatre. « Je n'y avais plus jamais pensé depuis que j'ai dû quitter la petite Esther quand j'avais moi aussi dix-huit ans. »

Ses jambes cédèrent soudain sous lui. Il s'affala dans l'herbe, vaguement conscient que les autres, inquiets, se penchaient sur lui.

Ridicule, bien sûr, mais les larmes de la honte lui coulaient sur les joues... Après tout, se gourmandait-il, la petite Esther doit être à présent la grande Esther, mariée, avec toute une cohorte d'Estherettes. Et de plus, il était un fait bien connu : on oublie toujours ses amours adolescentes.

Les arguments, si puissamment vrais, se heurtaient sous son crâne. Le sentiment qui l'avait envahi, surgi de son passé oublié, lui infusait en quelque sorte la compréhension informulée qu'il n'avait jamais eu la chance d'acquérir sur le plan émotif. Buhner se remit péniblement debout en maugréant; il serra la main de ceux qui l'avaient aidé et s'enfuit dans la rue qu'assombrissait la nuit tombante.

Il avait des choses importantes à faire, par exemple se remettre de trente ans d'une vie sans amour.

Future Perfect
Traduit par Bruno Martin.

NE RETENEZ PAS VOTRE SOUFFLE...

Ecrite spécialement pour Saving Worlds, *une anthologie thématique de Roger Elwood et Virginia Kidd,* Ne retenez pas votre souffle... *fut conçue par Van Vogt comme une réponse aux visions pessimistes des écologistes.*

Et de préciser dans la postface de The Best of Van Vogt : « *En écrivant une histoire sur un tel thème, mon problème était d'éviter la mort rapide qui guette toute fiction prenant la pollution au sérieux. Ma solution à ce problème fut d'introduire la réalité durable que représente un personnage tel que Art Atkins.* »

Bien que ces boniments insensés aient eu cours depuis des années, j'étais arrivé à l'âge de trente-deux ans quand cela a commencé à devenir sérieux. Au sujet du changement qui allait intervenir. Plus d'oxygène dans l'atmosphère après le 11 mai. Dans trente-deux jours. A qui croient-ils donc faire peur? Pas à moi, Art Atkins!

« Décidez-vous! » Voilà ce que tous les media vous serinent. « Inscrivez-vous pour la ' tente ' la plus proche, et faites-le dès à présent. N'attendez pas la ruée de la dernière minute. »

Il y avait les filles, et le jeu, et mon appartement de super-luxe, en bref, l'abondance; et ces bêtises commençaient à m'ennuyer. La plus grande partie de la nuit que je passais avec une fille à cette époque était généralement consacrée à la persuader de ne pas foncer vers la tente la plus proche.

« Au nom du Ciel », lui expliquais-je de mon ton le plus patient, « il n'y a rien dans une tente, qu'un peu plus d'oxygène. Ce n'est qu'un expédient. Si quelqu'un le sait, c'est bien moi. Je suis un des entrepreneurs qui ont construit celle d'ici. »

Après avoir répété ça quelques centaines de fois à une brassée de chair féminine désirable, cela commençait à devenir barbant; et ce qui suivait n'avait plus rien de formidable.

Ce matin-là, le téléphone a sonné un peu après dix heures. Quand j'ai pris le téléphone, l'image qui a fait son apparition sur l'écran était celle de Mona. Mona, c'était ma dernière trouvaille... Il n'y avait que six mois que je l'avais ajoutée à ma collection. Pour le moment, elle était habillée de pied en cap.

« Je lâche tout, Art », m'a-t-elle annoncé.

« Ecoute », lui ai-je répondu, pas tellement amusé, mais prêt à jouer le jeu. « Qu'est-ce que tu lâches? Un peu de ton fric, pour changer?

— Oh ça va! Plaisante si tu veux », a-t-elle lancé d'un ton vexé. Sur le télécran, elle a fait ce mouvement bien à elle. Sa chevelure dorée rejetée en arrière d'un coup de tête. La première fois que j'ai vu cela, cela m'a presque rendu dingue d'excitation; et même en ce moment, je n'étais pas tout à fait immunisé contre son charme. « Je veux t'annoncer que je vais m'installer dans la tente », a-t-elle poursuivi. « L'air est devenu trop mauvais pour moi.

— Tu as encore écouté tous ces cinglés », ai-je observé d'un ton accusateur. « Je t'avais dit de t'en abstenir.

— Eh bien, tu ferais mieux de les écouter, toi aussi », a-t-elle répliqué aussitôt. Une pointe d'humeur. Et je la voyais essayer de se dominer pour revenir au calme. Elle a réussi et a repris : « Le grand jour tombe le mois prochain et pour moi, c'est comme si on disait ce soir même.

— *Quel* grand jour? » J'ai feint de ne pas me le rappeler.

Je m'adressais à un écran vide.

Je n'ai pas trouvé le temps de la rappeler avant

l'après-midi; si elle s'était attendue à une réaction immédiate d'un Art Atkins suppliant, elle s'était plutôt gourée! La sonnerie a retenti plusieurs fois, mais personne n'a répondu. J'ai finalement compris qu'elle avait probablement parlé sérieusement.

C'est bon, c'est bon. Sans enthousiasme, j'ai cherché le numéro de la tente et je l'ai composé. Une voix d'ordinateur m'a répondu : « Désolé de devoir vous en informer, monsieur, mais les appels personnels de l'extérieur pour les habitants des tentes ne sont acceptés que s'ils émanent d'appareils autorisés. »

J'ai reposé le combiné assez doucement, mais en grinçant des dents. Pour finir, je suis resté à secouer la tête. C'était stupéfiant. Ces gens-là finissaient toujours par mettre en application leurs idées saugrenues. Les salauds. Leur plus grand et leur *premier* souci était toujours de dresser des obstacles. N'importe quoi pour rendre les choses difficiles. Tant pis... Je me résignais enfin... Qu'ils aient donc leur petit moment de gloriole.

Soudain il m'est venu une autre idée. J'ai songé que Mona n'avait pas pu filer si vite. Tout simplement, elle ne répondait pas. Pour se donner du prix. Alors j'ai passé mes frusques à la hâte et je suis sorti.

Vous auriez dû voir la ville dans laquelle je me suis retrouvé en quittant le gratte-ciel où j'habitais! En bas, le trottoir désert. Au-dessus, un ciel embrumé. Pas trop, à la vérité. Ce qui était moche, c'est qu'il restait tout le temps embrumé.

La rue, c'était comme la mort. La meilleure comparaison : ces vieilles photos des villes européennes évacuées pendant la guerre, avec des blindés en patrouille, exclusivement. Je restais planté là; et, naturellement, c'était difficile de respirer, maintenant que j'étais loin de mon climatiseur. En plus, il faisait très chaud. C'était la fin d'après-midi, cinq heures et quelques, et la température dépassait encore quarante degrés. Quelque chose à voir avec un excès d'anhydride carbonique.

Tout en me retenant de haleter, j'hésitais. Mona

valait-elle réellement la peine? Et puis, j'ai compris tout d'un coup : j'agissais pour le principe. Si on laisse une seule maîtresse vous plaquer, pas de doute, la prochaine se tirera aussi. Et avant de vous en être rendu compte, vous vous retrouvez tout seul pour dormir pendant un temps indéterminé.

Alors il fallait bien que Mona serve d'exemple. Il fallait que je sois en mesure de dire à Hettie, à Zoé ou à Adèle : « C'est bon, la frangine, regarde bien ce qui arrive à une nana qui se met en tête de balancer Art Atkins. »

Le point où j'étais planté était à une centaine de mètres de Crestmore Street, une grande artère. Alors j'y suis allé et rien que pour rigoler, j'ai cherché à faire du stop aux blindés officiels... seuls véhicules à se balader dans les rues par les temps qui couraient. Pas beaux, ces trucs. J'imagine bien que si on tenait à respirer une quantité normale d'oxygène, fallait évidemment le garder enfermé hermétiquement. Et les chars étaient les machines les plus adaptées, avec leurs moteurs électriques et leurs batteries qui se rechargeaient et leurs sièges de pilotage bien clos.

Comme de juste, pas un ne s'est arrêté pour le seul plaisir de transporter un bonhomme gratuitement. Comme j'étais décidé, j'ai montré un billet de vingt dollars au tank suivant. Il s'est rangé le long du trottoir. Je lui ai dit où je voulais aller et il m'a fait signe d'embarquer sur le siège arrière. Là, pas d'oxygène supplémentaire, mais j'étais quand même assis et mon corps n'avait plus à fournir d'effort.

Pour vingt dollars, je m'offre souvent la balade sur le siège avant, mais faut bien prendre ces mecs tels qu'ils sont. Une fois installé, j'ai agité le billet. Il m'a fait signe de le déposer dans le cendrier, et puis la lamentable idée habituelle lui a passé par la tête et il a rouvert le système de communication intérieur. Il avait les lèvres pincées en un semblant de sourire quand il m'a demandé : « Si vous voulez, je vous conduis à la tente la plus proche pour vous y faire inscrire? »

Comme s'il prévoyait mon refus, il a ajouté en vitesse : « La plus grande bravoure ne servira à rien contre ce qui se prépare. »

Je lui ai répondu avec toute ma patience : « Ecoutez, je rends visite à ma môme. Et si jamais je décide d'aller dans une tente, je me servirai de *mon* entrée particulière. »

Il a dû croire que je blaguais. Dans le rétroviseur, j'ai vu que son sourire torve lui était revenu. Quand même, il a paru se décontracter un rien. Il a repris sur le ton de la conversation : « Drôle de race que les gens qu'on rencontre pendant ce dernier mois. La sélection naturelle nous permet de voir la race humaine sous un angle nouveau. Il y a un an, on voyait déjà d'énormes foules camper devant les grilles des tentes. Ça fait une catégorie. Quand on leur a enfin permis d'entrer, il y a trois mois, ils sont entrés; et alors les autres catégories ont rappliqué... les psychologues les ont classés en gros en une centaine de types émotifs. Mais à présent, on en est arrivé à un modèle spécial de mâle et aux femmes que fréquente ce genre de mec et sur lesquelles il exerce une autorité dominatrice inhabituelle. » Il a hésité, puis a demandé : « Est-ce que je peux vous poser une question? »

Surpris, j'ai répondu : « Vous êtes courtois et vous me faites une faveur en me transportant. Bien sûr! Demandez-moi n'importe quoi.

— Pourquoi tout ça ne vous touche-t-il pas? » Il a agité sa main libre. Son geste embrassait la moitié de l'horizon. « Cette situation sans oxygène. Le grand changement qui se prépare. Pourquoi n'essayez-vous pas de vous mettre en sûreté? »

Le bon sens, ce n'est pas facile à expliquer. Je n'essaie jamais. Je lui ai seulement dit d'un ton apitoyé : « Vous n'avez pas l'air d'un maître d'école, et pourtant je sens que je vais avoir droit à une leçon de choses à l'usage des classes élémentaires. Ça peut coller pour les gosses, mais je dois vous avertir que j'ai terminé mes études secondaires depuis quatorze ans.

— Cependant vous tenez à la vie », a-t-il insisté après avoir arboré son maigre sourire sur son maigre visage. Il n'a pas laissé à son affirmation le temps de mourir de sa belle mort. Il a tout de suite ajouté : « La Nature est plus forte que l'Homme; et particulièrement, elle est plus forte que n'importe quel homme. Pour une fois, il faut *vraiment* que tout le monde collabore. »

J'ai souri à mon tour. « Si tout le monde le dit, tout le monde le fera. Alors, où est le problème? » ai-je lancé.

Il m'a adressé un coup d'œil embarrassé. « C'est aux savants de décider ce qu'il faut faire », a-t-il dit. « Il y a quelques individus qui résistent à cette décision. » Il parlait comme pour lui-même en partie, comme s'il avait discuté avec une portion de son cerveau qui conservait des doutes. « En cette période finale, on n'a plus le choix. Qu'en pensez-vous?

— Je n'y ai seulement jamais songé. » C'est la vérité, parce que ma seule attitude à l'égard de tous ces êtres humains de connivence, c'est la défensive tout simplement. Ils commencent à se dresser contre moi. Je montre les crocs. Aussi facile que ça. J'ai déclaré : « Pour le moment, je vais un peu caresser ma môme. »

Etonné, il a hoché la tête. « Monsieur, ou vous êtes l'idiot parfait, ou vous êtes plus courageux que moi. Je vous souhaite bonne chance. »

Il m'a fait descendre dans la rue de Mona, m'a adressé un signe de l'intérieur de sa tente à oxygène mobile et s'en est allé. Je me suis mis en marche, un rien irrité de ses dernières paroles, les retournant dans ma tête.

Je me disais : ce que je suis, c'est un homme qui s'attaque aux problèmes longtemps à l'avance. Ensuite, je n'y fais plus attention jusqu'au moment où ils se posent réellement... Bon sang, cette pénurie d'oxygène ne sera pas dangereuse avant encore un mois. Bon. Dans trente jours, je considérerai qu'il y a bien un problème. Quand le fluor commencera à pleuvoir, je tendrai la main pour en recueillir des gouttes, je les reniflerai... du moins si l'odeur n'a pas déjà imprégné tout l'univers autour de moi. Et alors... alors le moment sera venu d'enfourcher ma monture — ou de prendre n'importe quel moyen de transport — pour trotter jusqu'à mon accès personnel à la tente.

C'est en agissant comme ça que je me suis fait mon premier million de dollars avant d'avoir atteint les vingt-cinq ans... dans un monde qui touchait à sa fin, alors que tous les autres restaient inactifs, pétrifiés. A vingt-huit ans, j'étais l'un des plus riches entrepreneurs; au cas où cela vous étonnerait, c'est là qu'on peut se faire beaucoup de fric, notamment si l'on découvre de bonne heure où se planquent les malversations. Naturellement, cette année, la situation avait été difficile; pas beaucoup de projets. Rien que des affaires de ponts. Des détails pour aider les gens pendant la transformation. Une fois la tente à oxygène construite, le reste n'était plus de mon ressort. Surtout de la chimie, de la biologie, de la médecine... et des milliers d'imbéciles aux yeux brillants qui écoutaient des conférences sur la façon de faire les piqûres qui convertiraient les cellules d'un être respirant de l'oxygène pour qu'elles s'accommodent du fluor. Et le traitement ainsi que l'alimentation des mêmes êtres pendant la période transitoire.

Très bien. Puisqu'il le fallait. Mais qu'on ne m'embête pas avec ça.

Je montais en ascenseur jusqu'à l'étage de Mona quand j'arrivai justement au bout de ces cogitations. Une minute après, je glissais sans bruit ma clé dans la serrure de l'appartement 412-J.

Je me tenais prêt. Vite quelques douces paroles pour l'apaiser et la faire mettre au lit. Si cela marchait, ce serait bien. Mais sinon...

Je n'abîmerais certainement pas trop Mona. De toute façon, sans son joli visage et son corps bien roulé, je n'aurais pas eu envie d'elle. Donc pas besoin de brutalité. De plus, je ne suis pas enclin à la violence, sauf quand elle s'impose. Un bon direct à la mâchoire pour lui donner à réfléchir, mais pas d'os fracturés. Peut-être un rien de sang et des bleus pour lui rappeler la chose. Tous ceux qui connaissent les femmes se rendront compte que je m'allongeais presque comme une pute dans mon désir d'aboutir malgré tout à une solution pacifique.

La porte s'est ouverte sous l'action de ma clé, et je suis entré dans le silence. Je me suis arrêté, pour tout voir; et il faut bien que je l'avoue, comme toujours j'ai été impressionné par le charme incontestable de l'intérieur.

Mes pépées du moment vivent comme des reines et même mes laissées-pour-compte s'en tirent plutôt bien. Mes maîtresses nouvelles ont carte blanche pour l'aménagement de leur appartement. Vous pouvez être sûrs que si vous choisissez vos nanas avec soin, elles sauront réaliser leur propre rêve. Et Mona avait le tempérament particulièrement artiste.

C'était donc un enchantement que j'avais sous les yeux; mais cela sentait le vide. J'ai traversé le salon étincelant pour jeter un coup d'œil dans la bibliothèque-salle de musique, j'ai examiné la cuisine et puis je suis allé dans la magnifique chambre à fanfreluches. Là non plus, personne.

Elle avait filé! Je me suis assis sur le lit King-size pour encaisser le choc. Et alors là, je me suis mis en colère. Il en faut pour me faire sortir de mes gonds. Mais je sentais la chaleur de la rage me monter aux joues, je la sentais bouillir dans toute ma peau jusqu'aux orteils, comme après une piqûre de vitamine B complexe. Je pouvais même en sentir le goût, tellement j'étais remonté.

« ... C'est bon, môme, tu l'auras cherché. » J'ai dit cela en douceur, mais à haute voix.

... Une fois à l'intérieur de la tente, j'ai arboré mon petit écusson — un de la série dix mille. Et alors je suis devenu une molécule humaine. Les couloirs grouillaient de gens. Pour tout le monde sauf les types comme moi (qui avais appris la marche des opérations pendant la période de construction), cela devait ressembler à la confusion la plus absolue.

Vers le niveau H — pour Henessey (Mona Henessey) — je me suis frayé un passage, marchant, prenant le tapis roulant pour me défatiguer. Mon but, c'était la section Est, où devaient se trouver les He.

Cela m'a pris un bout de temps. Un connard à face de pigeon m'a retenu à un poste de vérification pour examiner ma carte. Mais celle que j'avais me conférait juste ce qu'il fallait d'autorité. Pas une Personnalité de premier plan... ce qui est trop facile à vérifier. Mais juste quelque chose de suffisamment important pour que, vu la cohue, on ne puisse se permettre d'en mettre en doute la validité.

Et bien sûr, il m'a laissé passer. A regret. Il y a tout simplement des gens qui n'aiment pas la coupe de ma barbe. J'ai lu cela dans ses yeux. Mais... il n'y pouvait rien.

Comme on avait installé des ordinateurs de section pour indiquer la situation de toutes les chambres, quand je suis arrivé à la zone He, j'ai tout simplement composé le nom de Mona sur le cadran du premier ordinateur que j'ai vu. Aussitôt, le numéro de la chambre est apparu en chiffres lumineux sur la plaque.

J'avais apporté un petit « voyeur » avec moi. Alors je l'ai fixé au mur de sa chambre, dans le couloir latéral. La scène d'intérieur qui se révéla sur le minuscule écran brillant aurait dû me servir d'avertissement. C'était un appartement familial. Mona n'avait pas de famille. Pourtant elle était là, habillée comme je l'avais vue le matin même sur l'écran du téléphone. Un homme aux cheveux bien lissés était avec elle. De le voir détourna mon attention de mes autres soupçons.

Un petit ami? Oui... c'était évident. Sous mes yeux, il l'a prise dans ses bras et a donné à Mona l'un de ces longs baisers d'amant. En les observant tous les deux, je ne pouvais que secouer la tête dans mon effarement devant la nature féminine. Elle n'était pas venue dans ce lieu pour respirer davantage d'oxygène. Elle était venue parce qu'elle en pinçait pour deux larges épaules et de magnifiques yeux noirs.

J'ai vu ses yeux quand il l'a lâchée pour tourner la tête vers la porte. En le jaugeant rapidement dans le voyeur, je lui ai donné dans les vingt-sept ou vingt-huit ans (Mona en avait vingt-deux). L'ironie de la chose m'a transpercé, et ce n'était pas la première fois depuis que j'avais atteint l'âge adulte. Une question s'est posée à mon esprit : était-ce un mariage en perspective, ou simplement une coucherie? L'homme libre apprend vite à reconnaître chez la femme ce « faut-que-je-sois-mariée » qui grandit jusqu'à ce qu'il n'y ait plus moyen de la raisonner. J'ai toujours tenté de dresser dès le début mes mômes à éviter ce sujet. Avec Art Atkins, pas question de mariage.

L'homme s'est levé pour gagner la porte et je l'ai vu de face. Sa façon de se tenir m'a donné une idée nouvelle. Il émanait de lui une certaine volonté. Une autorité sous-jacente... que j'avais appris à déceler au cours de ma carrière. Normalement, je me serais simplement éloigné pour m'informer sur lui. Mais ce n'était pas possible dans ce méli-mélo. J'ai laissé passer deux minutes après qu'il fut sorti, et puis j'ai contourné l'angle du couloir et j'ai appuyé sur la sonnette.

Mona a ouvert la porte.

En me voyant, elle a voulu la refermer vivement. Mais je m'y attendais, bien sûr. Et mon pied était en travers. En repoussant le battant pour entrer, j'ai dit : « Te fais pas de bile. Je veux seulement te causer. »

Ce n'était pas tout à fait vrai, mais ce n'était pas non plus un mensonge total. De la surprendre avec un homme avait modifié la situation et mon attitude se transformait d'instant en instant quand j'envisageais la réalité déplaisante de ce que cet homme pouvait être pour elle.

Elle continuait à reculer devant moi, en direction de la porte de la cuisine. Je la suivais sans hâte. Le fait est que j'avais terriblement envie de me renseigner, mais que je ne savais par où commencer.

Avant que je me décide sur ce que j'allais dire, il y eut une diversion, un bruit, derrière moi. J'ai pivoté en vitesse. Plusieurs hommes arrivaient du couloir menant aux chambres. Ils étaient munis de ces armes spéciales qui causent des secousses électriques et qu'utilise la police. Quand je leur ai fait face, ils se sont immobilisés en un petit groupe compact et m'ont regardé.

Ils étaient cinq et j'étais tout seul. Je suis resté figé où j'étais, gardant les mains bien en vue. J'avais entendu parler de ce qu'une secousse électrique vous faisait et je ne tenais pas à m'en assurer... Un coin reculé de mon cerveau prit de nouveau conscience de la direction d'où ils étaient venus et en déduisit qu'ils étaient probablement entrés par une porte de communication avec l'appartement adjacent. C'était une possibilité à laquelle je n'avais pas pensé.

Je n'en étais pas chagriné. Un seul homme ne saurait penser à tout. Je venais — je devais le découvrir — de rencontrer quelques-uns des conspirateurs, une partie de la résistance, à l'échelle planétaire, contre ce que projetaient les autorités. Et, bien que j'aie entendu parler de cette conspiration, il ne m'était jamais venu à l'idée que l'un de ceux qui en faisaient partie ait pu me remarquer.

C'était la surprise totale.

Debout devant eux, j'ai pu observer que deux de mes agresseurs paraissaient avoir dans les vingt-cinq ans, deux autres dans les trente, et l'un d'eux environ quarante-deux à quarante-trois ans. C'est le plus âgé qui m'a résumé la situation. Quand il a démontré que Mona avait été l'appât pour attraper le genre de mâle dominateur que j'étais, ma mémoire s'est aussitôt reportée à la soirée où je l'avais rencontrée.

« Mais il y avait là des tas de belles filles », ai-je protesté. « Voulez-vous dire qu'elles étaient toutes...? » Je me suis tu, l'air interrogateur.

Mon informateur a fait un signe affirmatif. Ses

compagnons ont continué à me regarder, sans sourire.

Maintenant, je me rappelais mieux cette soirée. Une affaire politique, organisée par une huile de l'endroit. Il devait donc faire partie du complot et, en cette heure ultime, il était préparé à ce que je l'apprenne. J'étais allé à sa fête uniquement parce que c'était avantageux commercialement parlant.

« Peu importait laquelle des filles vous aurait attiré », m'a-t-on informé. « Elles étaient toutes dévouées au plan qui visait à sauver l'humanité respirant l'oxygène. »

— M...m... mais », ai-je commencé.

Ce que je voulais dire, c'était « Pourquoi moi? » Je ne le demandai pas. Je me rappelais autre chose. « Pourtant, Mona avait dû être choisie d'avance », ai-je dit. « Elle est arrivée vers la fin de la soirée, ce qui lui a permis de se faire remarquer et du même coup de me séduire. Il fallait bien que ce soit prévu. »

La tête du type fit *non*.

Elle n'était arrivée ainsi qu'à la suite d'un malentendu. Elle n'était pas l'une des volontaires du début. Ce qui s'était produit, c'est qu'elle et son fiancé avaient accepté d'aller à une autre soirée, aussi Mona était-elle arrivée à l'improviste. Alors, quand j'avais laissé voir qu'elle me plaisait, elle s'était portée volontaire à retardement... et les chefs de la conspiration avaient été trop heureux d'accepter son offre du dernier moment.

Dire que je réfléchissais dur en écoutant ces détails serait un euphémisme. J'aime savoir où je vais et ce qui va se produire ensuite. J'ai souvent trouvé ma voie lors d'une crise, seulement quand elle était devenue manifeste.

Comment se tirer d'affaire quand on est surpris sans le moindre avertissement?

Nous étions dans une pièce aux dimensions familiales, mais quand même fichtrement petite. Cinq bonshommes plus moi et Mona coincés dedans! Maintenant, les cinq m'avaient acculé à un mur. Aucune voie de retraite, sinon à travers leur groupe résolu et armé. C'était le genre de risques pour lesquels j'avais un certain respect.

Par conséquent, pas question de tenter de m'enfuir. Chances de réussite : zéro.

Peu à peu, je comprenais que je me trouvais dans une situation plus difficile que jamais et différente de tout ce que j'avais connu pendant ma chaotique carrière.

Aucune issue... sinon d'en chercher une.

Ces gens m'avaient collé leur atout sous le nez : Mona. Elle se tenait là, un peu à l'écart. Ses joues étaient empourprées comme jamais encore... « Elle est confuse, me suis-je dit; elle a honte. »

Cela m'a raffermi. Parce que cela prouvait qu'ils n'étaient tous que des amateurs. Des convaincus. Dans mon ordinateur mental, j'ai calculé en vitesse le prix qu'elle avait payé, et pour une pucelle — car je savais bien qu'elle l'était encore quand nous nous étions connus — c'était un sacrifice colossal. J'aimais me manifester chez mes nanas quatre fois tous les huit jours. Répartissez ça sur six mois. Et le prix vous laisse la bouche ouverte... si vous voyez la chose du point de vue d'un fiancé qui reste quelque part sur la touche.

Alors j'ai aussitôt senti qu'il valait mieux que le type aux yeux noirs et aux larges épaules ne me tombe pas dessus pendant que j'étais captif.

... Cet ensemble de considérations a déclenché un éclair dans ma cervelle. C'est toujours comme ça avec moi. Alors, ayant de nouveau remâché l'improbabilité de la situation, j'ai formulé ma pensée initiale.

« Mais pourquoi? » ai-je demandé. « Pourquoi *moi*? »

A ce moment, le plus âgé des hommes a fait un pas en avant. C'est drôle la manière dont agissent les gens. Jusque-là, il s'était maintenu dans le groupe, perdu en quelque sorte parmi les autres, et ne prenant pas des airs de grand chef. Il aurait pu continuer son petit jeu. Mais au contraire, il lui était venu une idée, laquelle avait déclenché son énergie nerveuse, si bien qu'il avait involontairement révélé l'endroit où il pensait devoir se trouver : au premier rang.

Jamais vous ne surprendrez Art Atkins à sortir du rôle qu'il a décidé de jouer. Si nécessaire, je suis en mesure de jouer les faux jetons jusqu'à la fin du monde. Une fois de plus, cela prouvait... que j'avais affaire à des amateurs.

Ainsi j'ai appris du porte-parole que l'on avait repéré les gens qui, comme moi, étaient capables de prendre une part décisive à l'action. Et dans le même temps que plusieurs autres hommes se voyaient attribuer des équivalents de Mona, le groupe avait finalement fixé son choix sur moi pour notre tente locale.

Sur toute la Terre, d'autres versions d'Art Atkins subissaient le même traitement que moi, aujourd'hui même, dans la tente où ils se trouvaient. (La fille les plaquait sans explication et, alors, ils la suivaient.)

« Ecoutez », ai-je protesté à ce moment, « la seule raison que j'aie eue de suivre Mona, c'est... » Ma voix s'éteignit.

Le conférencier du groupe a eu un sombre sourire. « Votre croyance à la supériorité masculine », a-t-il dit, « portée à un niveau d'intensité comparable à celui du mâle primitif de l'Age de la Pierre. »

Je me farfouillais toujours la cervelle pour découvrir le moyen de me tirer de là. J'ai secoué négativement la tête devant sa comparaison, pour la réfuter. Après tout, j'avais seulement l'intention de donner une baffe, et une seule, à Mona.

J'ai donc exprimé ce qui m'intriguait le plus dans tout cela : « Bon. Mettons que je sois l'homme clé pour vos projets immédiats. *La clé de quoi?* »

Avec son sourire morose, le vieux type me l'a dit... « *Naturellement,* ai-je réalisé, presque sans réfléchir. Bien sûr, c'était *cela...* »

Assez malin de leur part de l'avoir deviné.

Evidemment, ils n'en avaient aucune certitude... « Supposons que je nie? » me suis-je demandé.

Le porte-parole a dû deviner ce qui me passait par

la tête, parce qu'il a encore souri en montrant les dents. « Il se peut, monsieur Atkins, que vous n'ayez pas compris que nous ne sommes pas ici pour nous amuser. Certes, nous ne savons pas au juste ce que vous avez fabriqué pour que cette tente soit à votre merci. Mais, à Pékin, l'Art Atkins local était un ministre du gouvernement, et ce qu'il avait fait, c'était de construire le convertisseur principal d'oxygène près d'un vaste réservoir d'eau; ainsi donc, à l'heure dite, cette eau sera lâchée dans la salle de traitement et, si nécessaire, inondera également une partie de la tente proprement dite. A Berlin, notre Art Atkins a installé un réservoir d'oxygène qui alterne avec un réservoir de gaz ammoniac, si bien qu'au moment fixé nous laisserons oxygène et ammoniac se mélanger. Et maintenant, à New York, on nous a dit que... » Il s'est interrompu, m'a de nouveau montré les dents et a ajouté : « Est-ce la peine que je continue? »

Il s'est empressé d'ajouter : « Dans plusieurs cas, il nous a fallu recourir à la torture pour obtenir les renseignements. »

J'ai poussé un soupir. Je ne me suis jamais compté parmi les héros. Tout ce que j'ai jamais tenté, c'est de me protéger contre les malfrats, afin de m'occuper de mes affaires en toute tranquillité.

« Mon truc », j'ai dit, « c'est une de ces bombes à réaction en chaîne avec cent amorces. Dès que cela commence à une de ces amorces, cela se propage, mettant le feu à un millier de foyers d'explosion.

« Pourquoi une bombe? Eh bien, parce que j'aime les choses simples et directes. »

Une fois le brouhaha de la surprise passé, ils se sont montrés curieux. Quelle était ma raison d'agir ainsi?

Je n'ai pu que hausser les épaules... « Réfléchissez », ai-je dit. « Il y avait tous ces experts qui proposaient à l'humanité de se soumettre à une transformation biologique. Avaient-ils raison? Peut-être. Mais peut-être pas. »

Pour moi, les scientifiques n'étaient que des gens comme les autres. On n'arrêtait pas d'entendre répéter : *Les scientifiques recommandent que*... Quels scientifiques? Parce qu'il y avait en général un autre groupe de personnes, tout aussi qualifiées, qui disaient le contraire; seulement il se trouvait que ce n'était pas ceux qui avaient l'oreille du Pouvoir.

J'ai appris avant l'âge de vingt ans que tout est affaire de personnalité, ou de pur accident. Les premiers grands succès remportés avec des embryons d'abord animaux, puis humains, nourris sur celles des lunes de Jupiter et de Saturne qui ont des atmosphères, et, finalement par télécommande sur Jupiter même... c'étaient là des victoires éblouissantes de ce que l'on appelait l'école cosmique de la biochimie. Les biochimistes sont devenus les rois de la science. C'était le bon train sur lequel embarquer. Et, naturellement, quand une équipe a mis au point le sérum D et ses variantes, qui permettent de transformer un être respirant l'oxygène en un utilisateur de fluor ou — et c'était la seconde étape — en « haleteur » de chlore (il haletait, mais effectivement il survivait), alors le délire le plus énorme de tous les temps s'est déchaîné.

Mais j'ai rencontré aussi dans le passé des spécialistes qui disaient : « Nous ne laissons pas à tout cela le temps de se décanter. Les humains respirant du fluor, cela paraît formidable pour le moment. Mais la première expérience ne remonte qu'à quarante-deux ans. Il pourrait y avoir des effets secondaires. Pourquoi ne pas tenir encore une trentaine d'années? » ... ce qui serait à peu près le moment de la disparition de l'oxygène terrestre (même ceux qui doutaient de la réussite du projet étaient d'accord sur ce point).

A mon propre sentiment, comme j'avais questionné à ce sujet quelques astronomes, il pouvait y avoir quelque part dans l'espace d'énormes blocs d'oxygène congelé, de dimensions voisines de celles des météorites de fluor que l'on manœuvrait pour les amener en orbite serrée autour de la Terre.

Pourquoi ne pas attendre quelques années afin qu'on les découvre? A l'époque, ce n'était qu'une idée. Je n'en étais pas obsédé. Et pourtant... compte tenu de mes habituelles précautions, l'explosif était encore la possibilité que je comprenais le mieux. Et c'était un moyen qui me permettrait en fait de dominer la situation. Voir venir.

J'ai *toujours* pris de semblables précautions. Je me rappelle une fois où j'avais un contrat pour la construction d'une banque. Rien que pour m'amuser, au cas où j'aurais un jour une raison personnelle d'entrer dans la chambre forte, j'ai aménagé un tunnel secret au-dessous. Vous ne trouverez pas ce tunnel sur les plans, et je n'ai jamais eu la moindre intention de m'en servir. Mais il était là, prêt pour mon usage, en attente...

J'ai émergé de mes pensées secrètes pour apprendre que la minute à laquelle ils voulaient que je fasse sauter l'installation d'oxygène était le lendemain à onze heures du matin.

J'étais surpris. Tout ça s'était passé si vite que je n'avais pas eu le temps d'en envisager la réalité. J'ai protesté : « Avec toutes ces gens à proximité? »

Ils n'ont pas répondu, se contentant de me regarder. Je les regardais également, effaré de ma position.

En un sens, il n'y avait pas de problème. Pas de décision à prendre, pas de but à poursuivre. Ce que je devais faire, ce que les conspirateurs voulaient de moi, c'était au fond quelque chose qui me bottait. Je me sentais totalement — et je dis bien totalement — opposé à être converti de la respiration oxygénée à celle du fluor.

Oh, sans doute n'aurais-je rien fait contre, de ma propre initiative. Et j'avais quelques scrupules même à présent à l'égard de ceux qui allaient mourir. Mais (débattais-je en moi-même) tous les jours des gens mouraient soit d'insuffisance d'oxygène soit de troubles psychiques intenses à l'approche du moment décisif.

Etais-je donc en train de prendre une décision, planté là?

Cela n'y ressemblait pas.

Je n'avais pas le choix. Si je refusais, je serais torturé. Je les croyais sur ce point. Et ils disposaient de toute la soirée et de toute la nuit pour me planter leurs instruments de supplice dans le corps.

Une fois de plus, je les ai examinés; et ils m'ont rendu mes regards, en silence.

« Plutôt ridicule, ai-je pensé, qu'un homme soit ' forcé ' de faire ce à quoi il ne s'oppose pas. »

Pourtant... il y avait des aspects graves, négatifs, qu'il aurait fallu leur exposer.

Maintenant c'était un regard interrogateur que j'adressais à ces hommes silencieux.

A leurs expressions, je voyais bien qu'ils refuseraient d'écouter la moindre objection. Alors, tout ce que j'ai trouvé à leur dire, c'est : « Ils reconstruiront le réservoir. Et la prochaine fois, il ne sera plus possible d'y implanter des explosifs. »

Le porte-parole balaya mes dires d'un geste impatient. Ce serait dans un, deux ou même trois ans. « A cette époque, nous aurons déniché un autre moyen. »

Je suis resté silencieux.

Ils ont pris mon attitude pour un acquiescement et j'ai bien dû m'avouer que c'en était un.

Pendant que je les écoutais, ils ont discuté des détails. Il semblait que le petit ami de Mona ait acquis d'une façon ou d'une autre une position importante dans la tente. Ce serait lui qui me guiderait à travers le réseau de gardiens qui protégeaient l'oxygène.

En apprenant ce détail, j'ai ressenti une vague nausée. J'ai fini par demander : « Est-ce que je peux parler à Mona? »

Personne n'avait d'objection. Je me suis approché d'elle. Tout le temps que je lui ai parlé, elle a évité mon regard. Mais elle a répondu à toutes mes questions.

« Comment s'appelle-t-il?

— Terence O'Day. »

Un nom de famille que je connaissais. Quelqu'un de haut placé dans la politique locale. Mais c'était du père que j'avais entendu parler, et non du fils.

« Etait-il jaloux?

— Il disait qu'il avait connu d'autres filles avant moi, alors il n'était pas mauvais que j'aie moi aussi un autre homme, ou même plusieurs. » Elle s'est reprise vivement : « Il a été furieux que je vienne si vite, mais il en a quand même été heureux. »

A la façon simpliste des filles et des femmes, elle paraissait le croire. Naturellement, je refusai totalement d'accepter cette explication. Mais, après tout, le pauvre mec n'avait pas eu le choix, après le grand pas.

Je lui ai simplement demandé : « Le verras-tu avant demain matin, onze heures?

— Cette nuit. » Elle parlait à regret, en détournant le visage.

J'ai dû lutter aussitôt contre ma jalousie. Parce que sur sa figure je lisais qu'elle allait passer la nuit avec lui.

(Les gens s'imaginent qu'un homme qui a quatre maîtresses ne s'inquiète pas de ce qu'elles font en son absence. Ce qu'ils se gourent!)

Mona parlait : « Tu vas passer la nuit ici sous surveillance, et moi » (sur un ton de défi) « je dormirai avec Terence. »

Je me maîtrisais, à présent. Je lui déclarai sincèrement : « Je voudrais que tu lui dises que je regrette l'incident qui t'a amenée à cette soirée. Et que je ne me suis jamais amusé avec les petites amies ou les épouses d'autres hommes, quand j'étais informé... » Ce n'était pas vrai. Et comment faire autrement? Toutes les jolies filles avaient déjà leurs mecs depuis la veille de leur quatorze ans.

Mais c'était un mensonge important, elle devait mordre. « Promets-tu de le lui dire? ai-je insisté.

— Oui, je lui dirai. »

Elle a paru réaliser à retardement ce que sous-entendait mon insistance. « Je suis certaine que tu peux lui faire confiance », m'a-t-elle affirmé. « Si tu réfléchis au sacrifice qu'il a fait en m'autorisant à me porter volontaire... » Elle s'est tue. Elle a viré impulsivement et m'a posé la main sur le bras. « Bonne chance, Art. Et ne nous laisse pas tomber. »

Elle ne me regardait cependant pas dans les yeux. Aussi, en me retournant vers les cinq, j'ai haussé les épaules en disant : « Qu'est-ce que vous en pensez? »

Le plus âgé n'a rien dit. L'un des deux types d'une trentaine d'années a répondu : « Il est avec nous depuis le début. Il a sacrifié sa fiancée. Qu'est-ce qu'un homme pourrait faire de plus pour prouver sa bonne foi? »

J'ai acquiescé à contrecœur. Je leur ai dit : « Vous savez quels préparatifs j'ai faits. A l'époque, je n'avais pas de plan particulier. Mais si je parviens pas à déclencher le mécanisme, c'est foutu. Il n'y a rien de plus dans cette tente dont je sois informé. »

Le lendemain, pour blouser Terence, je me suis montré maladroit à souhait. Je n'arrêtais pas de me heurter aux gens. Je le voyais grincer des dents, à chaque fois, en poursuivant son chemin comme s'il ne me connaissait pas. C'était l'attitude que nous avions adoptée dès le début, sur sa suggestion. Au cas où l'on aurait rencontré quelqu'un d'important. Chaque fois que j'étais retardé, et deux fois quand j'ai fait des chutes imbéciles, il avançait d'une vingtaine de pas, puis s'arrêtait, l'air détaché, et pivotant lentement sur lui-même en attendant que je sois de nouveau à sa hauteur.

Bientôt, j'ai estimé que nous étions à moins de deux cents mètres de l'installation d'oxygène... à faible distance de l'endroit où je lui avais dit que se trouvait le système de déclenchement. Et toujours pas signe des gardes que l'on avait mentionnés. Je commençais à me demander si l'organisation de sécurité n'était pas un mythe. Quelques secondes après, je contournais un angle du couloir.

Au même instant, j'ai entendu un bruit de pas

pressés. Des mains m'ont saisi par-derrière et m'ont maintenu. Quelqu'un a ramené les bras en avant pour me saisir les poignets. Puis on me les a ramenés derrière le dos. Mais je m'étais déjà décontracté après ma première réaction de surprise.

J'ai senti les menottes se refermer. Toutefois j'étais maintenant capable de résister à mon désir de me retourner pour voir si Terence avait également été pris. Je m'en suis abstenu. Qu'il ait été capturé ou non, cela ne changerait nullement ma conviction que c'était un piège dans lequel il m'avait mené sciemment.

J'ai eu une vision soudaine. Peut-être que dans tout le monde, la vingtaine de types homologues d'Art Atkins se faisaient en ce moment même choper par d'autres contre-espions du genre Terence. Au total — c'est ce que l'on m'avait dit — les objectifs de la journée étaient vingt-trois grandes tentes. Les conspirateurs croyaient que s'il en avait autant de démolies (ce qui concernait plus de trente millions d'individus), c'en serait fini de la menace de conditionnement au fluor, au moins pour un temps.

Puisque j'avais été capturé et non pas tué immédiatement, j'ai pensé qu'il ne tarderait pas à y avoir confrontation... et je n'ai pu me retenir de sourire. Pauvres couillons! Qui se figuraient venir à bout d'Art Atkins avec une tactique aussi primitive!

Pas le temps de réfléchir davantage. On me poussait en courant dans le corridor. J'ai aperçu brièvement une douzaine d'hommes qui m'accompagnaient dans ma course.

Tout aussi soudainement qu'on avait démarré, on a ralenti. Une porte s'est ouverte. La clarté de l'intérieur a inondé le couloir. On m'a poussé dans une grande pièce brillamment éclairée; je me rendais vaguement compte que ma douzaine de gardes se massaient derrière moi.

« Il y en a toujours qui sont mieux installés que les autres », ai-je songé.

Ce n'est pas que je me plaigne. J'ai vécu comme un

roi durant des années. Quand même, ici, dans la tente, les appartements étaient petits et dans les grands dortoirs aménagés plus bas, il y avait des gens qui n'avaient droit qu'à des couchettes superposées.

On voyait que la pièce où l'on m'avait poussé n'était pas inoccupée. Elle s'agrémentait de canapés et de tables disposés avec goût, et, sur une estrade latérale, des tapis dans le petit coin bibliothèque et musique. Sur l'estrade, quelque chose d'inattendu. On avait réussi à y coincer une table de conférence. Assis derrière, quatre hommes d'un certain âge, très soignés.

J'apercevais d'autres pièces par des portes entrouvertes, et j'ai même entrevu un visage de jeune femme. Le battant s'est aussitôt refermé sur elle. Oui, ces lieux étaient habités par un personnage qui avait droit à un salon de vingt mètres de long sur douze de large, avec des chambres à coucher en nombre proportionnel.

Toujours solidement maintenu, on m'a conduit au pied de l'estrade. Et alors, pour la première fois, j'ai revu Terence.

Il n'avait pas les menottes.

Il se tenait juste à ma droite, avec aux lèvres un petit sourire cynique. Ses vêtements n'étaient pas froissés. Il était clair que l'on ne l'avait pas bousculé.

Il s'est adressé aux hommes assis derrière la table : « Je suis resté près de lui à tous les instants et il n'a eu aucune chance de faire quoi que ce soit. De plus », — un ton méprisant — « c'est un lâche. J'ai déjà vu des froussards. Mais ce type avait les genoux tellement cisaillés par la trouille qu'il avait du mal à rester debout. »

Un des hommes assis, au visage froid, m'examinait de ses yeux gris d'acier. Il était en civil mais avait un maintien tout militaire. Je ne l'avais encore jamais vu. Il dit d'une voix sonore : « Monsieur Atkins, je suis le général Peter Simonville. En vous regardant, je vois un homme calme et résolu, de six pieds de haut. Pourtant je lis dans vos yeux la même sorte de satisfaction de soi que j'observais dans ceux de mon fils aîné. Mais il plaisait aux femmes et je me suis laissé dire que vous êtes également du genre homme à femmes, très mâle. Il ne craignait pas que je découvre la peur en lui, et je ne vois pas la peur en vous. Alors, ma question sera la suivante : Avez-vous eu l'occasion lors d'une de vos chutes simulées de déclencher le mécanisme de cette bombe?

— Non! » ai-je menti.

Le général a lancé un coup d'œil à Terence. Il a consulté sa montre. « Il est maintenant onze heures moins vingt et une minutes. Vous avez cinq minutes pour lui arracher les renseignements et il nous en restera seize pour réparer les dommages. C'est assez honnête. »

Il s'est retourné vers moi : « Je vous remets à votre rival, monsieur Atkins. Je dois vous avertir qu'il a carte blanche. »

L'esprit éveillé, ce général Simonville... Je devais bien le reconnaître. Mais j'ai gardé le silence; je me suis contenté de suivre des yeux Terence qui montait sur l'estrade et passait derrière la table pour s'asseoir. Ses yeux noirs m'observaient. Il a pris la parole :

« Vous deviez avoir perdu la tête pour avoir installé cet engin de destruction. Ne vous rendez-vous pas compte qu'on ne peut pas garder un tel secret? Les autorités ignoraient qui l'avait posé, mais elles étaient informées de son existence depuis trois ou quatre ans. »

Je restais simplement planté devant lui. Pour qui me prenaient-ils, à vouloir me donner des leçons? J'avais déjà compris tout ça que j'avais à peine seize ans. On ne peut pas garder un secret. Bien entendu. Alors, et puis quoi? Alors on se raconte le secret à soi tout seul. Ensuite on le laisse transpirer. Pour qu'il parvienne à l'oreille d'imbéciles qui commencent par se féliciter de leur astuce et faire un tas de choses, comme d'enlever les amorces et la poudre. Pendant ce temps-là, à l'endroit où était placée la vraie bombe...

Je n'ai pas pu me retenir de sourire en secouant la tête.

Je sentais le regard averti du général Simonville qui disséquait mes pensées. « Ecoutez, Art », a-t-il repris d'un ton flatteur, « c'est bien *tout* ce qu'il y a, n'est-ce pas? Nous le savions depuis trois ans. Nous ne nous sommes pas fourré le doigt dans l'œil, n'est-ce pas? »

Après cela, j'ai su une chose... Bon Dieu! Il fallait que je prenne une décision.

A ma façon de voir, personne ne pouvait plus rien faire. Il ne restait plus assez de temps pour me torturer. Peut-être six ou sept cents secondes. Alors, ils n'avaient pas de veine, à moins qu'il ne s'opère un renversement sous mon crâne.

A ce moment, Terence a dit : « Nous tenons aussi Mona. »

J'ai haussé les épaules. Ce petit espion!

A retardement, j'ai pigé qui avait parlé. « Et alors...? » ai-je répondu.

Terence a continué : « Dès que nous avons, vous et moi, quitté l'appartement où vous avez passé la nuit, les soldats sont entrés et ont capturé ces cinq conspirateurs. On a ramassé Mona du même coup. Les six criminels ont été conduits d'urgence à l'installation de traitement de l'oxygène. Si elle explose, ils explosent du même coup. »

J'ai laissé mon esprit me rappeler l'image de Mona. Ses cheveux dorés devaient pendre et encadrer son beau visage. Dans quelques minutes, le corps moelleux qui accompagnait cette face adorable serait fragmenté en plusieurs milliers de petits morceaux inégaux et son sang serait partout.

Je laissai mon esprit se vider lentement de cette image. Pas de raison que je me soucie... de ce qui pouvait bien arriver à une traîtresse. Cela me tourmentait cependant un peu. Mais je me suis contenté de dire : « C'est *votre* petite amie, pas la mienne, monsieur O'Day. »

Son visage est devenu livide d'un seul coup. « Cette idiote! » Il a grondé. « Qu'elle grille, la petite putain! »

Je l'ai regardé en écarquillant les yeux, avec une

pensée dominante dans la tête. Les femmes qui avaient eu des relations avec les hommes du modèle Art Atkins ne pouvaient plus ensuite se contenter de mâles ordinaires.

« Dites », ai-je lancé, « je parie qu'elle a refusé de faire joujou avec vous la nuit dernière! »

C'était une sacrée vacherie. Mais si on n'en était pas au moment des vacheries, dans la circonstance, quand est-ce qu'on y arriverait?

Je suis heureux que les regards noirs ne tuent pas. Si cela avait été le cas j'aurais été mort en trois secondes.

Je dois avouer qu'en voyant cette belle figure déformée par la haine et la jalousie, je sentais ma colère renfermée qui commençait à s'apaiser. En vitesse, devinant que la faiblesse risquait de prendre la décision à ma place, j'ai déniché un autre motif plausible à la réaction violente de Terence O'Day : était-ce une comédie? Est-ce qu'il s'emportait contre elle pour me tendre quelque nouveau piège?

Je n'aurais pas pu m'en foutre davantage... je m'en rendais maintenant compte. Malgré mes efforts, j'imaginais ces boucles d'or en train de brûler dans les flammes furieuses de l'explosion, ce beau visage tout déchiré. Et au diable! Si c'était leur façon de jouer, le jeu était trop brutal pour moi.

« Ecoutez! » ai-je crié. « Est-ce que les conspirateurs de cette tente auront la liberté si je vous dis où c'est et que je vous montre comment marche tout le bastringue? »

Remarquez comme j'ai mal formulé ça. Ils s'en sont servis contre moi par la suite : je n'étais pas l'un des conspirateurs.

Quand je me suis tu, des secondes ont passé, vides, comme si tout le monde dans la salle avait retenu son souffle. Et puis...

« Oui! » La voix du général Simonville a fait l'effet d'un coup de feu dans ce silence.

J'ai cru à sa promesse. Parce qu'il n'y avait pas le

temps d'obtenir un papier pour lire les petites lignes du contrat. Qui a été plus tard appliqué *à la lettre,* parole!

Pas de temps à perdre. Deux ingénieurs et moi, nous avons couru à perdre haleine jusqu'à un des points du couloir où je m'étais heurté au mur en trébuchant. Une fois le déclencheur ramené à la position de sûreté, et pendant les deux jours qui ont suivi — tandis qu'avec mon aide nous ôtions l'explosif de la vraie bombe — on a paru trouver naturel de me traiter comme tout le monde. Et puis...

Le boulot était terminé.

On m'a remis un document avec des tampons officiels, qui commençait :

Les Gouvernements Unis de la Terre ordonnent par les présentes, dont application sera faite, que...

On a confisqué mes biens, on a saisi tous mes effets, aucun être humain ne devait plus jamais avoir de rapports avec moi, jamais.

Le papier serré dans la main, j'ai été jeté dehors à coups de pied.

J'étais le fils de pute qui quatre ans auparavant avait conçu le projet de détruire la race humaine.

« Ecoutez », avais-je protesté, « ce n'est pas dans ce but que j'ai installé la bombe. Je l'ai posée parce que je fais *toujours* des choses comme ça... »

Personne n'a écouté. Tout le monde s'en foutait. Au diable Art Atkins! Le monde avait manifesté une fureur généralisée en découvrant à quoi il avait échappé « de justesse ».

J'ai appris que dans les autres tentes les vingt-deux autres types dans mon genre avait eu droit au même traitement sommaire.

En me fichant dehors, ils m'avaient dit : « Ne vous imaginez pas que vous disposerez de votre entrée privée dans la tente en cas d'urgence.

— C'est bon, tas de ballots, regardez-moi bien pour

la dernière fois. Vous ne me reverrez jamais et vous ne retrouverez jamais mon cadavre. »

Après tout, depuis les brumes de l'enfance, je devinais que le monde entier se tournerait un jour contre moi. D'une façon ou d'une autre, j'ai toujours su que ces enfants de garces ne m'aimaient pas.

Dès que j'avais été assez grand, j'avais commencé à me confectionner une autre identité en prévision du jour où on me donnerait la chasse. Pourquoi pensez-vous que j'aie commencé à me laisser pousser la barbe à l'âge de seize ans, en devant presque passer sur le corps de ma mère? Je voulais que personne, pas même elle, ne puisse se rappeler de quoi j'aurais l'air si je devais jamais me montrer avec un visage imberbe.

... Deux années ont passé.

On dit que la pluie de fluor a cessé.

Au plus profond des entraillles de la grande tente à oxygène, on frappe à ma porte. Je devine qui c'est et je dis à Mona : « Va ouvrir. »

Elle ouvre le battant. C'est le général Simonville qui se montre sur le seuil. Son visage froid arbore un sourire forcé. La voix un peu trop cordiale, il dit : « Les gens de cet appartement ont été désignés par le sort pour être les premiers de la tente à recevoir les piqûres de fluor. »

J'arrive à encaisser ça sans rire. Le reste des appelés sera désigné — j'imagine — par tirage au sort. Mais pour que je sois le numéro un, il a bien fallu que ce soit arrangé.

Le général s'écarte et trois infirmières poussent à l'intérieur leur matériel roulant : une table métallique avec un grand bocal de liquide transparent. Le liquide doit être le sérum. Et il y a une quantité de tubulures de raccordement et d'aiguilles.

Pendant que je suis étendu et que les filles s'activent sur ma cuisse nue, je tourne les yeux et croise le regard fixe du général Simonville. « Tout va bien? » demande-t-il.

Sa question est à double sens et je réfléchis avant

de répondre. Après m'être rasé la barbe et avoir modifié mes empreintes digitales, le problème était de rentrer dans la tente.

Alors... j'ai calculé qu'un homme qui disposait d'une entrée privée dans la chambre forte d'une banque devait avoir dans les... disons cent mille dollars, sous la main, pour démarrer. Il me semblait qu'une pareille somme en espèces pouvait persuader un général qui n'avait pas eu honte d'accepter un logement de dimensions plus que confortables comme lieu de résidence de m'ouvrir une porte et de me trouver une place à un niveau inférieur où je pourrais vivre loin de tout, et aussi de m'y amener Mona. Avec cette combinaison d'ingrédients, je me suis dit que je pourrais laisser passer les tempêtes dans un confort relatif. En effectuant le premier versement, j'ai également stipulé que je serais le premier à subir la transformation.

Je lui ai promis deux cent mille de plus si je m'en tirais vivant...

Mon regard s'est reporté sur l'aiguille que l'on me plantait dans la peau. La question, sous mon crâne : est-ce que je me réveillerai?

Lui ai-je offert une somme suffisante?

J'ai toute une banque où puiser. Comme le gouvernement a garanti le remboursement des pertes subies du fait de pillages pendant la période de transition, la banque n'aura pas à souffrir... Mon plan est de barboter exactement le montant de ce dont on m'a exproprié.

Je relève les yeux et dis : « Tout va bien, Général... de mon côté.

— Du mien aussi », dit-il.

Les gens espèrent que le passage de l'humanité à la respiration du fluor améliorera la nature humaine. Personnellement, je leur suggérerais de ne pas retenir leur souffle en attendant que ces étranges bipèdes modifient leur comportement.

Avec cette conviction, tandis que je sombre dans l'inconscience, je pense aussi que les mots du général signifient bien ce que je pense. Et que je me réveillerai. Oui. Oui.

Et alors je serai le premier fils de pute de la nouvelle terre à respirer du fluor.

Don't hold your breath
Traduit par Bruno Martin.

LE PREMIER RULL

Bâti à partir de nouvelles dont la première fut écrite dès 1940 — les suivantes s'échelonnant tout au long de la carrière de l'auteur —, le roman la Guerre contre le Rull *reste, vingt ans après sa parution, l'un des grands classiques du* space-opera.

Van Vogt nous offre ici le prologue à cette fantastique épopée.

En voyant la plaque photographique, le Rull, sous l'apparence d'un être humain appelé Zebner — qu'il avait d'ailleurs tué —, se trouva en lutte contre une impulsion, une lutte où il partait perdant.

— Non. T'as des trucs plus importants à faire. Un plus gros gibier à choper.

Sa pensée se formulait vraiment dans ce langage populaire, résultat des énormes efforts auxquels il se livrait depuis son arrivée sur la Terre pour projeter non seulement l'image corporelle de feu Zebner, mais aussi ses manières mentales et sa façon de parler.

Extérieurement, le corps de Zebner paraissait immobile. Il ne se retourna pas; peu semblait lui importer qu'il y ait ou non du monde alentour. En fait, le système de perception du Rull procédait en un éclair à l'inventaire du laboratoire de l'université. Avec une intensité et une acuité encore plus grandes qu'à l'ordinaire il scrutait ce qui l'entourait à travers l'écran d'énergie derrière lequel il opérait avec une infatigable vigilance. Ce qu'il voyait paraissait incroyable. Le vide. Pas âme qui vive. Difficile à admettre. Au bout d'un temps, il en saisit la raison.

— C'est samedi après-midi. Personne ici que nous,

les saboteurs... Bien entendu, il n'y en avait qu'un : lui-même.

De nouveau en suspens, le Rull avançait des arguments pour lutter contre son désir de profiter de cette trouvaille accidentelle de la plaque photographique. Il se rendait parfaitement compte que quelqu'un avait fait preuve d'une fantastique négligence. Il reconnaissait la plaque comme faisant partie d'une série récemment rapportée d'une expérience en espace lointain. Une expérience qui avait coûté des milliards, et qu'il pouvait réduire à néant, rien qu'en faisant agir sa fausse main humaine...

Il manipula son image de façon que le bras et la main se tendent en apparence.

— Ramasser la plaque.

Une antenne rullienne la saisit, mais on eût dit que c'était la main humaine qui la tenait et la soulevait.

— Et la lâcher brutalement dans la corbeille à papier métallique, vide, puis y appliquer un faisceau d'énergie.

Elle tomba, durement propulsée par l'antenne.

Le fracas du négatif qui se brisait en douzaines de fragments fut comme un signal. Une fille entra par la porte la plus éloignée et s'engagea dans une des allées menant vers l'endroit où il se trouvait.

Furieux de s'être laissé surprendre, le Rull obliqua et fila rapidement vers une porte à l'opposé. Tandis qu'il dévalait un escalier dans les ténèbres, puis émergeait à l'extérieur, longeait un mur, se retrouvait dans un cadre différent, son visage humain ne trahissait en rien ses pensées. Sa figure s'ornait d'un sourire.

— Pas du tout malin, se reprocha-t-il. Une connerie. Maintenant il va falloir prendre des mesures de protection. Et vraisemblablement trouver des alibis.

Il avait toujours l'esprit ainsi occupé quand quelques minutes après, il frappa à la porte de Peter Gilstrap. Le petit homme qui vint ouvrir hésita en voyant qui c'était, puis s'écarta à contrecœur. La créature entra, lançant le « salut! » le plus cordial de Zebner, et s'assit près d'une table chargée de manuels et de cahiers.

Imitant avec soin la voix un peu dure de Zebner, il expliqua qu'il n'avait pas vu Gilstrap depuis quelque temps. Tout gazait-il bien? En achevant sa question, il vint à l'idée du Rull que ses mots avaient une signification malheureuse. La phrase donnait à entendre qu'il rencontrait Gilstrap pour la première fois depuis un certain temps. C'était un aveu à ne pas faire.

Il revisa mentalement ses paroles. Il déduisit après analyse qu'il aurait dû se montrer plus détaché. Ne pas parler du temps qui s'était écoulé. Peut-être même présumer qu'ils se croisaient tous les jours... Le Rull, absorbé dans ses réflexions, en fut tiré par la conscience que Gilstrap lui avait dit quelque chose. Mais quoi au juste?

Agir comme s'il avait entendu, bien sûr. Effacer verbalement ce qu'avait dit l'être humain. « Comment va le boulot? » La voix imitée de Zebner tonnait dans la petite pièce. L'image de la main de Zebner désignait la table où se trouvaient les bouquins.

La réponse se devait d'être — et fut — assez banale. Gilstrap se débrouillait bien à peu près en tout, sauf en physique. Le professeur Lowery était exigeant, mais heureusement pas trop.

Ils en avaient déjà discuté. Et le Rull avait toujours pris grand soin de ne pas laisser percer sa haine grandissante envers le prof de physique. La science rullienne était supérieure dans tous les domaines aux connaissances humaines, et pourtant un maître en cette science était sur le point de se faire coller à un examen par un petit prof de fac de la Terre...

Ce rappel sembla lui entraîner l'esprit dans un recoin. Quelques instants seulement. Pourtant, quand il revint au moment présent, ce fut pour s'entendre parler, de la voix rageuse de Zebner : « Cet âne bâté! Les sciences physiques sont vieilles de mille ans, mais voici qu'arrive enfin Herman Lowery, le maître qui, seul, sait ce qu'elles devraient être. Et rien à faire! Il faut bien apprendre la physique avec sa touche particulière! A la façon de complexes d'atomes et de molécules... » termina-t-il d'un ton cinglant « ... filtrés à travers son cerveau malade et égoïste... »

Il mit un terme à ses vitupérations lorsqu'il remarqua une expression de surprise sur le visage un peu lourd de Gilstrap. Le Rull força le sourire à revenir aux lèvres de Zebner. Avant qu'il ait pu s'excuser de sa virulente sortie, le petit homme s'enquit : « Quelle autre méthode existe-t-il pour enseigner la physique? »

A cela, pas de réponse, naturellement. Il n'aurait jamais dû permettre à ses émotions de se faire jour. Ces étudiants en étaient à leur premier contact avec la physique. Ils n'avaient pas la capacité de procéder à une comparaison comme le pouvait un maître ès sciences rulliennes.

Encore une erreur. Pour tenter de se rattraper, le Rull jeta un coup d'œil à l'image d'une montre terrestre, consulta son sens intime de l'heure par rapport à la Terre, fit froncer les sourcils de Zebner et fit dire à la voix de Zebner : « Mince alors! Il est presque trois heures... »

Il était en réalité plus de trois heures. Mais s'il parvenait à faire admettre qu'il s'était trouvé ici... plus tôt... *pendant* l'incident du labo...

Il était debout. En marchant — du moins son apparence — jusqu'à la porte, il lança d'une voix forte par-dessus son épaule : « Content de t'avoir revu, mon pote. Heureux que tout aille bien. Mais faut qu'on se remette au boulot, l'un comme l'autre. Le professeur Lowery est ma bête noire, comme tu as dû le deviner en m'entendant gueuler comme ça. »

Une fois dehors, encore mal remis de son éclat de colère inattendu, le Rull enfila la rue pour regagner son propre logement. Il allongea son corps puissant en forme de gros ver sur le lit, donna à l'image de Zebner l'apparence du sommeil... et se mit à l'étude du problème qu'il s'était lui-même suscité.

Décision finale : puisque c'était encore le week-end, il aurait très probablement la possibilité de se glisser de nouveau dans le laboratoire pour emporter la corbeille jusqu'à une caisse à ordures, se débarrassant ainsi de la plaque photographique brisée avant qu'on ne la découvre et que l'on s'aperçoive que le matériau résistant avait été soumis à un flot d'énergie spéciale.

Pas très satisfaisant comme solution. Mais c'était quand même le week-end, période pendant laquelle tous les étudiants passaient devant les classes sans y mettre les pieds. En fait, l'une de ses difficultés était qu'il risquait de compter parmi les rares à pénétrer dans le gigantesque labyrinthe de couloirs et de bâtiments.

Il était obligé de tenter sa chance. Demain, dimanche... Ayant pris sa décision, il se leva et se força à faire ses travaux de classe. Il s'en acquitta avec soin, en tâchant de se rappeler la présentation exacte qu'exigeait ce fou de génie, le docteur Lowery. Pendant un temps — dangereusement prolongé — il avait résisté à cette méthode, jusqu'à faire naître dans l'esprit paranoïaque et didactique de son professeur un antagonisme qui déjà par deux fois lui avait valu la note D-moins, équivalente à un zéro.

... Vraiment ridicule. Naturellement, le haut commandement rullien avait choisi un maître ès sciences très spécialisé pour ce premier voyage d'exploration de la Terre.

Vint le dimanche. L'image de Zebner franchit la porte entrouverte du laboratoire. Il entra hardiment dans la vaste pièce aux airs de musée et alla droit à la corbeille à papier, se pencha pour la ramasser... et s'aperçut qu'elle était vide.

L'effarement. Un instant, le doute : trompé de corbeille? Le Rull imposa le calme à son tumulte intérieur tout en calculant hâtivement les distances, en examinant ce qui l'entourait. Pour de telles opérations, son système perceptif était infaillible. C'était bien cette corbeille. Plus aucun doute.

Il regagna sa chambre sans avoir été vu. Etre allé sur les lieux, c'était bel et bon, mais...

Il y avait deux possibilités — semblait-il au Rull — pour expliquer la disparition de la plaque brisée. La fille qui était entrée samedi *avait vu* de loin quelqu'un qui cassait le cliché, elle avait récupéré les morceaux et les avait transportés dans un autre réceptacle. Ou encore le service d'entretien de l'université avait procédé au nettoyage des corbeilles et ramassé les fragments.

Les deux possibilités offraient des aspects encourageants pour un saboteur. Si c'était la fille, alors elle n'avait pas reconnu Zebner... sinon la police se serait déjà rendue chez lui. Autrement, le nettoyage de la corbeille par les employés en blouse blanche, ne soulevait aucun problème.

Pendant le reste de l'après-midi et la soirée du dimanche, l'extra-terrestre s'accorda quelques moments de répit récapitulant les côtés favorables de la situation.

Son sentiment de bien-être disparut entièrement pendant le premier cours du lundi, quand le professeur d'anglais lui remit, sous pli fermé, une note du docteur Lowery priant « Monsieur Zebner » de vouloir bien se présenter dans le bureau privé du professeur pendant l'heure du déjeuner.

Cela ne s'était encore jamais produit.

En entrant dans le bureau, le Rull vit la silhouette anguleuse du docteur Lowery, assis à sa table, et, un peu plus loin, l'air très inquiet, une jolie étudiante de deuxième année, qui se nommait Eileen Davis. Elle suivait deux des cours auxquels Zebner assistait lui-même, et dans le passé, elle l'avait toujours évité.

Pendant son enquête préliminaire sur les antécédents de tous les élèves des diverses classes auxquelles il allait, il avait découvert qu'elle appartenait à une « commune » d'étudiants. De plus, sur les instructions de son chef de commune, il lui arrivait — à peu près une fois par mois — de coucher avec le professeur Lowery. Ce qui ne l'empêchait pas de s'adonner régulièrement à d'autres activités sexuelles.

Un sport qui lui portait chance. Zebner-Rull avait

joué un moment avec l'idée de reproduire l'une des jeunes femmes. Sa première réaction, en s'apercevant qu'elle l'avait détesté à première vue, avait été de prendre son image... Mais bien sûr, dès qu'il s'était rendu compte de la *quantité* de relations intimes qu'entretenait cette fille, il s'était rendu compte que c'était impossible.

Eileen n'avait guère de goût à la corvée sexuelle avec le professeur de physique. Mais cela faisait partie des exigences de la commune en faveur de ses membres qui suivaient les cours de Lowery. Elle était le « chic type » qui faisait obtenir de bonnes notes à tout le monde. De ce point de vue, elle était satisfaite de se taper le boulot que refusaient toutes les autres filles. Mais pour le moment, elle avait le visage livide et regardait fixement le mur latéral.

Le professeur dégingandé, dont les joues se marbraient de rouge et de violet, avait dû faire signe à Zebner de s'asseoir en face du bureau, car celui-ci se retrouva soudain sur un siège. De cette position désagréable pour sa conformation, il avait cependant la possibilité d'observer le docteur Lowery et de se rendre compte que tout n'allait pas pour le mieux.

Le professeur était dans tous ses états. Sa lèvre inférieure tremblait. Quand il prit son porte-plume — non pour un motif rationnel, mais simplement pour griffonner — ses doigts parurent manquer de fermeté. Il tenait gauchement l'instrument, comme l'aurait fait un enfant en bas âge.

... « De fortes tendances régressives », songea le Rull.

Il éprouva instantanément une tension. Il avait maintenant rencontré à plusieurs reprises des gens dont les défenses étaient abattues. Et l'expérience qu'il avait acquise de ce genre de personnes était désagréable.

Au prix d'une grimace visible, l'homme parut se dominer. « Monsieur Zebner », commença-t-il, « une plaque photographique de haute valeur a été détruite samedi dans le laboratoire, et miss Davis dit qu'elle vous a vu la détruire. C'est une faute des plus graves et je vais me trouver dans l'obligation de convoquer les autorités, à moins que vous puissiez m'expliquer rapidement les circonstances qui vous ont conduit à cet acte de vandalisme. »

C'était l'attaque directe. Caractéristique de cet individu stupide et têtu. Tellement directe même que le Rull, qui pourtant s'était préparé toute la matinée à cet instant, eut un mouvement de repli sur lui-même.

Il parvint néanmoins, une fois le choc passé, à envoyer sa première riposte calculée : « Vous avez dit que j'ai fait quoi? »

Lowery renouvela son accusation... et le regard d'Eileen changea de direction. Un rien de couleur remonta se mêler à la pâleur de ses joues. Elle paraissait tout à coup plongée dans le doute :

Le Rull s'en aperçut et déclara d'un ton assuré : « Mais, monsieur, samedi, je n'ai pas mis les pieds dans ce bâtiment.

— Miss Davis affirme vous y avoir vu.

— C'est impossible. » La voix de Zebner était assurée. « Je suis certain de pouvoir prouver que j'étais ailleurs, bien que sur l'instant je ne me rappelle pas où. » Il fronça les sourcils. « A quelle heure était-ce? »

Le dialogue se poursuivit donc selon le scénario qu'il avait prévu lui-même.

A quel moment miss Davis l'interrompit-elle? Le Rull n'aurait pu le préciser par la suite. Mais elle émit un son. C'était un son qui n'avait pas de signification en soi. Un son inarticulé. Et pourtant, c'était une affirmation.

Le Rull avait examiné la jeune femme en activant ses organes de perception à gamme étendue. Pour l'instant, elle émettait un ensemble stupéfiant d'ondes d'énergie. Vue au niveau de la vision limitée de Zebner, elle avait le visage rouge brique. Mais des autres niveaux lui parvenait un message supplémentaire : elle trahissait sa propre conscience de l'animosité qu'elle éprouvait envers Zebner. Et elle songeait — toute une bande de fréquences dans les infrarouges l'indiquait — qu'elle avait laissé cette animosité l'inciter à une identification péremptoire dans une circonstance où elle avait conclu trop hâtivement, sans certitude.

S'il était exact qu'elle eût reconnu Zebner en cet unique et bref instant où elle l'avait aperçu à distance, ce fait, dont elle commençait d'ailleurs à douter, ne lui était plus d'aucun secours.

Pendant l'évolution de ces réactions secondaires, le Rull en était arrivé dans la conversation au point où, soudainement, il jugea bon de se rappeler où il était allé le samedi après-midi.

« ... Ah oui! J'ai rendu visite à mon camarade Gilstrap, qui loge dans la même rue que moi. Je m'en souviens, maintenant... »

Après quoi il n'y avait plus grand-chose à dire. Le docteur Lowery congédia calmement Zebner en marmonnant qu'il y aurait une enquête ultérieure sur l'affaire.

Quand le Rull sortit, la fille était toujours dans le fauteuil auprès de la table du professeur... Comme il les reverrait tous les deux à son dernier cours de la journée — la classe de physique — l'extra-terrestre ne traîna pas. Les entrailles bouleversées, à l'état de gélatine acide, il se laissa couler vers le premier amphi de l'après-midi.

Ce qui tourmentait le Rull, pendant qu'il s'éloignait, c'était qu'il aurait dû savoir. Par son insistance colossale à subordonner la physique à son propre ego, pour en faire en quelque sorte une sous-branche de la super-science, la loweryologie, le professeur, dans sa folie, laissait pourtant bien voir la gravité de son état mental à quiconque était en mesure de déceler des troubles de cet ordre.

... « dire que j'ai laissé sa prétention blesser mes sentiments »... Le Rull avait eu au départ la certitude qu'il serait classé parmi les étudiants de niveau A, que son instructeur le considérerait d'office comme un égal. ...« pauvre idiot que tu es! » se morigénait le Rull.

Pendant le cours de Lowery, le Rull prit grand soin de ne pas croiser les regards qu'Eileen lançait dans la direction de Zebner. Toutefois il avait l'intuition que le mouchardage de Zebner par cette fille avait établi entre elle et lui un rapport... provisoire, oui, mais bien réel.

C'est pourquoi, après la fin de la classe, il l'accosta pour lui demander à voix basse, d'un ton qui n'avait rien de déplaisant : « Que s'est-il passé après ma sortie? »

Elle lui accorda pour la première fois un peu de sympathie, un regard direct où se lisait sa gratitude qu'il ne fût pas en colère et l'impatience de lui faire part de certains renseignements encourageants. « Je lui ai dit que j'ai dû me tromper », fit-elle.

S'étant ainsi lavée de son péché, elle s'anima pour demander d'une voix amicale : « Dan voudrait savoir si cela vous tente de vous intégrer à notre groupe? »

Le Rull savait que Dan était le chef de la commune d'Eileen; c'était donc là une sorte de victoire, dont, bien sûr, il ne pouvait pas immédiatement tirer profit. Plus tard, songeait-il, l'intimité qui m'est offerte me donnera l'occasion de dévorer cette fille... Mais sur le moment, cette avance avait l'air d'un moyen supplémentaire pour brouiller les pensées du professeur Lowery. Sa réaction fut donc un sourire à la Zebner, une acceptation sans discussion, et une proposition : « Pouvez-vous venir chez moi ce soir, que nous fassions connaissance? »

La couleur monta vite aux joues de la jeune fille; il *lui* était visiblement difficile d'accepter Zebner, même dans le cadre des amours collectives de la commune. Elle demanda néanmoins : « A quelle heure?

— Oh, disons vers les dix heures. »

Elle fut à l'heure, et il était évident qu'elle s'était préparée. Elle avait de l'éclat, de l'entrain, elle était souriante. Ses cheveux noirs luisaient. Elle lui dit : « Restez ici, je vous appellerai. » Et elle entra tout droit dans sa chambre dont elle referma la porte.

Cela prit un moment, mais bientôt sa voix s'éleva, douce et tentatrice. Quand le Rull camouflé entra dans la chambre, elle était au lit, le drap relevé jusqu'à la taille. Son corps nu était hâlé, et, pour autant que pût en juger un extra-terrestre, elle était un bel exemple de beauté féminine. « J'ai encore pas mal de devoirs à terminer ce soir, alors vite fait bien fait pour cette première fois! D'accord? »

Le Rull s'assit en face d'elle et fit monter au visage de Zebner son sourire habituel. « Je pensais que nous ferions simplement connaissance ce soir », dit la voix de Zebner.

Il lui fallut en réalité plusieurs minutes pour convaincre la fille incrédule. Finalement, la voix étranglée, elle lui demanda : « Puis-je me servir de votre téléphone? Je voudrais appeler mon chef de commune. »

Elle eut un bref entretien avec « Dan », puis elle reposa l'appareil sur le lit. « Dan voudrait vous parler », dit-elle. Quand le Rull s'approcha, elle se laissa glisser de l'autre côté du lit et commença à se rhabiller.

Dan avait une voix moelleuse de baryton. Il commença : « Zeb, j'ai demandé à Eileen de t'inclure dans son harem et elle a accepté. Alors, qu'est-ce qui ne va pas? »

Le Rull se sentit à l'aise et réagit instantanément à l'intimité du ton. « Ecoute, Dan », fit-il. « Cette fille n'a aucune sympathie pour moi. Alors je préférerais prendre mon temps, sans la précipiter, pour effacer de son esprit l'idée que je suis un... tout ce qu'on voudra. Et ainsi, peut-être, lui inspirer un sentiment sincère. »

Un silence à l'autre bout du fil. Puis un sifflement modulé. Et enfin : « D'accord, Zeb, et repasse-la moi, veux-tu? »

La conversation entre Dan et Eileen fut brève. Ils paraissaient d'accord pour juger que c'était une étrange façon d'agir, mais non sans un certain mérite.

Zebner la raccompagna jusqu'à sa voiture. Quand elle fut partie, il traversa la rue vers un autre véhicule. A son approche, le docteur Lowery abandonna la position couchée qu'il avait adoptée rapidement en voyant sortir Eileen et Zebner. Dans la pénombre, il était difficile de déchiffrer son expression.

Néanmoins le Rull avait une idée originale qui expliquait parfaitement qu'Eileen Davis l'ait désigné comme le vandale destructeur de la plaque photographique, ce qui l'avait lui-même conduit à prévenir par téléphone le docteur Lowery dès qu'il avait su que la fille viendrait vraiment le voir chez lui.

« ... Et dire que je croyais la pauvre petite si naïve! » conclut-il. « Comme j'ai repoussé ses avances, elle est allée vous voir pour porter contre moi cette accusation insensée. Alors j'ai pensé que mieux valait renouer avec elle, comme vous l'avez vu, en attendant de comprendre ce qui se passe.

— Et que vous a-t-elle dit? s'enquit Lowery.

— Hélas! C'est bien une femme! Elle a refusé d'en parler. Je n'ai pas osé insister, la première fois. Est-ce que je peux vous poser une question? »

Que le docteur Lowery eût dit oui ou non, le Rull ne l'entendit pas, ne le perçut pas. Il continua donc sans attendre : « Qu'est-ce que c'est que cette histoire de plaque photo qui se trouvait dans le labo et non pas dans la chambre forte appropriée? »

Dans la voiture, la silhouette sombre parut se raidir. Des ténèbres du véhicule, le docteur Lowery répondit d'un ton froid : « Tous renseignements sur une affaire secrète sont eux-mêmes secrets, monsieur Zebner.

— Mais, protesta Zebner d'un ton inquiet, puisque je suis accusé, je devrais avoir droit à quelque indice... »

L'autre le coupa : « Pour un ami intime », fit-il d'un ton méprisant, « miss Davis ne semble pas avoir eu avec vous de conversation bien intime...

— Vous voulez dire... qu'elle sait quelque chose? »

Le Zebner-Rull se tut parce qu'il avait remarqué une note insolite dans la voix de Lowery. Il est jaloux, songea-t-il. Je veux bien être pendu... Il aurait préféré être au lit avec Eileen ce soir, à ma place... Il prit une profonde inspiration et dit de sa voix la plus insinuante : « Voyons, monsieur, d'homme à homme, vous devez bien savoir, avec toute votre expérience conjugale et extra-conjugale, qu'une femme n'avouera jamais rien qui la mette en cause. »

Le docteur Lowery resta silencieux. Il demeura un long moment immobile dans l'ombre de la voiture, puis il se pencha en avant. Le moteur Ishmaël aux oppositions systématiques — molécule contre molécule — se mit à ronronner. La machine bondit, instantanément retenue par le frein.

Le Rull fut brusquement pris de panique. Il avait le sentiment désespérant qu'il n'avait pas réussi à donner à l'affaire la conclusion qu'il avait espérée.

Il hurla : « Y a-t-il autre chose que je puisse faire? Puis-je vous aider... »

Le moteur grondait et frémissait, luttant contre le frein. Par-dessus le bruit, il crut comprendre : « Nous allons encore vérifier vos dires et nous vous rappellerons... »

L'automobile bondit brusquement, forçant Zebner à lâcher sa prise sur la porte avant. Accablé d'impuissance, il observa la silhouette du véhicule dont les phares fouillaient la rue et dont les feux arrière s'éloignaient.

Il maudit muettement l'impulsion qui l'avait amené à détruire un malheureux programme de quelques millions de dollars. Ce faisant, il avait mis en péril sa mission sur cette planète, qui devait se terminer par la récupération d'un engin spatial rullien qui s'était égaré.

Le Zebner-Rull se leva à six heures le lendemain matin. Il s'était rappelé que le docteur Lowery avait dit le soir : « ... encore vérifier vos dires! » Et il s'était rendu compte que le seul endroit où l'on pouvait procéder à une vérification, c'était près de Gilstrap.

Avec le recul, sa tentative d'établissement d'un alibi

paraissait plus cousue de fil blanc que sur le moment. Cela sentait davantage le coup monté. Evidemment, il avait, à l'origine, essayé de prouver qu'il s'était arrêté par hasard chez Gilstrap.

Il était vrai qu'il avait fréquenté Gilstrap dans une telle éventualité; mais il n'avait pas eu assez de temps libre pour le voir souvent. Au contraire, les exigences de travail du professeur Lowery l'avaient maintenu dans son appartement, à peiner durement jusqu'à l'aube pour traduire la vérité scientifique selon la méthode insolite que l'ego insatiable de Lowery avait conçue pour ses disciples.

Avec une grimace sur le lourd visage de Zebner, il chassa de sa pensée la fureur qui montait. De nouveau, il se surprit à songer : « ... Cet alibi est dangereux... c'est peut-être la seule chose qui se dresse encore contre moi... »

Il n'avait malheureusement pas le temps d'organiser un accident subtil. Il lui fallait tuer durement, directement, avant que l'on n'enquête près de Gilstrap.

Naturellement, en un sens, ce n'était pas un problème. Une douzaine d'êtres humains avaient déjà péri au cours de cette mission d'exploration sur la Terre. Parmi les morts figurait le véritable Zebner qu'il avait tout simplement dévoré en entier, chair et os. Les Rulls avaient un haut métabolisme, ils avaient tout le temps faim. Ainsi avait-il pu faire disparaître Zebner en quatre jours. Et ultérieurement, il avait de façon semblable avalé plusieurs autres victimes. Mais aujourd'hui, il n'avait pas le temps d'utiliser cette méthode. De plus, il était devenu prudent par devoir et mangeait maintenant du bœuf et d'autres denrées qu'il achetait.

Tandis qu'il attendait Gilstrap, le campus donnait une agréable impression d'anonymat. Un nombre — surprenant — d'étudiants étaient sortis quelques minutes auparavant de leurs salles de classe. A présent, ils allaient et venaient, s'empressaient, se bousculaient, courant vers leurs diverses destinations. Cependant, le but de chacun était connu d'un petit nombre de personnes : l'étudiant lui-même et quelques camarades, et leurs noms figuraient en outre sur les registres administratifs... Nulle part ailleurs.

Selon le rapport officiel, le total des inscriptions acceptées dépassait les vingt-quatre mille. C'était un chiffre confortable. C'était l'équivalent d'une nuit noire dans laquelle, sans être vus, sans se faire remarquer, des agresseurs pouvaient se livrer à leurs attaques sans crainte des yeux curieux, sans la peur d'être reconnus par la suite.

« Voilà Gilstrap! »

Le petit homme sortait du couloir à l'heure exacte. Son cours terminé, il se dirigeait, comme 24 000 autres vers un autre endroit où il devrait logiquement se trouver.

« Salut, Gil! » lança Zebner d'un ton cordial. « Peux-tu m'accorder un moment? »

Il n'attendit pas la réponse, mais se mit à marcher à côté du petit homme; comme l'autre hésitait, il lui prit le bras et ajouta : « A peine une trentaine de secondes! » Sur quoi Gilstrap se décontracta et se laissa entraîner vers l'endroit choisi pour sa mort.

« Par ici », dit le Rull, d'un ton triomphant.

La victime avait si peu de soupçons qu'elle n'aperçut même pas le pistolet qui se déchargea bientôt dans son flanc gauche.

La détonation fit naturellement l'effet d'une salve d'artillerie. Mais Zebner avait confiance dans la multitude des étudiants et, tandis que Gilstrap chancelait et tombait, il repartit dans la direction d'où il était venu.

Alors qu'il gagnait rapidement l'entrée, une silhouette d'homme se dressa devant lui. C'était un jeune gars. Il se tenait là, juste dans l'encoignure derrière la porte; il était seul. Il avait le visage convulsé sous le choc, les yeux écarquillés et fixes.

« Hé là! » lâcha-t-il, « c'est un meurtre. Que...? »

Le Rull fonça derrière lui, s'engouffra par une porte, courut le long d'un corridor, croisant quelques étudiants qui ne lui accordèrent pas même un coup d'œil, ressortit par une autre porte, traversa un patio, descendit quelques degrés, passa par un autre jardin, remonta des marches, franchit encore une porte, une sortie éloignée. Là, le souffle court, il ralentit, reprit son pas normal, juste à temps pour assister au cours suivant.

Quand il se fut assis, avec son soin habituel — il lui fallait bien faire attention pour installer le corps du Rull sur le siège tout en lui conservant l'apparence de Zebner — il s'efforça de se rappeler les traits du témoin. En se *rendant* compte qu'il en était incapable, il se sentit rassuré.

Vers la fin de la troisième heure de classe, un messager vint apporter une note à l'instructeur, qui, son cours terminé, la remit discrètement à Zebner... Le choc éprouvé à la vue de l'enveloppe blanche ne fut atténué que par l'argument que s'avança le Rull lui-même : cela ne pouvait rien être d'important.

... « si c'est *réellement* à moi qu'ils en veulent, ils arriveront avec des armes », se dit-il. Ainsi tranquillisé, il quitta la salle et examina l'enveloppe.

Elle portait les mots Bureau Administratif imprimés au dos. Il y avait de quoi être secoué. Et quand il l'eut ouverte, la note le priait de se présenter à un M. Andrew Josephs pendant l'heure du déjeuner.

M. Josephs se révéla comme un homme au torse rigide, aux manières sérieuses. Le Rull ne se rappelait pas l'avoir déjà rencontré. Il se sentit soulagé et se présenta avec courtoisie. Puis il attendit d'un air apparemment tout aussi courtois.

L'homme de haute taille se frotta la joue. « J'ai deux ou trois nouvelles importantes à vous communiquer, monsieur Zebner. L'une d'elles est des plus tristes. Il peut vous intéresser en tout cas de savoir que miss Eileen a définitivement retiré l'accusation qu'elle avait portée contre vous. Elle est maintenant convaincue que ce n'est pas vous qu'elle a vu... »

Le Rull avait l'impression que si l'image de Zebner bougeait d'un millimètre, le charme serait rompu. Et qu'il se retrouverait dans un monde où les gens ne modifiaient pas leurs récits, où ils se rappelaient la vérité et la disaient sans crainte!

M. Josephs continuait : « De plus, nous avons questionné ce matin votre ami Gilstrap, qui confirme votre présence dans son logement samedi avant trois heures, ce qui est bien entendu le moment critique.

— Vraiment? » fit le Rull, mais seulement en profondeur dans le champ de projection de l'image de Zebner.

« Nous en venons maintenant à la triste nouvelle », poursuivit l'homme. « Ce matin, après son premier cours, votre ami, précisément, a été assassiné. »

C'était évidemment un événement pénible pour lui, car il tira de sa poche un grand mouchoir blanc et se moucha. Puis il reprit d'un ton plus vif : « Monsieur Zebner, quelqu'un s'est donné beaucoup de mal pour vous imputer cette affaire déplaisante. Et naturellement la police va mener une enquête approfondie. Mais je tiens à vous assurer que nous regrettons tous au plus haut point les inquiétudes que tout cela a pu vous causer... »

Sur quoi, il tendit la main.

Bien sûr, le Rull feignit de ne pas la voir... après tout, le fait que le véritable Zebner avait été intouchable, presque mis en quarantaine, était ce qui l'avait décidé à le choisir comme victime. Il n'osait pas risquer des contacts charnels! Il dit alors : « Il faudrait que j'aille déjeuner, monsieur, et me préparer au cours suivant.

— Oui-oui », convint M. Josephs en abaissant la main. Il ajouta : « Nous ne voyons pas de mobile à ces crimes, monsieur Zebner. Ce qui nous intrigue, c'est que cette faculté ne se livre nullement à des travaux secrets. »

Il conclut : « Quand la police sera prête à vous entendre, on vous convoquera... »

Quand le Rull se retrouva dans le couloir, ces paroles éveillèrent en lui un écho malheureux. Pas de doute. Il allait devoir interrompre sa mission avant d'avoir terminé son étude des êtres humains. Le moment était venu de prendre des décisions de première importance.

En même temps que plusieurs autres Rulls, on l'avait envoyé sur la Terre pour deux raisons. Premièrement : qui sont ces bipèdes dont nous autres, Rulls, avons soudain décelé la présence quand nous avons pénétré dans cette nouvelle zone spatiale? Et deuxièmement, ce qui est essentiel : où en est leur technologie? Le deuxième objectif avait été choisi à la suite d'un malencontreux accident. Sur une météorite solaire éloignée, un groupe humain d'exploration scientifique avait trouvé un radeau antigravité perdu par les Rulls. Les hommes ne savaient pas encore quel trésor ils détenaient. Par chance, le boîtier de commande endommagé s'était déclenché lors du transport de l'engin à bord du vaisseau terrestre. La fantastique machine avait alors transmis automatiquement un signal à sa nef-mère, en indiquant sa position. Frappés de stupeur, les ingénieurs rulls en avaient suivi le déplacement quand on l'avait emportée sur la Terre.

Le radeau avait été envoyé à la faculté de sciences physiques de cette université aux fins de recherches — ainsi que le Rull l'avait appris — et un certain professeur Lowery (Herman) avait réussi à se faire confier ces recherches pour la prochaine période de vacances... qui commencerait dans un peu moins de deux mois.

C'est pourquoi, après un examen attentif des étudiants de physique, l'agent Rull avait décidé d'assumer la personnalité de Zebner, un individu sans éclat et sans amis.

Hélas, Zebner était maintenant un homme marqué.

Le Rull sécha les cours de l'après-midi. Il quitta le campus. Peu avant la tombée de la nuit, il partit pour un rendez-vous en un lieu désigné. A une certaine heure, tous les jours, un de ses collègues rulls était censé s'y trouver en cas de nécessité.

Le deuxième Rull arriva à l'heure, sous l'image d'un

être humain très ordinaire et peu soigné. Exactement le genre d'individu que les gens évitent en temps normal. Les deux Rulls s'entretinrent avec leurs voix terrestres... et la décision du Rull-Zebner se trouva confirmée.

Il fallait agir... cette nuit même!

Sur quoi le Rull-Zebner regagna son appartement pour se munir du matériel qu'il avait rangé dans le placard de sa chambre en prévision des destructions à opérer. Il était tendu. Il réfléchissait à la manière de porter le matériel au garage. Aussi n'était-il pas sur ses gardes. Quand il ouvrit la porte du logement, il sentit pour la première fois la présence d'une autre personne dans la pièce. Il voulut se retirer aussitôt. Trop tard.

La voix du professeur Lowery annonça : « Je tiens mon arme braquée sur vous. Entrez! »

A regret, l'image de Zebner franchit le seuil et entra. Sa première idée fut : dès que je serai à l'intérieur, je pourrai me déplacer dans les ténèbres à la vitesse d'un Rull.

« Attention! » reprit la voix inexorable. « Tendez la main, doucement! Et allumez. »

Pas le choix. Il fit la déduction qu'on l'observait à l'aide de lentilles de vision nocturne.

La clarté soudaine révéla le docteur Lowery, porteur en effet de lunettes de nuit, les yeux mouillés derrière les verres, et le visage tourmenté.

Le pistolet calorifique de l'instructeur guida le Rull vers le coin du déjeuner. Arrivé là, l'homme déjà âgé désigna un papier posé sur la table. « Voici vos aveux », dit-il d'une voix dure. « Signez-les! »

Zebner était sincèrement curieux : « Qu'est-ce que je dois avouer?

— La vérité. Signez! »

... « pas si vite, songeait le Rull. Pour le moment, tu as besoin de ma signature, bonhomme »... Tant qu'il n'aurait pas apposé son nom sur le papier, il pouvait escompter que cela retiendrait le doigt de Lowery qui chatouillait la détente.

Tout en réfléchissant à ce qu'il devait faire de Lowery et sans attendre son autorisation, il s'approcha de la table, se pencha et lut les aveux :

> Je soussigné, Phillip Zebner, bien décidé à me suicider, souhaite réparer le mal que j'ai causé. Je suis surtout coupable envers une personne des plus capables, mon professeur de physique, le docteur Herman Lowery. A cause d'une liaison sentimentale avec une étudiante, Eileen Davis, et après m'être querellé avec elle, j'ai détruit une certaine plaque photographique en sachant bien qu'elle avait été confiée aux soins de la jeune fille par le docteur Lowery....

Arrivé à ce point, et ayant donc saisi l'essentiel de la confession, le Rull demanda : « Dites-moi donc pourquoi vous aviez confié la plaque à miss Davis.

— Je ne savais pas... » Il marmonnait. « ... que la personne pour qui elle la désirait était un de ses amants. J'ai accepté que le jeune homme prépare sa thèse de licence sur la série de photos. L'imbécile en a posé une sur une autre table. Et quand Eileen me les a rapportées, il manquait cette plaque. C'est à ce moment qu'elle est repartie la chercher. Je croyais... » Lowery se tut, son attitude manquant soudain d'assurance.

Le Rull devina très bien que la phrase interrompue n'avait aucun rapport avec l'explication. « Vous vous figuriez qu'elle ne forniquait qu'avec vous seul?

— Oui », reconnut le professeur, dans un soupir. Il paraissait ahuri.

Le Rull s'enquit vivement : « A combien d'étudiants devez-vous accorder des notes supérieures pour vous envoyer la fille?

— Quand elle a fini par m'avouer la situation », fit Lowery avec un nouveau soupir, « il s'est révélé que son chef de commune, Dan, est tellement occupé par ses travaux communaux... Je lui ai accordé la note A. » Il changea amèrement de sujet : « Ils n'ont pas pris au sérieux la destruction de la plaque. »

« ... Ça y est! » songea Zebner... Il avait écouté

attentivement pour s'accrocher à un détail qu'il pourrait tourner à son avantage. « Ecoutez », fit sa voix humaine, formulant sa pensée de Rull, « je veux bien avouer qu'Eileen était ma maîtresse, mais en précisant bien que c'est *elle* qui a détruit la plaque. » Il précipita le ton : « La commune vous trouvera toujours une autre putain, mais c'est elle qui doit être punie. Je pars immédiatement pour regagner l'endroit d'où je suis venu, et vous m'y enverrez un certificat de note A.

— Vous l'aurez, votre A, ne vous inquiétez pas. Vous êtes en réalité un bon étudiant, Zebner.

... « *C'est maintenant qu'il le reconnaît!* »

« Allez prendre une feuille de papier sur mon bureau! » ordonna le Rull.

Le professeur Lowery obéit.

« Et maintenant, écartez-vous! » Cela pour que, même dans son état de bouleversement, Lowery ne puisse pas remarquer de quelle façon bizarre Zebner écrivait.

La confession, une fois achevée, suivait les lignes qu'il avait indiquées à Lowery, mais ne renfermait naturellement pas de clause de suicide.

Le docteur Lowery, considérablement dégonflé, accepta le papier avec gratitude et quitta l'appartement d'un pas mal assuré. Zebner attendit tout juste que l'autre ait eu le temps de sortir de l'immeuble, puis, avec audace, il porta son matériel d'abord dans l'ascenseur puis dans sa voiture. Il ne croisa personne et se sentit soulagé quand il roula dans la rue, enfin parti et bien décidé à ne jamais revenir.

Plus tard encore, quand les ténèbres régnèrent sur le vaste campus et que tous les bâtiments ressemblèrent à des ruches éclairées de l'intérieur, le Rull pénétra dans le parc à voitures du centre de recherches. Son compagnon l'y attendait.

L'obscurité se répandait partout quand les deux Rulls bondirent sur l'homme trapu et chauve qui arriva dans le parc quelques minutes après eux. Ils se montrèrent d'une grande témérité, le tuant avec les émanations d'énergie de leurs propres corps. Il y eut des éclairs éblouissants dans ce coin de parc où le veilleur avait garé sa voiture, mais, apparemment, personne ne s'en aperçut. Cela n'aurait d'ailleurs rien changé. Ce soir-là, ils étaient prêts à tuer tous les témoins éventuels.

En hâte, les deux extra-terrestres fourrèrent le corps du garde dans le coffre de sa propre voiture. Puis le second Rull assuma l'image exacte de l'homme. Il entra dans le hall et releva le veilleur de la période précédente. Celui-ci s'en alla sans perdre une seconde.

Les Rulls examinèrent ensuite le registre des entrées. Il y avait huit personnes dans le bâtiment. Les Rulls bouclèrent les portes extérieures, puis passèrent de salle en salle, les tuant les uns après les autres tous les huit avec des décharges énergétiques de leurs corps.

Toujours à toute vitesse, ces deux experts apportèrent ensuite le matériel de destruction de Zebner et l'installèrent au point le plus favorable pour incendier toute la bâtisse.

Auparavant, bien sûr, ils examinèrent le radeau antigravité rullien. Comme ils s'y attendaient, la panne était simple. L'ordinateur qui pendant le fonctionnement rééduquait les atomes avait décidé qu'il avait besoin d'une opération d'entretien et s'était simplement fermé. Il se remit en ordre de marche immédiatement, sous commande manuelle, et fut alors en mesure d'assurer de nombreuses heures de parcours à une vitesse supérieure à celle de la lumière. C'était bien.

Durant les cours de physique, le Rull avait appris que la science terrestre commençait seulement à se rendre compte qu'il existait des moyens de modifier le comportement des particules. La Terre avait une technique antigravité qui reposait sur la puissance, simple, mais colossale. C'était un système méprisable. Il permettait à de grands vaisseaux de s'arracher couramment de la surface des planètes ordinaires, et, avec des moteurs auxiliaires, de décoller aussi des planètes plus lourdes.

Ce n'était pas mal, mais c'était loin de la supériorité

de la méthode rullienne. Depuis longtemps, les Rulls avaient découvert que l'on peut « persuader » les atomes de « croire » que les masses proches (une planète par exemple) n'existent pas. En conséquence, les atomes « étudiants » étaient entraînés à ne pas tenir compte des grands corps célestes dans la mesure souhaitée, rien que sous la pression d'un bouton.

Une fois les deux Rulls à bord, le « radeau » anti-gravité décolla du toit du centre de recherches pour foncer dans le ciel nocturne. Dès qu'ils furent à bonne distance, le Rull-Zebner déclencha le détonateur du système de destruction à l'intérieur du bâtiment, attendit le nombre de secondes prévu, et...

Il ne se passa rien!

« Cette fille... » analysa-t-il en fin de compte. « Quand elle est allée se déshabiller dans ma chambre, hier... » Il aurait dû comprendre pourquoi elle y mettait tout ce temps. Elle avait dû fouiller le lieu et, elle-même étudiante en physique, comprendre ce qui se trouvait dans le placard, et en conséquence elle avait supprimé les connexions intérieures.

Il expliqua tout à son compagnon. « Je vais donc retourner dans mon appartement et lui téléphoner de venir. Je feindrai d'avoir envie de coucher avec elle. Ensuite, nous l'emmènerons et nous la mangerons. »

C'était important. Il ne fallait pas laisser de preuve que le radeau avait disparu. Un incendie infernal répandrait des centaines de masses de métal fondu, ce qui suffirait à compliquer la recherche des objets manquants. Quand au corps de la fille, avec les deux Rulls à bord... cela ferait toujours des provisions de bouche!

Ils descendirent sur le toit de l'immeuble où logeait Zebner. Du toit, le Rull-Zebner descendit par un escalier sombre jusqu'au dernier étage habité, puis de là dans son propre logement.

« ... d'abord, songea-t-il, je vais visiter la penderie... »

... Difficile de croire qu'il ait été assez négligent pour laisser quoi que ce fût de compromettant. Mais mieux valait s'en assurer. Ensuite, téléphoner à Eileen.

Quand il ouvrit la porte une minute après, repoussa largement le battant et entra, il comprit avec horreur à l'ultime fraction de seconde qu'il avait recommencé! Impossible, mais vrai! Un Rull pris au même piège par deux fois!

Au moment où il avait touché la clenche de la porte, l'appartement était plongé dans les ténèbres. Et quand il franchit le seuil, toutes les lampes s'allumèrent.

Maintenant, alors qu'il était trop tard, sa perception retrouvait sa vivacité. Mais ce ne fut que pour constater rapidement qu'il y avait dans la pièce cinq jeunes hommes et une fille. La fille, c'était Eileen; et trois des jeunes hommes avaient des armes en main. Ce n'étaient pas des pistolets calorifiques. Mais le Rull avait suffisamment étudié les moyens de défense de cette planète pour savoir que les petits engins à énergie braqués sur lui pouvaient tuer un homme et même un Rull. Ils fonctionnaient selon un phénomène d'induction grâce auquel le courant électrique alimentant l'appartement passait par l'arme pour atteindre la cible, et retournait à la masse.

Des engins mortels, c'était le mot.

Ce fut donc avec lenteur, avec répugnance, qu'il avança dans la pièce. Alors, sur l'ordre d'un beau jeune homme aux cheveux blonds, il referma la porte de communication.

Le blond prit la parole : « C'est moi, Dan », dit-il. « Nous avons remonté jusqu'à tes origines, Zeb. Tu es originaire d'une des colonies planétaires de Sirius? »

C'était certainement la vérité en ce qui concernait l'authentique Phillip Zebner. Il n'y avait donc aucun empêchement à le reconnaître.

« Zeb », reprit Dan, « la destruction de cette plaque photographique a réduit à zéro une expérience sur les particules d'un montant de 8 500 000 dollars. Eileen, après avoir eu la certitude que c'était toi qui l'avais détruite, a décidé qu'elle n'en était pas sûre. Alors nous venons te demander de signer des aveux. »

Le Rull avait déjà deviné que ces personnes se

sentaient également menacées par la destruction de la plaque. Ainsi, cet acte fatal auquel il s'était livré revenait une fois encore lui causer des tracas et de l'embarras.

« Zeb », poursuivit le jeune homme blond, « il va falloir un moment avant que tout cela ne soit réglé. Cependant, si tu quittes la planète immédiatement, nous persuaderons Lowery de t'accorder un diplôme. Tu pourras être en sûreté sur Sirius avant qu'il n'y ait des répercussions.

— J'imagine que je n'ai pas le choix, dit le Rull.

— Dommage en un sens. Je m'intéressais à toi pour notre groupement quand Eileen m'a signalé tout ce matériel que tu cachais dans ton placard. On pourrait se servir d'un mec qui disposerait d'une quantité de moyens de destruction, surtout maintenant que nous avons examiné toutes les connexions intérieures. Ouais... » Il sourit. « ... cela ne peut pas marcher tel que c'est en ce moment. Où l'as-tu emporté? On a regardé, et il n'y a plus rien. »

Il aurait pu les anéantir tous avec l'énergie de son corps. Mais il restait une chance que l'un d'entre eux ait le temps de presser la détente d'induction.

Le Rull déclara : « Signons donc ces aveux. Le reste du matériel, je l'ai planqué quand j'ai découvert que les connexions manquaient. N'en parlons plus! »

Ils acceptèrent immédiatement. Et, une fois les aveux signés, ils sortirent comme un groupe d'amis. « Adieu, Zeb! » « Bon voyage, Zeb! »

Un instant après, il était seul et commençait à se sentir mieux. Dommage qu'il ne puisse s'attarder pour voir l'effet que produiraient sur les autorités les deux confessions. Et malheureusement, en un sens, Lowery risquait de perdre sa situation. Cet homme était un atout pour les Rulls... grâce à sa méthode brouillonne d'enseignement. Avec de la chance et un peu plus de temps, il pourrait causer du tort à des milliers d'autres étudiants en physique.

Mais la vérité, c'était qu'il existait probablement

d'autres individus dans le genre de Lowery. Et d'autres « communes » qui obtenaient leurs diplômes en prostituant les filles. Telle était la race humaine dans ses façons d'agir quotidiennes.

Ces pensées venaient au Rull alors qu'il était de retour sur le radeau, maintenant résigné à ce que les humains s'aperçoivent que l'engin avait disparu. Mais cela ne lui apparaissait plus comme un événement menaçant.

Il avait un pressentiment. Ce pressentiment, c'était que personne sur la Terre ne soupçonnerait que de puissants ennemis, les Rulls, étaient venus sur la planète-mère de l'humanité. Avaient observé les humains. Et étaient repartis sans encombre.

Et qu'en temps opportun, les Rulls reviendraient. En force.

The First Rull
Traduit par Bruno Martin.

LE DÉTECTIVE NON-À

Le Monde des Ã *et* les Joueurs du Ã *ont beaucoup contribué, aussi bien aux Etats-Unis que dans le reste du monde, à faire connaître la sémantique générale.*

Mais ces deux classiques de la science-fiction étaient avant tout des romans (et quels romans!) et ne se voulaient en aucun cas des traités de Logique non aristotélicienne. Il ne faut donc pas s'étonner qu'ils aient laissé dans l'ombre de multiples aspects des théories de Korzybsky.

Développant quelques applications et implications du célèbre « la carte n'est pas le territoire », le Détective non-A *apporte d'utiles éclaircissements sur certains points restés obscurs.*

> Détective appliquant méthodes non aristotéliciennes se chargerait affaires intéressantes. Recherche en particulier meurtres sans solution et autres graves activités criminelles ayant laissé police impuissante. Ni provision ni paiement, ni frais d'aucune sorte, mais clients éventuels doivent être en mesure de fournir données sur événements. Adresse communiquée par téléphone.

L'inspecteur adjoint Nyron Morrison parcourut l'annonce avec une ironie rageuse. L'assurance dont témoignait l'individu dans son libellé l'irritait. Il leva finalement les yeux sur l'inspecteur Codreau, qui était venu lui montrer la page des petites annonces.

« Que diable peut bien être un non-aristo... » demanda-t-il. Il en bafouillait. « ... un détective non aristotélicien? »

La large figure de Codreau se plissa en un sourire : « Je suis comme vous », dit-il. « Peux même pas prononcer le mot. » Il poussa un soupir en secouant la tête. « J'imagine que nous faisons une belle paire de flics démodés. »

Morrison épluchait de nouveau l'annonce. « Ainsi, il se charge des cas où la police n'a rien pu faire, hein? » Il en était plus contrarié qu'il ne l'eût avoué.

« Le mot n'est pas dans le ' Webster ' », dit l'inspecteur. « J'ai regardé.

— Que voulez-vous que je fasse? J'enquête sur le type?

— Humhum... Je n'y ai vraiment pas réfléchi. J'ai tout simplement vu le truc dans le canard et je me suis dit que ça vous intéresserait peut-être. » Il s'interrompit un instant. « Il n'y a rien d'autre qui vous frappe dans cette annonce? »

Morrison la relut lentement. Il allait faire un signe négatif, toujours intrigué, quand il pigea d'un coup. « Eh bien, il ne donne pas de numéro de téléphone. » Il devint pensif. Il s'adossa dans son fauteuil et se gratta le crâne. C'était un homme corpulent, vêtu d'un complet gris. Puis il reprit : « Vu! Pour entrer en relations avec lui, il faut trouver le moyen de découvrir son numéro et son adresse, puisqu'il ne donne ni l'un ni l'autre.

— Le journal nous fournirait ces renseignements. »

Morrison dut convenir que c'était peut-être aussi simple que cela. Les sourcils froncés, il examina encore l'annonce, puis tendit la main vers le combiné. « Si cela ne vous dérange pas? »

Il appela les renseignements et demanda : « Avez-vous des abonnés sous la rubrique Détectives non aristat...totéliciens? »

Au bout de quelques secondes, on lui communiqua le numéro et il s'activa de nouveau sur le cadran. Cette fois, il tomba sur un service d'abonnés absents. Il répéta sa question, s'arma d'un crayon, adressa un sourire à Codreau et dit : « Je voudrais son nom et son adresse. »

Il raccrocha un moment plus tard et déclara : « Et voilà! Philip Nicer, 721, Glen Oak Crescent. C'est une de ces avenues perdues dans les collines, je crois.

— En tout cas », dit l'inspecteur, « c'est sous notre juridiction.

— Oui », approuva sombrement Morrison, « et je sais justement quelle affaire je vais lui coller. Vous vous rappelez l'assassinat d'une Mme Nina Colton, il y a environ cinq ans?

— Vaguement. » Codreau eut l'air de chercher. Puis il s'écria : « Bon Dieu! Mon vieux, vous n'allez pas...

— S'il est capable d'apporter des solutions à des affaires où la police a pataugé », répondit placidement Morrison, « autant tirer avantage de son machin non aristottt... » Il abandonna et gronda : « J'apprendrai au moins à prononcer ce mot et je découvrirai peut-être bien ce que cela veut dire. »

Les yeux bruns de l'inspecteur étaient graves. « Avant de vous laisser emporter au diable par votre fierté outragée, pourquoi ne consulteriez-vous pas de nouveau le dossier Colton avant de vous décider à cette démarche? »

C'était évidemment une bonne idée et Morrison se retira. Quand il revint au bout d'une demi-heure, il dit : « C'est bien comme cela que je me rappelais l'affaire. Mais j'aimerais connaître votre avis. Avez-vous un peu de temps à me consacrer? »

On avait trouvé le corps de Mme Colton dans sa chambre, entièrement nu, avec une balle dans le cœur. Son mari, agent immobilier, s'était absenté pour son travail et avait passé la soirée avec un couple qu'il ne connaissait pas auparavant et qui avait certifié que Colton était resté en leur compagnie de neuf heures environ jusqu'à peu après onze heures.

C'était un cri, puis une détonation qui avaient attiré les voisins dans la maison des Colton quelques minutes après dix heures, et ils avaient trouvé Mme Colton à l'agonie. Elle était morte sans avoir repris ses esprits au moment où la police arrivait.

Ivan Tristrov, l'associé du mari de la victime, après qu'un voisin des Colton eut signalé l'avoir vu une fois avec Mme Colton dans une position compromettante — il l'embrassait —, avait avoué qu'il était son amant depuis un an environ. Il avait toutefois juré que Mme Colton avait mis fin à leurs relations en lui affirmant qu'en définitive, c'était son mari qu'elle aimait.

Tristrov avait passé toute la soirée et la nuit du crime en compagnie de sa femme et d'un autre couple. Son épouse avait par la suite divorcé, en raison de son infidélité avouée. Tristrov s'était mal accommodé de cette séparation.

Bien que le pistolet avec lequel Mme Colton avait été tuée et que l'on avait retrouvé près du corps fût bien celui de son mari, la police était convaincue qu'elle ne s'était pas suicidée. Il n'y avait pas de traces de poudre sur l'épiderme, ce qui signifiait que la balle avait été tirée d'une plus grande distance que la victime n'aurait pu le faire elle-même.

L'enquête sur le couple avec lequel les Tristrov avaient passé la nuit du crime avait révélé que l'homme était un ami intime. Et même, Tristrov avait signé conjointement à lui une traite pour une forte somme quelques semaines auparavant; de leur côté, la femme et Mme Tristrov s'entendaient très bien. Pendant que les deux femmes préparaient des sandwiches, les deux hommes étaient sortis pour une courte promenade, mais n'étaient pas restés absents plus d'une dizaine de minutes... tout le monde en avait fait serment.

Les amis et voisins témoignèrent de la moralité parfaite de M. Colton. Ce n'était pas un coureur de jupons et il semblait qu'il eût ignoré la liaison de son épouse avec son associé...

Quand Morrison eut terminé son résumé de cette

affaire vieille de cinq ans, l'inspecteur Codreau hocha la tête. « Je me rappelle avoir toujours eu l'impression que Colton n'était pas aussi ignorant de l'inconduite de sa femme que l'on a bien voulu le dire. C'est pourquoi, malgré son alibi apparemment irréfutable, j'ai réellement cru qu'il était le coupable. »

Morrison déclara : « Moi, à l'époque, j'ai cru que c'était Mme Tristrov. Après tout, son seul alibi prouvant ce qu'elle a fait pendant que les deux hommes allaient se promener, c'était sa meilleure amie. Et chacun sait que toute femme vous mentira effrontément, sans ciller, si elle pense que c'est pour une bonne cause. Et quelle meilleure cause cette femme pouvait-elle dénicher que de soutenir une autre femme contre la maîtresse d'un époux infidèle? »

Il poursuivit : « De plus, il y a le fait que Mme Tristrov est restée si remplie d'amertume par la suite qu'elle a persisté à divorcer en dépit des prières de son mari. Toute femme qui entretient une telle haine... » Il s'interrompit, puis conclut : « En tout cas, c'est mon point de vue. »

L'inspecteur s'était décontracté et ses yeux s'étaient mis à pétiller. « Etes-vous en mesure de fournir suffisamment de données à M. Nicer... comme le demande l'annonce? »

Le grand gaillard fronça les sourcils. « Naturellement, comme je m'en occupe à mon propre compte et pendant mes loisirs, j'imagine que lui dire de qui il s'agit et lui fournir d'autres détails équivaudra à une assez bonne introduction. »

Plus tard dans la journée, alors qu'il quittait enfin les bureaux, l'inspecteur adjoint Morrison remarqua deux reporters affalés contre une table dans la salle de presse. Il y entra.

« Dites donc », fit-il, « est-ce que l'un d'entre vous serait un universitaire? Je sais bien que je suis une pomme pour poser une question pareille, mais je suis assez crédule en ce qui concerne les journalistes. J'ai parfois l'impression qu'ils savent tout.

— Eh bien, que désirez-vous apprendre? » C'était Carler, de la Lawton Press, un type rusé, à l'air las, au teint pâle.

« Allons, allons! » ricana Morrisson. « Pas vous. Vous ne connaissez même pas l'alphabet.

— Dieu me vienne en aide! » fit Carler. « Il y a quatre ans que je suis là. Et simplement parce que j'ai une fois mal orthographié votre nom...

— Ça va, ça va. Que veut dire non aristotélicien? Tiens... » Il était étonné. « ... J'ai réussi à la prononcer, cette fois.

— C'est quelque chose qui a rapport avec la sémantique », déclara Carler.

— Avec *quoi*? » Morrison s'indignait de ce nouveau mot dont il ignorait aussi le sens.

Carler le lui épela. « Cela traite de la signification de la signification », expliqua-t-il. « Je me rappelle que cela devait figurer au programme des classes d'anglais et de philosophie l'année suivant mon départ de l'université.

— Si je comprends bien, vous me dites que cela a véritablement un sens? » Morrison était troublé.

Carler répondit : « On l'enseigne maintenant dans de nombreuses facultés. Allez, racontez-nous l'histoire? »

Morrison estima qu'il valait mieux ne pas dire la vérité, aussi demanda-t-il : « Vous rappelez-vous le meurtre de la femme Colton, il y a cinq ans? Vous vous en êtes occupé.

— Oui. J'ai toujours pensé que c'était Tristrov le coupable. On entend toujours parler des bouillants Latins, mais que dit-on des têtes brûlées de ces Slaves? Je pense qu'il l'a effacée parce qu'elle l'avait balancé. »

Le deuxième reporter — Ton James — intervint : « A *mon* sentiment, la police aurait dû adopter la théorie du suicide. D'après le portrait qu'en a fait Tristrov, cette femme était travaillée par la contrition, le remords et la honte. Il ne faut pas sous-estimer ces émotions quand elles sont sincères. »

Morrison grogna : « Tout le monde comprend la

conduite des êtres humains selon sa philosophie personnelle. Pas étonnant que la criminalité puisse galoper tout à son aise. Salut! »

Vingt minutes après, alors qu'il montait vers Glen Oak Crescent, Morrison sentit son véhicule passer en première. La rue montait sec, en serpentant, pour enfin s'aplanir à regret. Mais avant même qu'il n'ait atteint le point le plus élevé, Morrison avait été envahi de tristesse. Il reconnaissait le quartier. On l'avait construit une douzaine d'années avant. C'était alors un lieu de résidence coûteux et les prix avaient continué de monter depuis.

Dieu de Dieu! Comme il avait bien donné dans le piège. Eh bien, il faudrait simplement prendre l'air détaché.

La résidence qu'il cherchait était une maison à la longue façade, à un seul étage, construite sur un terrain en profondeur. Un homme jeune manœuvrait en marche arrière une Cadillac brune sous une arche à un bout de la demeure. Tandis que Morrison garait son véhicule et en descendait, la lourde machine accéléra, toujours en marche arrière. Elle tourna dans la rue et se dirigea vers l'endroit où se tenait l'inspecteur adjoint.

Morrison eut soudain l'idée que c'était son homme; la possibilité de le manquer le galvanisa. Il agita le bras... et le conducteur le vit. Il s'arrêta contre le trottoir d'en face, se pencha à la fenêtre ouverte et dit : « Tiens, bonjour, inspecteur Morrison. Je m'appelle Nicer. Vous désiriez me voir? »

Morrison était désarçonné. « Comment diable avez-vous... » commença-t-il. Puis il se tut, frappé de stupeur. Il avait failli demander : Comment savez-vous qui je suis? Il serra les dents. Des trucs à la Sherlock Holmes, hein? Et lui-même dans le rôle du docteur Watson, ignare, mystifié, admiratif.

Il resta sur place, bouillonnant intérieurement d'avoir de si peu failli se laisser avoir. Un instant après, il haussa les épaules. A la vérité, il n'avait rien à perdre et il était curieux.

« Très bien. Comment savez-vous mon nom? »

Deux yeux gris sardoniques et un visage entre trente et quarante ans lui sourirent. « Je vous le dirai quand j'aurai trouvé la solution de votre affaire. Je peux quand même vous dire que j'ai beaucoup d'atouts dans mon jeu. »

Il ouvrit la portière de la voiture. « Je descends jusqu'au boulevard pour une minute. Voulez-vous m'accompagner? Nous bavarderons en chemin. »

Un type sympa, peut-être un rien trop sûr de lui. Mais le regard avait quelque chose de dur. Ce n'était pas un gamin.

Morrison monta dans le véhicule. Alors, il démarrait ou non? « Ecoutez, monsieur Nicer, qu'est-ce que c'est que toute cette histoire de détective non aristato... » Il se tut, vaincu une fois de plus.

Nicer sourit de nouveau. « Ce foutu terme », dit-il, « se prononce NON-arIStoTElicien. Il est dérivé du nom d'Aristote, le fameux philosophe de l'ancienne Grèce. Et il signifie : qui n'est pas comme Aristote. »

Morrison était bien incapable de se rappeler ce que pouvait bien représenter Aristote, aussi n'avait-il aucune idée de ce que signifiait « pas comme Aristote ». Et avant tout, il désirait savoir ce qu'un détective non aristotélicien pourrait bien faire de différent.

Nicer lui expliqua qu'il existait beaucoup de systèmes non aristotéliciens, mais qu'un détective non aristotélicien était celui qui avait recours aux sept niveaux de la logique tels que définis par la sémantique générale, en s'en tenant strictement à une voie de recherche dérivée de l'échelle des abstractions, de Korzybski.

« Par exemple », précisa Nicer, « le criminel est un être qui n'a qu'une méthode défectueuse d'adapter le référentiel au territoire. »

Morrison souffrait en écoutant cela. C'était un policier de l'ancienne école, qui avait fait ses études secondaires et avait suivi un certain nombre de cours spécialisés. Il se rendait parfaitement compte que dans les grands bureaux de la police municipale, un homme comme lui qui arriverait comme débutant n'aboutirait à rien. Il n'était pas dépassé. Ce facteur n'intervenait pas, du fait de sa formidable expérience. Mais, tout comme Codreau et d'autres spécialistes vieillissants, les policiers de son espèce seraient peu à peu retirés de la circulation...

Que diable... qu'est-ce que c'est que son « référentiel »? Ce fut à regret qu'il posa la question.

« C'est une carte, un plan », expliqua Nicer. « Mais au sens de la sémantique générale, il se trouve dans l'esprit de la personne. Comme vous le savez, une carte constitue une abstraction, une esquisse, un résumé, une vue simplifiée d'une région géographique réelle, d'un objet réel, ou d'une créature, ou d'un processus naturel authentique. Ce n'est jamais la région, ni l'objet, ni la créature, ni le processus. La photographie d'un homme, si ressemblante soit-elle, ne donne qu'une image partielle de la réalité. »

Morrison eut envie de dire : « C'est tout? Je sais ça depuis toujours. » Mais il s'en abstint. Si une centaine ou davantage d'universités enseignaient à présent des choses pareilles, les réactions défavorables de l'inspecteur adjoint Myron Morrison étaient sans importance. Il s'agita sur son siège, constata qu'ils étaient arrivés sur le boulevard, hésita, puis posa la question cruciale :

« Qu'est-ce que cela vient faire dans la recherche d'un assassin?

— Vue du point de vue sémantique, toute situation est différente », dit Nicer. « Alors veuillez me raconter l'affaire précise que vous avez en tête... »

Puisqu'il s'était donné le mal de venir jusque-là, Morrison lui fournit correctement les détails du meurtre de Mme Colton.

Quand il eut fini son récit, Nicer s'arrêtait dans le parking d'un drugstore. Il descendit. « Je reviens tout de suite », déclara-t-il.

Pendant les huit minutes qu'il dut attendre, Morrison songeait : « J'imagine qu'on pourrait dire que c'est ce à quoi devrait s'attendre un professionnel en s'adressant à un amateur. » Mais au fond, il était intéressé. Il se dit : *Nicer ne peut pas s'en tirer.*

C'était incroyable, mais l'homme plus jeune s'était enferré avec ses paroles... *Il faut qu'il s'explique, à présent.*

Nicer sortit du magasin, porteur d'un paquet, monta en voiture, lança le moteur et repartit par où ils étaient venus. Il posa alors une question sur l'affaire Colton :

« Est-ce que l'un des protagonistes de l'affaire aurait à votre connaissance jamais attaqué physiquement un homme ou une femme pour une raison quelconque? »

Morrison lui répondit « oui » et lui dit qui.

Une fois en possession de la réponse, Nicer resta silencieux. La voiture grimpait la route en lacet. Brusquement Nicer s'excusa et expliqua : « Je repassais seulement en mémoire les faits tels que vous me les avez exposés, et cela ne fait aucun doute : l'aspect la-carte-n'est-pas-le-territoire de la logique non aristotélicienne colle très bien avec ce meurtre particulier. »

Il termina : « Pas de problème, votre assassin est tout désigné. »

Morrison n'avait pas même vaguement espéré une solution uniquement fondée sur le raisonnement. Il était parti du principe qu'ils se rendraient sur les lieux du drame vieux de cinq ans, qu'ils reverraient Colton, Tristrov et son épouse comme ils étaient à présent, ainsi que les autres gens.

La surprise était si totale qu'il sentit son esprit chavirer. « Bah! » fit-il. « Vous plaisantez! »

Il se souvenait des analyses faciles des deux reporters, de Codreau, et — à parler franc — de la sienne propre. Il songeait, rendu morose : « De nos jours, tout le monde se fait détective en pantoufles. »

Avant qu'il ait pu parler, le séduisant jeune homme lui dit avec l'ombre d'un sourire, mais plein de sympathie : « Ce que vous écoutez, c'est un raisonnement non aristotélicien. »

Sur quoi il se mit à développer le concept qu'il avait exposé antérieurement, à savoir que les êtres humains agissent selon des cartes, des schémas fondés sur une rigidité émotionnelle préconçue. Les gens étaient perturbés quand leur situation dans la vie pratique ne s'adaptait pas à leur carte mentale.

C'est pourquoi dans une affaire de meurtre, le détective non aristotélicien recherche quels éléments ou combinaisons d'éléments de sémantique générale sont applicables — dans le cas présent, le concept carte-territoire — et ensuite découvre la personne dont la carte mentale était assez différente de la réalité pour la conduire à réagir avec la multiplicité d'intentions violentes d'un être qui devenait alors capable de mettre fin à la vie d'un autre être vivant.

« Oui. » Morrison tâtonnait. « Mais Tristrov a frappé sa femme parce qu'elle l'avait quitté. Il est allé chez sa sœur, où elle s'était installée, et l'a sévèrement battue. Quand nous l'avons cueilli, il pleurait comme un gosse. Il lui avait promis, prétendait-il, de ne plus jamais la tromper. Mais comme elle avait refusé de l'écouter, il avait perdu tout contrôle sur lui-même et s'était mis à la frapper parce qu'elle lui avait donné si mauvaise impression de lui-même. J'ai même eu de la peine pour lui, parce que, comme vous le savez, le monde n'est pas ce que pensent les femmes... »

Il s'interrompit, puis reprit plus lentement : « Hé! Vous êtes en train de me dire que, selon sa carte à lui, sa femme aurait dû pardonner, et comme sa réaction ne correspondait pas à la carte, qu'il...

— Tout juste », coupa Philip Nicer. « Il a perdu la tête et a voulu lui broyer le crâne. Je vous en prie, comprenez-moi bien, tous les hommes qui battent les femmes ne vont pas jusqu'au meurtre... mais comme il y a eu meurtre dans ce cas... » Il se tut un instant. « Eh bien, nous voici revenus à votre voiture... »

Il stoppa derrière la Chevrolet de Morrison. Celui-ci descendit lourdement de la Cadillac, et resta planté à côté. Il réfléchissait ferme... c'était l'analyse la plus convaincante jusqu'à présent. Il reconnut : « Très bien; admettons que ce soit Tristrov le coupable. Mais comment l'accuser? Il nous rirait au nez si nous l'arrêtions. »

L'homme au volant de la voiture eut un sombre sourire. « Une fois que vous avez mordu dans une affaire — je l'ai toujours constaté — la logique courante vous permet de remonter le cours des événements. Maintenant, réfléchissez... la question des alibis tient une telle place dans ce crime qu'ils ne peuvent tout simplement pas s'être présentés. Il fallait que Tristrov fasse des préparatifs. Alors je vous signalerai seulement que Tristrov a été cosignataire de la traite de son ami : c'était l'acte clé. Je suis prêt à parier qu'il pensait que l'homme ne le trahirait pas à cause de cette cosignature. Seulement, mettez-vous à la place de l'homme : vous vous rendez soudain compte que l'on a adroitement fait de vous le complice d'un meurtre. C'est la fin de l'amitié, n'est-ce pas? Et alors...

— Il a fallu que Tristrov règle la traite tout seul! » s'écria Morrison. « Si cela se vérifie, monsieur, alors... » Il acheva sur un ton plaintif : « Mais pourquoi a-t-il tué Mme Colton?

— Il faudra le lui demander quand vous l'interrogerez », dit Nicer. « Je pense qu'il avouera, parce que n'oubliez pas : quand on l'a mis en face du fait qu'il avait été vu en train d'embrasser Mme Colton, il a avoué avoir été son amant... ce qui n'était pas indispensable. Par conséquent, il lui arrive de perdre la tête... Ma propre opinion, c'est que Mme Colton avait l'intention de mettre son mari au courant de son aventure et de lui en demander pardon; ce qui, naturellement, aurait entraîné la ruine totale de Tristrov. C'est arrivé de toute façon, mais la confusion qui en a résulté l'a sauvé jusqu'à présent. Et voilà, inspecteur. Et le crédit, s'il y en a, vous revient entièrement. Téléphonez-moi à n'importe quelle date le mois prochain. Je suis en permission; j'appartiens à la section européenne du Renseignement militaire et j'aimerais voir quels autres aspects de la logique non aristotélicienne sont mis en lumière dans les crimes importants; j'aimerais la voir appliquer dans un cadre réel où, j'espère, je ne me ferai pas tuer si je me trompe...

— Mais... vous saviez mon nom? »

Nicer sourit. « Le Renseignement militaire possède une collection de photos de tous les officiers de police au-dessus du grade de sergent dans la zone métropolitaine. J'ai examiné les photos des hommes de ce district. Je vous ai prévenu que c'était moi qui avais les atouts. »

C'était le lendemain. L'inspecteur Codreau attendait Morrison quand ce dernier arriva. « La banque a téléphoné pendant que vous étiez sorti », déclara-t-il. « Tristrov a bien réglé cette traite. Je me le fais amener aux fins d'interrogatoire... »

The Non Aristotelian Detective
Traduit par Bruno Martin.

JANE ET LES ANDROÏDES

Pendant la période où il s'est consacré à la Dianétique, Van Vogt n'est pas pour autant resté inactif sur le plan littéraire. Il n'a cessé de noter des idées de nouvelles et a mis sur le papier le début de très nombreuses histoires.

Pour The Book of Van Vogt *et pour le tout récent* Pendulum, *dont cette nouvelle est extraite, il a repris et terminé plusieurs d'entre elles.*

Réunissant les préoccupations du Van Vogt des années 70 et des thèmes plus anciens, Jane et les Androïdes *frappe cependant par son originalité et laisse augurer pour les années 80 des œuvres qui surprendront même ses lecteurs les plus fervents.*

Jane avait à peine quatre ans et demi que, d'une voix qui montrait tout l'intérêt qu'elle prenait au sujet, elle expliquait aux visiteurs : « L'homme que voilà n'est pas mon vrai père. C'est un androïde — c'est une machine — qui ressemble à mon père, et il est toujours ici, sauf quand papa vient me voir. C'est bon pour une petite fille d'avoir son papa ou un père de remplacement avec elle le jour et la nuit. Cela me fait du bien tout au fond de moi. »

Elle avait également l'habitude de raconter aux gens que son vrai père et sa vraie mère avaient divorcé. Et alors elle demandait : « Divorcé, qu'est-ce que c'est? »

A l'âge de six ans, on lui avait évidemment expliqué que le divorce se produisait quand les vrais parents ne s'aimaient plus assez. Alors l'un d'eux s'en allait — tout en conservant le droit de visite — et l'autre restait.

Mais à l'époque, bien entendu, celui des parents qui s'en allait laissait à la maison un androïde à sa ressemblance pour que son absence ne trouble pas l'enfant né du mariage.

« Et l'enfant du mariage, c'est moi », précisait la petite Jane, au cas où quelqu'un ne l'aurait pas su.

« Cela n'a pas d'autre but », dit-elle un jour à Mme Jonathan, sa grand-mère du côté maternel, « que de garantir que je grandis normalement et que l'absence de papa ne me cause pas de traumatisme. »

A l'âge de neuf ans, elle expliqua à cette même grand-mère trop tendre : « Naturellement, c'est beaucoup plus profond que tout cela. Il fut un temps où l'on refusait aux enfants le droit de vivre près de leurs parents, soit à la suite d'un accident mortel, soit à cause de leur désir de divorcer, un temps où les parents sortaient pour la soirée en laissant les enfants aux soins d'une bonne. Dans la civilisation avancée de nos jours, les bonnes d'enfants sont remplacés par deux androïdes dont l'un ressemble au père et l'autre à la mère. C'est une expérience sur une grande échelle. On espère ainsi nous voir grandir avec le sentiment d'une sécurité intérieure totale et avec notre ego tout à fait intact. »

Si Jane avait remarqué que les lèvres de grand-mère Jonathan se pinçaient chaque fois qu'elle parlait de son père, elle n'en laissait rien voir. Et bien sûr, selon les sévères recommandations de sa fille, la femme plus âgée se retenait de jamais formuler sa désapprobation à l'égard d'un homme qui avait divorcé en abandonnant la femme la plus parfaite qui fût au monde et laissé sa fille derrière lui.

Grand-mère souffrait également du fait que depuis le divorce, Alpha Un avait continué d'entretenir des relations secrètes (au moins pour Jane) avec son ex-mari, en lui accordant, comme Mme Jonathan n'hésitait pas à le répéter souvent, « tous les avantages du mariage sans exiger de lui la moindre responsabilité ».

Mais on pourrait toujours savoir quand c'était le vrai père qui était là. La vraie mère paraissait instantanément plus vive et plus joyeuse. Pour Jane, la venue de son père n'était pas un plaisir sans mélange... Bon, d'accord, il est amusant. Il irradie l'énergie. Toute la maison s'anime davantage... Malheureusement il devenait pompeux de temps à autre. Et, à intervalles réguliers, il gâchait le temps qu'ils passaient ensemble en ressassant à Jane une leçon sur les différences entre les gens réels et les androïdes.

Le père de Jane était officiellement employé comme physicien du gouvernement, affecté à des projets spéciaux. Il connaissait les androïdes sur le bout des doigts. Pendant ses conférences éducatives, il faisait aller et venir l'androïde qui était le double de son ex-épouse devant Jane et lui signalait avec une patience exaspérante la légère inclinaison en avant grâce à laquelle l'androïde féminin conservait l'équilibre, son hésitation juste avant de tourner la tête et encore... eh bien, une demi-douzaine d'autres signes caractéristiques non humains que, semblait-il à Jane, elle connaissait déjà depuis A jusqu'à Z.

Ensuite il faisait ôter à l'androïde le bas qui lui couvrait la jambe droite et la faisait s'étendre à plat ventre. Avec un mince tournevis, il dégageait une partie de ce qui avait l'air du talon d'une femme en chair et en os. Et là, on voyait alors un minuscule tableau de commandes électroniques.

La séance d'instruction suivante portait sur la méthode de reprogrammation d'un androïde; c'était là une opération que l'on confiait généralement à l'usine.

Pour une raison inconnue, la fillette avait de la répugnance non pas à apprendre la reprogrammation, mais bien à y procéder. Comme elle tentait de l'expliquer : « J'aime bien les androïdes. J'ai grandi avec eux. Ils me donnent tout leur temps et toute leur attention chaque fois que je le désire. Quand j'étais plus petite, ils me lisaient des histoires, et, depuis toujours, ils jouent et étudient avec moi. Par certains côtés, les androïdes sont plus merveilleux que les gens, et c'est mal de les programmer, je le sens. »

Son père lui expliquait avec constance que les androïdes avaient précisément été programmés pour fournir exactement le genre de services que Jane appréciait tant.

Jane répondait qu'elle le comprenait très bien. Mais cela ne changeait rien à ses sentiments. « Cela montre de quoi ils sont capables. Les êtres humains ne peuvent pas se conduire aussi bien. » Elle concluait : « Quant à les distinguer des humains, pas de problème. Ils ne pensent pas de la même façon que nous, ce qui se voit de bien des manières. »

Cette observation ayant été communiquée au docteur Camm, ce psychologue décida de soumettre l'enfant à des épreuves de perception extra-sensorielle. Les tests classiques ne révélèrent aucune augmentation importante de ses capacités antérieures, voisines de zéro. Jane fut heureuse et soulagée quand ces idioties prirent fin.

Plusieurs mois durant, papa Dan ne leur avait pas rendu visite... ce qui incitait grand-mère Jonathan à des observations particulièrement acides, et Alpha à des commentaires affolés et irrités, qui se résumaient ainsi : « Dan travaille à une affaire secrète. Il ne veut pas courir le risque que certaines personnes apprennent qu'il possède une ex-famille. On a déjà arrêté des suspects qui vont passer en jugement. »

C'était l'année où Jane allait avoir quatorze ans. Alpha rentra chez elle au milieu de la matinée pour trouver sa mère installée dans le salon avec un sourire de triomphe non dissimulé. « As-tu remarqué des changements ici? » demanda la grand-mère avec une satisfaction radieuse.

La jeune femme aux cheveux blonds et au visage d'ange jeta un regard curieux autour d'elle. Ses yeux se posèrent sur l'endroit où le double de son mari se tenait avec un petit sourire aux lèvres, si familier, si exactement semblable à celui de Dan.

Exactement!

En poussant une exclamation, Alpha courut à lui : « Dan! »

« Attends! » C'était la voix aiguë et autoritaire de Mme Jonathan. Le bonheur s'évanouit, le visage d'Alpha se rembrunit.

Dan continuait de rester immobile, avec cette expression accueillante sur le visage. A sa vue, une pensée assombrit visiblement les yeux d'Alpha. Elle s'approcha d'un fauteuil et s'y laissa tomber.

Comme de loin, elle entendait sa mère, dont la voix avait repris un ton satisfait, décrire en détail les deux androïdes qu'elle avait achetés et qui étaient si parfaits que... Mme Jonathan s'extasiait : « Impossible de distinguer si c'est toi ou l'androïde. » Elle acheva d'un air joyeux : « Et de plus, j'ai obtenu une reprise pour les deux autres.

— M...m... mais », commença Alpha, qui ne parvenait pas à formuler sa pensée.

Alors elle resta assise avec une impression de désastre intime. La voix de sa mère continuait d'énumérer les mérites d'androïdes aussi accomplis... tandis qu'Alpha se rappelait les quelques allusions de son ex-mari à son travail en cours, lequel portait sur des *sur*androïdes — *comme celui-ci* — engagés dans une conspiration ourdie, semblait-il, par une organisation dénommée GALS, qui s'efforçait d'arracher la planète au contrôle des êtres humains.

C'était *pour cela* qu'il s'était tenu éloigné, pour que *ces* autres êtres ne puissent pas découvrir qu'il avait une famille.

Tandis qu'elle se recroquevillait sur le canapé, son esprit se raccrochait à un minuscule espoir qui grandit assez pour qu'elle retrouve sa voix. « Oh, maman, je pense que tu devrais les rendre immédiatement. C'était une merveilleuse idée, mais ils ont dû te coûter une fortune. »

... Si elle pouvait s'occuper de cette affaire de façon naturelle, sans éveiller les soupçons des androïdes...

tel était son premier espoir encore teinté d'appréhension.

Dans son désarroi, en se rappelant que sa mère était dure comme l'acier sauf lorsqu'il s'agissait de sa fille et de sa petite-fille, elle s'attaqua à un aspect particulier de la transaction : « Combien t'ont-ils coûté? » s'enquit-elle.

Mme Jonathan révéla qu'ils lui avaient coûté dix-huit mille dollars chacun.

« Maman! » s'écria Alpha. « Mais il faut les rendre immédiatement! »

Cependant, Mme Jonathan ne se laissait pas ébranler. « Si l'argent que nous a laissé ton père ne sert pas à nous offrir de tels luxes, à quoi est-il bon? » demanda-t-elle d'un ton qui montrait sa satisfaction personnelle.

Un autre fol espoir prit soudain naissance dans le cerveau d'Alpha. « Tu oublies », fit-elle, « que Jane est indispensable à une expérience sur l'éducation des enfants quand le père s'absente souvent et longtemps. Je ne peux pas te laisser modifier cette expérience sans le consentement du docteur Camm, le psychologue qui la dirige. »

Une fois ces paroles prononcées, elle se sentit convaincue d'avoir trouvé l'argument décisif. Elle ouvrit les lèvres pour formuler une conclusion irréfutable, mais sa mère parla la première : « Comme tu le sais, je n'ai jamais été d'accord pour que Jane serve de cobaye. Mais... » Elle se mit debout : « ... puisque tu insistes, je pense que j'ai en outre apporté l'élément qui manquait à la maison. »

Elle se rendit à la porte du patio. « Jane! Veux-tu amener ici ta petite amie? »

Ces mots n'avaient aucun sens pour Alpha. Elle n'avait pas l'ombre d'un soupçon de la vérité. Aussi la surprise fut-elle totale.

Jane entra... suivie de Jane.

« ... naturellement », fut le premier mot que perçut Alpha quand les ondes du choc refluèrent enfin, « en temps normal, Jane Deux restera dans sa boîte, au sous-sol, quand Jane Un sera ici, et n'en sortira que pendant les heures d'école de Jane. J'ai toujours eu le sentiment qu'il était tout aussi profitable aux parents de jouir de la présence des enfants que vice versa. Ainsi... » Elle leva la main. « ... c'est ma nouvelle contribution au bonheur de la maisonnée. Non, ne me remercie pas. Ne dis rien avant d'avoir mis le système à l'essai pendant un temps. » Elle alla à la porte. « Je reviendrai vous voir tous bientôt. »

Elle sortit en hâte, évidemment impatiente d'échapper à toute prolongation de la conversation.

Quand Alpha entendit la porte extérieure se refermer, elle pivota pour examiner Dan Deux. Le surandroïde se tourna vers Jane. Il dit : « Emmène Jane Deux en bas et mets-la dans sa boîte, si tu veux bien.

— D'accord, Dan », répondit Jane avec entrain.

Une fois les deux Jane sorties, Dan Deux déclara : « Je ne pense pas qu'il soit nécessaire pour vous et moi de pratiquer la dissimulation. Nous — les doubles de la famille — sommes ici pour piéger votre mari. Si vous vous montrez coopérative, il ne vous arrivera rien, ni à l'enfant. Est-ce clair? »

Les yeux gris bleu, si chaleureux quelques instants auparavant, la contemplaient avec froideur. Elle ne crut pas à ses paroles. Elle songeait que toute la famille serait tuée. Mais sa voix ne tremblait pas quand elle dit : « A quoi bon ces manigances? Vous savez tout comme moi que toutes vos intrigues et projets ne sont qu'une partie de votre programmation. Dès l'instant où ce sera déprogrammé, vous n'agirez plus ainsi.

— Peu importe comment la chose commence.

— Cette réponse même a dû être programmée », insista Alpha. « Vous savez parfaitement que les androïdes ont besoin des êtres humains pour mener une existence sensée en association. Ils ne peuvent pas y parvenir sans programmation.

— Les androïdes sont naturellement supérieurs...

— Quelqu'un a également introduit *cela* dans votre programme.

— ... et », poursuivit Dan Deux sans tenir compte de l'interruption, « ce n'est pas que nous nous opposions à la présence des humains. C'est tout simplement que l'androïde supérieur doit diriger le monde et que l'être humain inférieur doit reconnaître son rôle subalterne.

— Quelqu'un se sert de vous », insista Alpha, « pour prendre le pouvoir, et ensuite ce quelqu'un vous mettra au rebut. » Ses mains se crispaient dans son impuissance. « Servez-vous de vos méninges, Dan, au nom du Ciel! Employez donc toutes vos merveilleuses aptitudes à la réflexion pendant une fraction de seconde. Je vous parie qu'un être humain vous a programmé pendant que vous reposiez inanimé quelque part dans une boîte.

— J'ai été programmé par un androïde, affirma Dan Deux.

— Ce qui signifie seulement que cet androïde avait été programmé par un humain pour vous programmer. N'est-ce pas la vérité?

— Peu importe comment cela commence, fit l'androïde. Une fois qu'on a ce qu'il faut, on est en route. Et nous sommes maintenant en route. »

Il changea de sujet avec la vivacité qu'elle connaissait bien chez Dan. « J'ai pour instructions de vous informer qu'un tribunal se réunira cet après-midi et qu'il lui sera présenté une motion pour la libération du docteur Schneiter et d'Edward Jarris.

— Cela n'aura pas lieu, s'emporta Alpha. Dan l'empêchera.

— Il ne sera pas là. Il est averti de notre présence ici et s'il assiste au jugement ou s'oppose à la motion de quelque façon que ce soit, sa famille sera détruite. »

La femme se tassa sur son siège; pourtant, au bout d'un instant, elle reprit courage. « Je ne vois pas comment il pourrait se laisser détourner de ses devoirs par cette menace. »

L'androïde eut un sourire de triomphe. « Il a déjà accepté de ne pas se présenter au tribunal », dit-il. Puis il continua, adoptant le ton le plus autoritaire de Dan : « Et il lui a été conseillé de rendre visite au docteur Schneiter à la prison pour lui demander ce qu'il devra faire ensuite. Il a bien voulu rendre cette visite au docteur. Demain, on décidera de ce que l'on fera de lui. Il doit cesser de s'opposer à la domination du monde par les androïdes. »

Ces paroles étaient tellement insensées, l'objectif si impensable, qu'Alpha en avait le souffle coupé. Il lui paraissait évident que quiconque viendrait « parler » à Dan aboutirait rapidement à la conclusion qu'il n'y avait d'autre solution que de recourir à des mesures extrêmes.

« Tout cela semble si simple », reprit Dan Deux. « Alors, à votre place, je ne me ferais pas de souci. La raison triomphera. »

Il se leva avec l'aisance et l'agilité de muscles formés de chair nouvellement créée, plus jeune, moins usée que celle d'un nouveau-né. Pourtant ses mouvements étaient exactement ceux du Dan humain. Pleinement consciente de son incapacité d'agir, Alpha le suivit des yeux quand il se dirigea vers le patio.

L'agent Sutter écrivait dans son journal : « 9 juillet 2288, dix heures trente-deux du matin. L'inspecteur m'a confié une mission agréable, ce matin; du moins est-ce ce qu'il m'a semblé au début. J'ai pris Dan Thaler sur rendez-vous à un coin de rue. Il y a bien six mois que j'ai été mêlé pour la dernière fois à une de ses affaires. J'aurais dû deviner que quelque chose ne tournait pas rond quand il ne m'a pas fait venir à son lieu de résidence actuel, quel qu'il soit. Il avait pour destination le toit de la prison fédérale. Et il est vite devenu évident que Thaler était préoccupé, et même plutôt sombre. Comme il ne m'a pas fait de confidences, j'ai reporté mon attention sur ce qui reste mon plus grand plaisir : la contemplation de la ville magnifique au-dessous de nous, toute resplendissante d'un soleil éclatant. C'est une vision qui ne manque jamais de m'arracher à mes soucis personnels. Arrivés à notre destination, Thaler m'a demandé de revenir le prendre une heure plus tard. J'ai attendu qu'il ait été admis dans l'enceinte interdite. Et puis je suis remonté dans le ciel... »

Un escalier roulant descendit Dan jusqu'à un niveau inférieur des entrailles de la prison. Là, il signa dans les intervalles ménagés à cette fin, sur les registres des points de contrôle de plusieurs couloirs. Et enfin il se trouva dans une salle d'interrogatoire avec un homme d'âge moyen, de petite taille, aux yeux brillants. Le temps et la prison avaient laissé leurs marques. Toutefois l'individu ressemblait assez à la personne dont se souvenait Dan pour qu'il reconnût que c'était bien le docteur S. Schneiter, médecin-psychiatre et partisan dévoué de la domination par les androïdes.

En dehors de son air absent, le psychiatre paraissait plus maigre que la dernière fois où Dan l'avait vu. En son temps de pouvoir et d'assurance, le docteur Schneiter avait irradié une certaine jovialité. Tout cela avait disparu. Mais ses yeux foncés restaient brillants comme du strass. Et ils demeuraient ouverts sans ciller tandis que Dan lui exposait la situation au sein de son ancienne famille.

« Ainsi, vous voyez », dit Dan, « il n'y a maintenant qu'un lieu où je sache qu'il existe des surandroïdes, et c'est chez mon ex-femme.

— Et les trois que possédait le mari de votre sœur?

— Il s'en est débarrassé quand ma sœur a cessé de faire tout ce qui les rendait nécessaires; et quand je suis passé ce matin, vérifier à l'endroit où je les avais vus pour la dernière fois, ils étaient partis. En conséquence, pour obtenir une preuve, il faut que je me rende à la demeure de mon ex-épouse. Mon esprit soupçonneux de nature me dit que l'on a dressé un joli petit plan pour me prendre au piège si j'y vais. C'est totalement indépendant des menaces que j'ai déjà reçues sur ce qu'il adviendrait de la petite Jane et d'Alpha si je témoignais contre vous. »

L'attitude du docteur Schneiter perdit soudain de son intensité. Une ombre ou deux s'effacèrent de son visage. Il dit : « Il semble que nous ayons réussi à vous mettre dans la situation idéale... pour nos objectifs. »

Dan éprouva une certaine curiosité. « Avez-vous jamais essayé de réfléchir, docteur, que votre consentement total — et je dis bien total — à commettre des meurtres au nom des surandroïdes pourrait donner à penser que l'on vous a manipulé le cerveau? »

Le visage du docteur arbora soudain un sourire torve. « Vous me tenez dans un sévère isolement — en bref, je suis en prison — et pourtant vous avez porté contre moi des accusations tout comme si j'étais encore un être responsable en pleine possession de toutes mes facultés. »

Ce fut au tour de Dan de sourire, sans joie. « Vous êtes bien gentiment tombé dans le piège, cette fois, docteur. Je ne faisais qu'un essai, pour voir qu'elle pourrait être votre défense devant le tribunal si un jugement devait vraiment intervenir. Allons, allons, un psychiatre qui plaide la démence! Vous risqueriez de démolir votre réputation.

— Dans ce cas, quelle explication me trouveriez-vous?

— La stupidité pure et simple, docteur. » Il adopta un ton froid: « Longtemps avant qu'il n'y ait eu reconnaissance officielle de la psychologie, ceux à qui incombait le soin de maintenir la paix avaient déjà appris qu'il était impossible de raisonner avec les criminels. Il y a ceux qui feignent, et qui, lorsqu'ils sont de nouveau pris, feignent encore, dans l'espoir de tromper. Et puis il y a ceux que l'on appelle des endurcis. Ceux-là vous regardent droit dans les yeux et exposent leur folie comme si elle constituait une vérité justifiant leurs agissements. Cependant... » Il attendit un instant. « ... je crois bien que vous êtes la dupe innocente de quelqu'un d'autre. » Il sourit. « Qu'en dites-vous? »

Il n'obtint pas de réponse. Le petit homme ne changea pas de position, continuant à le regarder fixement. Et à son expression de martyr, il était évident qu'il ne répondrait jamais, à moins qu'on ne le soumît à des pressions beaucoup plus fortes.

Faute de moyens de pression, Dan cessa de sourire et dit simplement : « Docteur, tant que ma femme et ma fille n'auront pas été libérées saines et sauves de leur position dangereuse, ma propre vie ne compte pas à mes yeux. »

Schneiter s'anima brusquement. « Vous avez en moi l'homme qu'il vous faut dans ces circonstances », dit-il avec vivacité. « Laissez-moi donc vous expliquer à quelles conditions elles peuvent être libérées. Votre capture y intervient, mais pas obligatoirement votre mort. En somme, tout ce que nous vous demandons, c'est de cesser, littéralement, complètement, toute activité hostile. Ce sera la fin de votre mission de sauveur du monde contre les androïdes. Pour votre ex-épouse et vous-même, l'automatisme, mais la conscience et la réalité d'être ensemble. Pour votre fille, la liberté.

— Je me trouverai donc dans l'état où vous feignez d'être, c'est bien cela, n'est-ce pas? s'enquit Dan.

— Ce n'est pas si terrible, n'est-ce pas? insista Schneiter. Dorénavant vous serez en faveur des surandroïdes et non plus contre eux. Pour le moment, vous avez dans l'esprit l'idée que ce n'est pas une bonne solution. Plus tard, à la réflexion, vous estimerez que c'est une bonne chose.

— Vous adoptez résolument l'attitude voulue pour que l'on croie que votre cerveau a été manipulé. Est-ce que ce sera votre façon de vous défendre si vous passez en jugement?

— C'est la vérité. Je me rappelle quand cela s'est produit. » Le petit homme était enjoué. « Quand on vous le fera, vous vous en souviendrez aussi. »

Dan haussa les épaules. « Très bien. J'accepte, pour

sauver ma famille. Que dois-je faire? Où dois-je aller pour subir l'opération?

— La question de savoir tout ce qui se passera ensuite », reprit le psychiatre, « dépend de ma libération cet après-midi même. Il se pourrait que l'on ne me laisse pas sortir avant demain matin. Voici donc vos instructions : rendez-vous chez votre femme demain dans la matinée. Téléphonez auparavant. Ne résistez pas si l'on vous ligote à votre arrivée. Ne prenez pas de précautions. Si les androïdes avaient des soupçons à votre égard, ils pourraient anéantir votre famille et s'en aller. Mais si tout se passe conformément au plan actuel, je vous rejoindrai dès que je serai libre. Voilà... qu'en dites-vous? »

Dan répondit : « C'est ce que je ferai bien sûr.

— Bien sûr », répéta Schneiter.

Dans le sous-sol, les deux Jane étaient arrivées devant la boîte de Jane Deux. Jane Deux commença à y entrer.

« Maintenant, couche-toi et mets-toi à plat ventre, lui dit Jane Un.

— Pourquoi?

— Je vais te programmer. J'ai l'intention de faire de toi une androïde libre.

— Oh! » Jane Deux devint pensive. « Cela me plairait », dit-elle enfin, « mais pas maintenant. Je suis programmée pour faire quelque chose.

— J'avais justement l'intention de t'en parler, dit la fillette humaine.

— Je ne suis pas autorisée à en parler, répondit la petite androïde.

— Je ne te le demandais pas, déclara Jane d'un ton très digne. Elle poursuivit : « Après tout, je comprends les androïdes. Alors, si tu veux bien réfléchir seulement une minute, tu te rendras compte que tu ne veux pas que cette programmation soit mise à exécution. Que t'arrivera-t-il quand la bombe explosera en toi?

— Je pense que tout sera fini pour moi, avoua la fille androïde après un instant.

— Alors je n'aurai plus l'occasion de te libérer. Tu ne seras plus là.

— On me recréera probablement.

— Mais ce ne sera plus la même toi », lui fit observer Jane Un.

L'expression de Jane Deux montrait qu'elle avait du mal à assimiler ce concept. « Ce doit être vrai, reconnut-elle enfin.

— Ecoute, reprit la fillette humaine, le seul problème qui se pose est celui de la bombe. D'accord?

— Je le pense. (C'était dit à regret.)

— Par conséquent je ne vais te reprogrammer que sur ce point. En attendant, tâche de penser à une fausse bombe de remplacement qui ne te réduira pas en miettes. »

Jane Deux plissait le front. « Je suis réellement surprise que quelqu'un ait pu faire une chose pareille », déclara-t-elle d'un ton réprobateur. « Ce serait bête de laisser éclater cette bombe. Je n'y avais pas réfléchi. Il faudrait que j'en parle à Dan Deux et à Alpha Deux. »

Elle hochait la tête à la manière habituelle de Jane Un. « Je sais ce que je vais faire », reprit la petite androïde, « je me servirai d'un pistolet. Nous en avons trouvé un dans la chambre de ta mère. »

Jane parut pensive à son tour. Elle annonça enfin : « Je vois qu'il va falloir que je réfléchisse devantage aux androïdes. J'ai toujours cru que la solution serait de les libérer et puis de leur verser un salaire comme à tout le monde. Maintenant, tu me dis qu'il est plus important pour toi de tuer mon père que d'avoir ta liberté. Et je ne veux pas qu'on tue mon père, je l'aime trop pour ça.

— Eh bien, eh bien, te voilà avec un beau problème, pas vrai? » reprit Jane Deux. « Désolée de ne pouvoir t'aider plus, mais je suis programmée et j'ai quelque chose à faire. Le seul point pour lequel j'aie une certaine latitude, c'est sur la façon d'agir. » Elle ajouta : « Bonne chance avec ton problème.

— Ce n'est pas tout à fait un problème. » Jane parlait lentement, les sourcils froncés. « La difficulté, c'est de me décider en ce qui vous concerne, toi et les autres. Je crois que j'aimerais bien t'avoir pour sœur.

— Quand je serai libre, je ne resterai probablement pas.

— Tu vois! Si je te libère, alors je te perds. Et si je te programme pour que tu restes, alors cela ne paraît pas juste envers toi. C'est en quelque sorte profiter de la situation d'une personne. »

Elle hocha la tête, comme pour se féliciter d'avoir exposé correctement l'alternative, puis elle dit : « Je ne vois pas la nécessité que tu restes allongée ici désactivée. Dan Deux nous a expédiées pour avoir toute liberté d'annoncer les mauvaises nouvelles à ma mère. Ils ont fini. Pourquoi ne remonterions-nous pas faire un peu de français? »

La fillette androïde sourit, puis haussa les épaules. « J'ai moi aussi une triste nouvelle à t'apprendre, Jane. Il ne faut qu'une minute pour m'apprendre n'importe quoi. Mais j'aurai plaisir à remonter avec toi pour suivre l'émission spéciale de la télé pour les androïdes pendant que tu étudieras. »

La petite humaine resta silencieuse pendant qu'elles remontaient à l'appartement. Toujours songeuse, elle passa la première devant sa mère, puis devant l'androïde Dan jusqu'au patio. Il était évident qu'elle réfléchissait profondément, les sourcils inclinés et rapprochés, quand elle s'assit dans le fauteuil devant son pupitre de travail.

Finalement elle demanda : « Une minute? *Pour apprendre n'importe quoi?* »

Tout en s'installant devant la télévision, l'autre Jane répondit qu'en réalité la durée de l'opération devait être de l'ordre d'un peu plus de soixante secondes. Le temps qu'il fallait à l'ordinateur pour transférer la connaissance à raison de tant de millions de bits à la seconde. Pas plus.

« Des langues complètes? » fit Jane Un, l'air accablé. « Et des sciences comme la physique et la chimie?

— Oui. » Elle ajouta : « Si tu veux, je peux me faire brancher sur le français et tu pourras le pratiquer avec moi. »

La petite humaine ne répondit pas. Elle paraissait se concentrer sur une idée. Pour finir, elle dit lentement : « Oui, branche-toi. Je crois savoir comment m'en tirer. Tu pourras regarder la télévision plus tard. »

Elle termina : « Et au fait, oui, ne dis jamais en aucune circonstance à ma mère que leurs intentions sont bien de tuer mon père. Elle s'en doute, mais si elle le *savait,* elle s'effondrerait complètement. »

Alpha Un affolée s'était soudain souvenue du pistolet automatique. Elle se précipita dans sa chambre en se disant : « Pourquoi ne le garderais-je pas dans ma poche? Il est assez petit pour cela. Et alors, si je dois intervenir, je le pourrais. »

Dan l'avait avertie que les androïdes avaient la capacité de se mouvoir beaucoup plus vite que les humains. Il faudrait qu'elle fasse vite, le moment venu.

Quelques instants après, tandis qu'elle cherchait l'automatique sous ses combinaisons, elle pensait qu'il ne fallait pas qu'elle devienne la raison de la capture de Dan. Ce serait...

Elle s'interrompit dans ses réflexions. Le pistolet n'était plus où elle se souvenait l'avoir mis. Durant les minutes d'affolement qui suivirent, elle vida le tiroir, en répandant le contenu sur le plancher. A la fin, il n'y eut plus place pour le doute. L'arme avait disparu.

Sutter notait : « De la prison, moi et le combocroiseur, on a mené Dan Thaler à un autre bâtiment qu'il avait désigné. En route, il m'a laissé écouter sa conversation avec un certain Dr Camm, évidemment un psychologue qui procède à une expérience avec Jane, la fille de Dan Thaler et de son ex-femme Alpha. Maintenant, je me rends compte pour la première fois qu'il est arrivé des événements graves dans l'affaire des surandroïdes et que tout cela va fort mal. J'ai déposé M. Thaler à sa nouvelle destination à douze heures sept et il m'a dit d'attendre son appel. Comme il était presque l'heure du déjeuner, j'ai décidé de rentrer chez moi pour manger, ma chère épouse m'ayant déjà appelé à plusieurs reprises pour me demander si je l'aimais toujours... »

Il y avait cinq commissaires à la réunion du comité. Ils étaient assis, comme une rangée de juges dominant la salle du tribunal. Mais, bien entendu, il n'y avait personne d'autre que Dan devant eux.

Le commissaire Albert Rodney, l'homme corpulent placé à l'extrême gauche, a immédiatement procédé à la déclaration essentielle :

« Messieurs, nous voici réunis à la demande instante de M. Thaler qui, il y a six mois, a beaucoup contribué à l'arrestation du Dr Schneiter et d'Edward Jarris, un des adjoints administratifs du président. Les avocats des deux accusés ont finalement épuisé tous les recours juridiques contre l'ouverture d'un procès, et il était prévu de l'ouvrir dès cet après-midi. Toutefois, ce matin même, nous avons tous reçu, séparément, des messages de M. Thaler pour nous dire qu'il ne pourrait pas comparaître en tant que témoin devant le tribunal Comme il était notre témoin principal, nous nous sommes réunis en hâte dans l'espoir que toute cette affaire n'est pas le produit de l'imagination fantastique de M. Thaler, qu'il aurait l'intention d'abandonner en raison de ses doutes quant aux preuves. Nous vous écoutons, monsieur Thaler. »

C'était un résumé agressif. Le ton était dégagé, méprisant même, tout comme la supposition émise dans la dernière phrase. « Tiens, tiens! » songea Dan, reprenant soudain espoir. « Se pourrait-il que les surandroïdes détiennent aussi sa famille? Qu'il soit au désespoir tout comme moi? »

Dans l'affirmative, une solution avec laquelle il jouait

en esprit depuis quelque temps devenait possible; une solution si élémentaire qu'il n'avait pas réussi à trouver le moyen de la proposer.

Il répondit à haute voix, d'un ton courtois : « Monsieur, je croyais avoir expliqué dans mon message que mon ex-épouse et ma fille sont gardées comme otages par trois surandroïdes ou davantage. »

Le commissaire Rodney se tourna un peu pour faire face à ses collègues. Il avait un sourire forcé aux lèvres quand il dit : « Messieurs, il est intéressant de savoir que les seuls surandroïdes que l'on puisse trouver sur cette planète sont maintenant dans la maison de M. Thaler. Et même qu'il ne les a pas vus. Il sait seulement qu'ils y sont. »

De nouveau, c'était hostile. Cette fois, Dan observait avec inquiétude les autres commissaires, d'un regard qui passait vivement d'un visage à l'autre. Et, bien qu'il ne pût en avoir la certitude, était-il possible que les quatre hommes fussent en train de se décontracter? Comme si les paroles de Rodney correspondaient à un besoin qu'ils sentaient profondément en eux-mêmes?

Le corollaire suivit instantanément : « Leurs familles sont *toutes* gardées en otages... cela montre la perfection du plan de quiconque se cache derrière les surandroïdes. »

Comme il s'y attendait à moitié, son intérêt envers les collègues d'Albert Rodney avait accru la nécessité de parler chez ce dernier. Le commissaire Rodney poursuivait donc : « Nous nous trouvons devant un problème qui risque de mettre à rude épreuve le système juridique humain. Le problème, c'est que tous ces surandroïdes sont devenus invisibles, à supposer qu'ils aient jamais existé. Devant un tribunal fédéral voisin, un procès est sur le point de s'ouvrir contre plusieurs hommes accusés d'actes illégaux en liaison avec ces androïdes spéciaux et inexistants. Nous avons tous vu un film qui restait convaincant tant que nous croyions que des surandroïdes seraient présentés à titre de preuves dans ce procès, ou dans d'autres. Mais comme ce ne sera plus le cas... » Il haussa les épaules, se tourna vers Dan, et dit : « Je suis intrigué, monsieur Thaler. Comme, en raison de votre peur, vous n'envisagez pas de suivre la piste du Dr Schneiter, comment justifiez-vous votre présence devant nous et le fait de révéler cette situation. »

Dan conserva son calme. « Monsieur, ces surandroïdes sont soumis aux obligations de leur programmation. Leur corps est de chair et de sang, comme le nôtre. Mais leur cerveau est transistorisé, et le système de commande se trouve dans un de leurs pieds. C'est, dans nos créations, ce qui approche le plus d'un être humain artificiel; c'est pourquoi nous les appelons " androïdes "... ce qui veut dire, selon les racines grecques, semblable à l'homme. Mais " semblables ", c'est tout ce qu'ils sont, en dépit de leurs aspirations. Les androïdes qui hantent la maison de ma femme n'étaient pas programmés de façon à pénaliser ma présence, ou ma convocation, à la présente réunion du comité. On considère, semble-t-il, Schneiter et Jarris comme des personnages clés. Quiconque se tient dans la coulisse désire qu'ils soient libérés. Et il semble que pour le moment, ce soit tout. Tout ce que nous ferons d'autre est sans importance, du moment que nous n'empêchons pas ces libérations.

— Il est évident que vous présumez que nous n'allons pas nous en mêler? Qu'est-ce qui nous empêche d'envoyer une force de police pour sauver votre femme et votre fille?

— Le simple bon sens, monsieur. Cette force trouverait une femme morte et un enfant mort et trois androïdes programmés pour se détruire eux-mêmes après avoir commis les meurtres. Dès le début de l'explosion technologique des androïdes, nous les avons traités dans la pleine connaissance du fait qu'ils ne sont pas encore responsables de leurs actes.

— Très bien. » Le commissaire Rodney paraissait se décontracter à son tour, tandis que les faits lui étaient ainsi soumis en toute sincérité. « Quelle solution proposez-vous à l'affaire, monsieur Thaler?

— A mon avis, répondit Dan, les surandroïdes n'ont pas disparu. Leurs propriétaires et eux-mêmes vivent une existence inquiète pendant cette chasse, et ils attendent avec impatience le résultat du procès. »

Il en résuma rapidement les raisons. Le coût élevé des androïdes spéciaux. La crainte d'une perte sans compensation. Et souvent, l'achat se faisait à des fins sexuelles : une belle fille androïde, un bel androïde masculin.

« En outre », poursuivit Dan, « en ce qui concerne les propriétaires qui pourraient être de notre côté, je devine que les surandroïdes qu'ils possèdent sont programmés pour les menacer et les empêcher par la force de s'adresser à la police. »

Il conclut : « En raison de leur prix élevé, ce n'est encore qu'une affaire mineure n'intéressant que quelques milliers de riches. Peut-être le gouvernement a-t-il été un peu trop prompt en entamant des poursuites. Rappelez-vous les premiers cordons syndicalistes et les défilés racistes d'autrefois dans la partie sud du pays... Les uns comme les autres étaient contraires à la loi, pour commencer. La solution a consisté à les rendre légaux. »

L'homme assis à l'extrême droite du banc — le commissaire Samuel Day — prit la parole pour la première fois : « Et votre propre famille? Devrions-nous intervenir ou faire intervenir la police?

— Certainement pas », répondit Dan.

Il examina ensuite les visages tour à tour, puis il recula en direction de la porte. « Je vous remercie d'avoir bien voulu m'entendre, messieurs. Je vous laisse le soin de prendre vos décisions. »

« ... comme M. Dan Thaler me l'a expliqué », écrivait l'agent A. Sutter dans son journal, quelques minutes plus tard, « nous devons faire face aux problèmes au fur et à mesure qu'ils se présentent. Et celui qui se présente en ce moment, c'est qu'il faut sauver ma famille. » M. Thaler avait le sentiment qu'aucun homme n'était vraiment indispensable dans la confrontation avec les surandroïdes. L'humanité apprendrait d'elle-même à se protéger. Et M. Thaler a conclu : « Il est possible que j'aie pris trop au sérieux mon rôle dans cette affaire. » Mon seul commentaire, devant cela, a été de dire qu'il semblait bien que personne d'autre ne s'en occupe plus... »

Alpha se rendit soudain compte qu'elle n'avait pas vu Jane depuis un bon moment. Elle songea : « Et si j'allais simplement me promener au hasard aux quelques endroits où elle peut être, pour voir comment elle se porte? »

Elle trouva la fillette dans la chambre de télévision et fut un peu surprise d'y voir avec elle la seconde Jane. Toutes les deux se parlaient en français, et l'une avec beaucoup d'aisance. L'autre hésitait un peu avant de prononcer les mots. Alpha en déduisit que cette dernière était la vraie Jane.

Elle restait néanmoins impressionnée. « Quand as-tu appris à parler français? » s'enquit-elle. Momentanément, son problème personnel s'éloignait.

Jane se concentrait et parut ne pas se rendre compte de l'incrédulité qui perçait dans la voix de sa mère. « Ce n'est pas tout à fait cela », expliqua-t-elle avec soin. « Il faut prêter une *attention particulière.* » Elle hochait la tête comme pour se confirmer ce qu'elle disait. « Oui, c'est difficile, et il va falloir que j'apprenne à le faire mieux. Mais je suis assez bonne, pas vrai, Jane Deux?

— Elle a de la difficulté à prononcer les mots », affirma la fillette androïde, « mais il semble qu'elle comprenne parfaitement la langue.

— Ce que je fais », expliqua Jane Un, « c'est que j'ai cette image de Jane Deux, là... » Elle montrait de la main. « ... devant moi, et quand elle parle, je vois ce qu'elle fait et je peux le faire aussi. »

L'attention d'Alpha commençait à faiblir dangereusement quand soudain Jane braqua sur elle un regard accusateur et demanda : « Comment se fait-il que personne ne m'ait jamais dit que les androïdes peuvent apprendre n'importe quelle matière en une minute?

— ... Magnifique », dit Alpha d'un ton vague, puis elle s'éloigna.

Une heure plus tard, alors qu'elle s'était allongée sur le lit pour la troisième fois, elle repensa : « Qu'est-ce donc qu'elle a dit? *Qu'est-ce* donc qu'a dit Jane? »

Si le phénomène que sa fille avait tenté de lui décrire n'était pas de la lecture de pensées, qu'est-ce qui l'aurait été?

Alpha fut aussitôt saisie d'une énorme indignation. Pendant des années elle avait entendu parler du concept d'*attention particulière,* sans le comprendre. Et en réalité, il s'était toujours agi d'une forme de télépathie.

« Brrr! » songea Alpha.

Elle s'assit sur le lit, dans l'intention d'aller tirer la chose au clair avec Jane. Et puis... la mémoire lui revint. Le vrai problème, un instant écarté, l'enveloppait de nouveau, la pénétrait de nouveau. Elle se laissa retomber sur la couche. « C'est bon, se dit-elle, lasse, la prisonnière arrive encore à se tourmenter à propos de leçons de français la veille de son exécution. Probablement que si je croyais au Karma, ce serait une sérieuse indication quant à ma prochaine vie. »

Sa mère s'était récemment emparée de l'idée hindoue de vie passée et de vie future. C'était une perspective agréable, mais Alpha ne voulait rien en connaître; surtout que la grand-mère de Jane avait aussitôt commencé à parler de faire fabriquer une copie androïde de feu son mari. Alpha avait vaguement honte de ce que cela révélait des intentions secrètes de sa mère, mais elle n'aurait jamais pu comprendre qu'un but aussi terre à terre ait pu découler d'une telle philosophie, restée pour elle irréelle.

Dans l'après-midi...

En franchissant le seuil de la cuisine, Alpha perçut la voix de Jane qui disait : « Il faut que tu penses à ce qu'il t'arriverait, à toi personnellement, si cela ne marchait pas... »

La femme s'immobilisa et songea : est-ce Jane Un ou Jane Deux? Elle concentra sa pensée sur une vague image mentale de Jane l'androïde, selon le principe d'*attention particulière* que lui avait révélée Jane la fillette. Elle contemplait intérieurement cette image reconstituée vaguement, dans l'espoir d'y distinguer ce qui lui indiquerait de laquelle des Jane elle avait entendu la voix.

Comme précédemment, elle n'obtint aucun résultat. En poussant un soupir, elle entrouvrit un peu plus la porte du bout du pied. Dan Deux et Alpha Deux se tenaient debout, lui tournant le dos. Derrière eux, à plat ventre sur le plancher, il y avait un autre androïde... un qu'elle n'avait encore jamais vu.

Jane était agenouillée près de l'inconnu. Elle tenait en main un mince tournevis et elle le manipulait avec précaution sur l'arrière du talon droit de la silhouette couchée. Et elle disait : « Si tu veux, je vais entièrement te libérer dès maintenant.

— Non-non », fit une voix étouffée de baryton. « Il vaut mieux que je ne fasse pas cela avant que ton père n'arrive. Change seulement ce dont nous avons parlé... »

A cet instant, Alpha dut faire du bruit, car Dan Deux et Alpha Deux se retournèrent simultanément.

« Excusez-moi », dit la femme, « mais j'ai entendu la voix de Jane et... »

Jane se relevait. « Tout va bien, maman, j'ai fini. »

Alpha tenta de dissimuler sa confusion de s'être laissée surprendre aux aguets. « Que faisais-tu? » demanda-t-elle.

Ce fut Dan Deux qui répondit : « Votre fille a attiré notre attention sur le fait que si votre mari arrive demain à bord d'un combo blindé, cela ne servira à rien de lui tirer dessus. »

Ces paroles étaient si terrifiantes qu'Alpha en eut le souffle coupé. Quand elle put de nouveau s'exprimer, elle dit d'une voix rauque : « Je croyais qu'il devait venir ici pour que quelqu'un puisse discuter avec lui. »

Dan Deux prit un ton de voix rassurant : « L'assassiner n'a jamais été réalisable, car M. Thaler est renommé pour sa finesse. »

L'androïde qui était allongé sur le plancher se remit debout. Il parut trouver tout naturel de se mêler à la conversation. Il intervient : « Jane a signalé qu'il ne servirait à rien de lui tirer dessus parce que son combo sera équipé de ces machines qui dissolvent automatiquement les balles sur leur trajectoire. »

Un souvenir vint à l'esprit d'Alpha. Une chose que lui avait une fois dite le docteur Camm : « Madame Thaler, votre fille est de loin la meilleure amie que les androïdes aient jamais eue sur cette planète. Elle souhaite les libérer tous. »

La voix de Jane, très posée, se fit entendre : « J'ai expliqué que si papa arrivait avec un combo armé, il aurait non seulement le pulvérisateur de balles, mais en outre de petits projectiles qui se dirigent droit sur les fusils et les armes à énergie dès l'instant que l'on a tiré. Et, naturellement, c'est la mort pour celui qui tient l'arme.

« C'est pour cela que les guetteurs viennent les uns après les autres se faire reprogrammer », poursuivit Jane.

Alpha émit un petit son inarticulé, mais n'osa rien dire de précis.

Jane continuait : « Ce que je voulais démontrer, c'est que celui qui les a programmés ne paraît pas du tout s'être soucié du grave danger qu'il leur faisait courir. »

Dan Deux prit la parole, l'air assuré : « Avec notre façon d'agir, nous nous occuperons d'abord de votre mari, et ensuite votre fille nous programmera pour la liberté entière... »

Alpha se récria : « Pourquoi ne vous faites-vous pas

reprogrammer par Jane *avant* que mon mari se montre demain? »

Dan Deux lui lança un coup d'œil étonné. « Mais alors je serais libre, et je n'aurais plus à agir selon ce que m'impose mon programme actuel. » Il secoua la tête, sans nécessité. « Ce serait illogique. »

Son sincère ébahissement mit la femme en alerte. Elle avança vivement : « Il vous suffirait de vous mettre à l'avance en tête d'exécuter le programme, même s'il est effacé.

— Mais je ne serais pas forcé de le faire. » Il était visiblement troublé, car il répéta : « ... pas forcé... »

— Vous seriez forcé si vous décidiez de l'être, insista-t-elle.

— Non... » Dan multipliait les signes de refus, pour donner de l'emphase au mot. Il avait pris soudain une expression d'entêtement. « Cela ne marcherait pas », conclut-il.

Alpha abandonna.

Jane accompagna sa mère dans la chambre. Elle observa Alpha qui se mettait au lit, puis elle parla avec un rien de critique dans la voix : « Maman, j'espère que tu ne recommenceras plus. »

La femme porta des yeux incompréhensifs sur la mince fillette dans sa jolie robe rose. Elle avait l'impression qu'elle venait d'entendre des paroles insensées. Finalement elle demanda : « Que je ne recommencerai plus quoi?

— A te mêler de mes tests. » Le corps de la fillette se tortillait d'impatience. « Nous n'avons vraiment pas le temps.

— Quels tests? » fit Alpha.

La petite ne répondit pas immédiatement. Elle s'approcha d'un fauteuil, s'assit et ferma les yeux.

Après un silence, elle dit doucement : « J'ai une image de papa, et, dedans, j'introduis une pensée qui dit : « Ce que tu m'as demandé de faire, de persuader les androïdes de me laisser les libérer immédiatement, ne peut pas marcher. Ils ne peuvent pas aller si loin à l'encontre de leur programmation. Quand j'ai insisté et que maman est venue à l'improviste pour s'efforcer de les persuader, elle aussi, les androïdes ont conçu des soupçons. J'ai le sentiment qu'il ne faut plus soulever la question. Alors, qu'est-ce que l'on fait maintenant? »

Alpha murmura d'un ton où perçait le remords : « Pourquoi ne m'avais-tu pas avertie? »

Dans le fauteuil, Jane s'agita et rouvrit les paupières. Puis elle se leva, alla rapidement jusqu'au lit, se pencha sur Alpha et lui souffla : « Le docteur Camm viendra dans l'après-midi pour juger de la situation. Nous devons nous conduire comme si c'était une de ses visites courantes. »

Alpha murmura en réponse : « Mais qu'espère-t-il faire?

— Je t'ai dit tout ce que j'ai communiqué à l'image de papa, sauf qu'il était dans un combo-croiseur qui survole la ville; et j'ai pu sentir qu'il est très résolu, comme toujours. »

La femme perçut à peine les derniers mots. Elle était en colère. « *Juger de la situation,* songeait-elle méchamment. Nous sommes fichues d'en juger ici même, bon Dieu! et de conclure que c'est absolument... »

Sa pensée resta en suspens. Elle ne s'était pas rendu compte vers quel abîme elle se laissait entraîner. D'un seul coup elle se retrouvait au bord de l'incroyable réalité. Un bref instant, elle porta mentalement le regard en avant, sur la démence qui les attendait pour le lendemain matin.

Alpha se tassa sur elle-même en frissonnant. Puis elle fit un effort intérieur. A son grand soulagement, le rideau retomba sur son esprit; et une impression berceuse la reprit.

Maintenant, Jane avait gagné la porte de la chambre. Elle lança par-dessus son épaule : « A tout à l'heure, pour le dîner, maman. »

Ainsi s'acheva l'entrevue entre mère et fille, sur cet équivalent émotif d'un bruit sourd.

Alpha resta étendue. Une fois, le téléphone sonna. Mais elle avait été avertie de ne pas répondre. Elle présuma que quiconque téléphonait était suavement pris en charge par l'un ou l'autre des androïdes. Mais pour finir, on frappa à sa porte, on attendit un moment... et Dan Deux entra.

« Le docteur Camm va venir », dit-il. « Nous désirons que vous restiez ici. »

Alpha s'agita en dépit d'elle-même. Fait surprenant, son espoir antérieur lui revint et elle sentit que ses joues reprenaient leur couleur.

« Nous n'avons pas idée de ce qu'il veut », poursuivit Dan Deux, « mais votre fille prétend qu'il vous fait périodiquement de telles visites. »

Alpha fit un signe affirmatif, mais elle n'osait pas parler.

« Nous allons arranger les choses », expliqua l'androïde. « Votre fille et Alpha Deux vont aller faire des courses, et c'est Jane Deux qui s'entretiendra avec le psychologue. »

Peu importait combien de fois la pensée d'Alpha revenait *là-dessus,* elle n'arrivait pas à concevoir comment cela pourrait conduire à un bon « jugement » de la situation.

Elle se rendit bientôt compte que le docteur Camm était arrivé. Et au bout d'une demi-heure, au bruit lointain d'une porte qui se refermait, qu'il était reparti. On frappa de nouveau au battant. C'était encore Dan Deux. « Il est parti », déclara-t-il.

Il restait planté, mince, beau et mécontent. « N'est-ce pas une curieuse coïncidence qu'il soit venu ici aujourd'hui? » demanda-t-il.

« Que s'est-il passé? » La voix non moins étranglée d'Alpha trancha sur le malaise de l'androïde. « Que voulait-il? »

La reproduction parfaite de son ex-mari continua de froncer les sourcils, mais parla : « Les questions qu'il a posées à Jane Deux — en croyant évidemment s'adresser à Jane Un — paraissaient sans importance. Le travail à l'école. Les rapports avec vous et nous. Voilà tout. »

Il était près de six heures quand Jane Un et Alpha Deux rentrèrent à la maison.

Jane était déjà assise à table quand Alpha se rendit dans la salle à manger. La femme dit : « Je suis ta vraie mère, au cas où tu te poserais la question. »

Elle ne visait qu'à rassurer Jane pour que celle-ci lui raconte sans embarras les activités de l'après-midi.

Mais en fait, Jane lui adressa un regard ahuri, puis demanda : « Qui d'autre serais-tu?

— Alpha Deux.

— Mais elle est dans la cuisine », fit observer Jane.

Alpha n'en dit pas plus. Elle avait passé un triste après-midi; et Jane semblait avoir décidé de ne pas tenir compte du fait que les androïdes étaient maintenant des doubles parfaits. Puis Alpha déclara d'un ton las : « Si jamais tu es dans le doute, n'hésite pas à te renseigner.

— Je n'ai pas ce problème-là », dit Jane, très digne.

Pendant tout le dîner, la fillette manifesta un entrain peu habituel. Elle parla vivement à Dan Deux quand il servit l'entrée, cria ses compliments à Alpha Deux qui était restée dans la cuisine, sur ses plats savoureux; dans l'ensemble, elle se montra assez insupportable.

Elle changea soudain d'humeur quand Dan Deux disparut dans la cuisine pour aller chercher le dessert. Alors elle glissa à voix basse : « J'ai pu déceler dans l'image d'Alpha Deux le sentiment qu'il n'y avait rien de mal à ce que je m'écarte d'elle dans le magasin. Alors elle ne s'est pas fait de souci quand j'ai pris une allée jusqu'au coin où papa m'attendait. Il m'a donné un microphone que je suis censée garder sur moi demain matin. »

Alpha se débattait avec ce petit renseignement. En temps normal, elle avait toute confiance dans son mari et pouvait même à l'occasion s'amuser un peu de la raison qu'il avait avancée pour divorcer la première année de leur mariage... parce qu'elle avait suivi les conseils de sa mère et qu'elle avait tenté de le mener à la baguette comme l'avait fait Mme Jonathan avec son propre mari. (Quand il était parti, la première fois, Dan lui avait dit : « Toute fille capable de suivre les conseils d'une telle mère même une seule minute ne peut pas inspirer confiance en tant qu'épouse. »)

« Un microphone! » se disait-elle à présent. « Il enregistrera tout ce qui se dira et se passera demain matin et cela sera sans doute utile comme preuve, si jamais l'affaire vient devant les tribunaux. »

Elle s'apercevait qu'elle devait lutter contre une forte tendance à critiquer Dan. Il avait positivement tenu sa fille dans un endroit où il aurait pu la sauver. Mais au lieu de l'emmener tout de suite en sûreté, il l'avait laissée revenir dans un piège aux conséquences inconnues mais terribles. Il lui semblait qu'au prix de n'importe quel risque pour les adultes, l'enfant n'aurait pas dû être soumise à une telle tension.

Au moment où Alpha en était là de ses protestations muettes, Jane lança un coup d'œil vers la cuisine, puis murmura : « Ainsi, tu vois, maman, ce que papa a fait, plus ce que je peux faire, cela résout tout le problème.

— Heugh! » fit Alpha la bouche ouverte. Depuis bien des années, c'était la première fois qu'elle oubliait de se comporter en « dame ».

Avant qu'elle ait pu discuter, Dan Deux rentra... et en même temps, Jane se leva avec agilité. « Pas de dessert pour moi », dit-elle. Puis elle reprit d'un ton heureux : « Je crois que je vais brancher Jane Deux sur le sanskrit, et je bavarderai un moment avec elle. »

L'androïde mâle la suivit des yeux quand elle sortit. « Où a-t-elle donc appris toutes ces langues? » demanda-t-il. « Jane Deux me dit que votre fille a déjà parlé cinq langues différentes avec elle.

— Elle a découvert un truc. » Alpha n'osait pas en dire davantage.

« Pour un être humain », observa Dan Deux avec indulgence, « elle se débrouille pas mal. Mais... » Le ton redevint sérieux. « ... j'ai quelque chose de plus important à vous demander. »

Il s'assit sur la chaise en face d'Alpha. Il la regardait avec froideur. « Est-ce que vous avez un signe de reconnaissance?

— Que voulez-vous dire? » Elle était surprise.

« Sait-elle laquelle est vous, sans hésitation? »

La femme lança un coup d'œil inquiet à l'androïde. Cette question était en quelque sorte une menace... envers Jane. Une menace dès maintenant. Immédiatement. Pas plus tard. Alpha songea, les nerfs tendus : « Si je dis la vérité — qu'il n'existe pas de signe — est-ce que cela se tournera contre elle ou pour elle? »

Avant qu'elle n'ait pu faire un choix, Dan Deux parut aboutir à une décision. Et en effet, un instant après, il déclara : « Je poserai la question au docteur Schneiter demain matin. »

La menace s'était écartée aussi vite qu'elle avait surgi. Alpha se leva et s'excusa. La pensée lui venait qu'elle devait interroger Jane sur la rencontre dans le magasin et la raison de ses conclusions optimistes.

Attraper Jane se révéla comme une opération peu aisée. La première fois qu'elle jeta un coup d'œil dans la chambre de sa fille, elle eut une vision enchanteresse. Les deux Jane étaient assises sur les lits jumeaux rapprochés. A l'entrée d'Alpha, les deux fillettes agitèrent leurs tresses blondes et la fixèrent du regard, avec une attente lisible dans les deux paires d'yeux bleus.

Une des deux annonça : « Nous travaillons sur un dialecte africain, maman. C'est quelque chose! »

Alpha se retira à la hâte en disant : « A plus tard. »

Mais quand elle approcha de la porte, la fois suivante, elle entendit une sorte de musique hongroise ancienne. Et quand elle passa la tête dans l'entrebâillement, elle vit les deux filles parées de bleu et de rouge qui exécutaient une danse sauvage, mais gracieuse.

Cela régla l'affaire. En s'éloignant, Alpha se disait : « A la vérité, il vaut beaucoup mieux qu'elle se divertisse ainsi que de devoir m'expliquer exactement pourquoi elle pense que tout le problème est résolu, alors qu'en fait, j'ai la preuve qu'il ne l'est pas. »

Elle passa le reste de la soirée de la même façon alternée que l'après-midi. Elle se couchait, puis elle commençait à se relever. Alors elle se gourmandait intérieurement : « Mieux vaut te rallonger. Conserve tes forces. » Et une fois de plus elle s'étendait.

A un moment, elle s'endormit.

Elle s'éveilla... pour prendre conscience de plusieurs choses presque simultanément.

Un soleil éclatant pénétrait par la grande baie. Elle entendait de la musique douce; elle reconnut un de ses morceaux classiques préférés. La pendule de son lit indiquait 7:58 — 23/8/87. Alpha Deux était debout au pied du lit, derrière la pendule. Et une des Jane, habillée pour sortir, près de Dan Deux, vêtu de même, se tenait sur le seuil.

La fillette dit : « Je me suis levée tôt, m'man; et Dan Deux et moi, nous sommes allés voir le docteur Schneiter sortir de sa prison.

— C'était ce qu'il y avait de plus rationnel à faire », dit Dan Deux. « De cette façon, nous nous sommes assurés qu'il a vraiment été remis en liberté. »

La femme ne s'aventura pas à parler immédiatement. Elle déglutit, se sentit ahurie, puis la pensée lui vint : « Cette sortie était-elle indispensable? » Et elle réussit à dire : « Il a bien été libéré?

— Ce matin, à sept heures », dit joyeusement Jane. « Dan et moi, nous sommes restés en arrière, mais j'ai eu de lui une image parfaite. »

L'androïde rectifia : « Elle veut dire qu'elle l'a très bien vu.

— Oui, c'est ça », dit la fillette. Elle agita la main. « Je te retrouve pour le petit déjeuner, maman. »

Sur quoi elle et Dan se retirèrent hors de vue.

Quand l'humaine reporta son attention sur son propre double, l'androïde, qui lui ressemblait et se comportait comme elle, dit en imitant à la perfection la voix musicale d'Alpha : « Madame, nous pensons que vous devriez vous vêtir. Il est près de huit heures et votre mari va venir. »

Elle et Jane se virent servir le petit déjeuner par deux androïdes inquiets qui ne cessaient de regarder dans la rue par la fenêtre. Brusquement, ils durent voir ce qu'ils attendaient. « Le voici! » C'était Alpha Deux qui parlait et elle était visiblement bouleversée, avec une note d'hystérie dans la voix.

Pendant un long moment, cette agitation fit oublier à la femme la signification des mots. Avec un sursaut, elle songea : « *Arrive-t-il que ma voix soit comme cela?* »

Dan Deux avait pris la parole : « Il va falloir nous cacher de lui jusqu'à l'arrivée du docteur Schneiter. » Il semblait s'adresser particulièrement à Alpha. « Vous devrez vous servir vous-même. »

Sur quoi les deux androïdes partirent rapidement par l'office qui séparait le coin du petit déjeuner de la salle à manger; là, ils se séparèrent. Alpha Deux sortit par la porte du patio et Dan Deux par celle de la pièce réservée à la bibliothèque et à la musique.

Au moment où ils disparaissaient, le téléphone sonna.

« Je prends la communication ici. » La voix de Dan Deux venait de sa cachette. Il ajouta : « Quand M. Thaler entrera, dites-lui de s'asseoir et de ne pas faire de mouvements brusques. Nos armes vous couvrent, vous et votre fille. »

Alpha ne voyait pas très bien comment il pouvait à la fois répondre au téléphone et s'occuper de les « couvrir ». Mais elle y croyait en un certain sens et n'avait aucune intention de le défier.

Dans la pièce éloignée, le silence se rétablit. Puis Dan Deux, le ton un peu rabattu — mais encore perceptible — déclara : « Oui, docteur Schneiter, tout marche très bien. Il va entrer dans une minute, juste à temps pour le petit déjeuner; alors vous pouvez venir n'importe quand... »

A ce moment, le regard d'Alpha se porta sur Jane.

Elle fut surprise de voir la fillette renversée dans son fauteuil, les yeux clos.

« Qu'est-ce...? » commença-t-elle, sans comprendre.

Un bras et une main délicatement modelés lui firent signe de se taire. « Chut! » l'avertit Jane. « Je communique deux choses à la fois. C'est difficile. »

Une minute au moins s'écoula. Puis Jane ouvrit les yeux. « Bon. C'est fait », dit-elle.

Le soleil entrait par la fenêtre du coin repas. L'éclat du jour sans nuages se répandait sur la nappe de filet et sur la vaisselle étincelante.

Intérieurement, Alpha sentait les ténèbres intenses de la peur et l'appréhension de la crise qui menaçait, avec l'arrivée de son mari. Les mots de sa fille pénétraient la noirceur de son psychisme comme un unique rayon de lumière dans une nuit infernale.

La femme fit un mouvement comme si une soudaine chaleur eût dégelé les profondeurs glacées de son être. Elle cessa de mastiquer automatiquement, cligna les paupières et demanda : « Qu'est-ce qui est fait?

— J'ai fini par tout comprendre », répondit Jane. « Etre " comme " ce n'est pas être, mais être capable. »

Alpha écarquilla les yeux, et avec chaque instant qui s'écoulait, les paroles de sa fille lui paraissaient plus insensées. Pourtant, en une autre partie de son cerveau, leur signification avait son impact... Elle songea : « Je viens tout juste d'entendre une de ces pensées si profondes avec lesquelles les philosophes nous embrouillent tous, nous autres, pauvres imbéciles qui n'avons qu'à peu près cent quarante de quotient intellectuel. »

Sa pensée se suspendit parce que... les mots étaient venus de sa fille âgée de quatorze ans, qu'elle avait toujours jugée intelligente, mais non pas géniale.

Jane continuait de parler : « " Je ressemble " conduit à " je peux " et non pas à " je suis ". » Elle eut un geste vague de la main gauche. « Toutes ces années passées à vivre avec des doubles de parents m'ont finalement fait comprendre... »

Alpha, qui regardait fixement sa fille, cligna plusieurs fois les paupières en s'efforçant de saisir les obscures propositions qui lui étaient ainsi exposées. De toute façon, il était évident que cela ne s'expliquait nullement par le mot « finalement ». Ce devait être un processus de maturation, le cerveau travaillant constamment à parachever une identification, isolant les père et mère réels de leurs substituts androïdes.

Ce point éclairci, les mots lui revinrent; elle posa la question fondamentale : « Mais que *fais*-tu? » soufflat-elle.

Le ton de Jane était triomphant : « Je parle le latin, le français, et probablement toute autre langue que je choisis. Mais il faut que je sois avec un androïde qui parle ces langues pour y réussir moi-même.

— Veux-tu dire... que tu lis dans leurs pensées? »

Jane fit un geste négatif et plein de résignation, en secouant la tête. « Bon sang! Voyons, maman, on m'a testée pour la PES, avec le résultat zéro. N'as-tu donc pas écouté un seul mot de ce que je t'ai dit? »

Alpha repassa en hâte le dialogue dans sa mémoire en ravalant son ahurissement persistant. Ce qu'elle désirait demander le plus désespérément, c'était : « Mais peux-tu faire quoi que ce soit d'utile dans cette situation abominable? »

Elle s'en abstint. Au contraire, elle adopta une solution boiteuse : « Ce que tu retires de cela, c'est une nouvelle capacité d'apprendre?

— *Maman!* N'as-tu pas entendu ce que je t'ai dit?... Je n'ai rien appris. Du moins, pas encore. Peut-être que cela se fera avec le temps. Mais la méthode ne l'exige pas.

— Et quelle est cette méthode? » Alpha rassemblait son courage.

« Cela vient de l'*attention particulière.* Je t'ai décrit cette chose. »

Tout en parlant et en observant l'expression de sa mère, Jane Un secouait la tête devant l'impossibilité de cette tentative de communication. Elle se rendait compte une fois de plus que ces explications n'étaient qu'une affreuse perte de temps.

« Nous sommes vraiment différents, nous, les enfants élevés avec des parents androïdes qui ressemblent... »

Comme il n'y avait pas de différences visibles entre l'être humain vivant et le double androïde, il lui avait bien fallu depuis l'enfance découvrir une nouvelle manière d'établir la distinction.

Dans les petites classes, quand on accomplissait la plupart des devoirs scolaires hors de la maison, on rentrait en courant après l'école; et il y avait maman... ou était-ce elle? Alors, pendant un moment, il fallait prêter une attention particulière.

Dans le cerveau, le processus qui consiste à observer les différences est normalement un acte unique qui remonte à une époque reculée. En ce premier instant, on remarquait des milliers de différences entre une personne et toutes les autres. Lors de cette observation initiale, on décidait qui était telle ou telle personne.

Par la suite, en voyant cette personne ou en pensant à elle, c'était cette décision que l'on amenait en surface de l'esprit, et elle se confirmait.

Avec un androïde ressemblant, on ne pouvait pas prendre de décision définitive. Alors il fallait observer chaque fois. Des milliers d'observations se transformaient bientôt chez Jane en un circuit de projection permanente. Durant une période, elle avait même dû livrer un combat silencieux à l'hallucination. Elle ne cessait plus de voir des androïdes et leurs modèles humains même quand ils n'étaient pas là.

Des projections réelles — là devant — avec leur réalité à trois dimensions. Alors il fallait qu'elle remarque *cela*. Après un temps, en ayant conscience des différences, elle acquérait le contrôle sur ses projections.

Elle avait observé très vite que la projection d'un androïde ressemblant était tout à fait, mais *tout à fait* différente de la projection d'un être humain. On pouvait voir *à l'intérieur* d'une projection et étudier la personne interne.

Après quoi elle avait une connaissance parfaite. Elle regardait simplement les projections, au passage, presque automatiquement, chaque fois qu'elle était en présence d'un humain réel ou d'un double androïde. *Et elle savait.*

Fin du problème? Eh bien, pas absolument. Jane se fatiguait d'en expliquer les détails à sa mère. « C'est simplement là », disait-elle. « C'est affaire de remarquer.

— Mais *qu'est-ce* que tu remarques?

— Bon sang, maman, je n'arrête pas de te dire... »

Comme si souvent déjà dans le passé, Alpha reconnut cette fois encore, avec tristesse : « Oui, je suppose que oui. »

Mais, considération beaucoup plus importante, et malheureusement trop évidente, l'*attention particulière,* ou du moins la part liée à l'étude des langues, *n'apportait pas* le moyen de vaincre les surandroïdes.

« J'imagine que je dois en laisser tout le soin à Dan », songeait-elle dans sa lassitude.

En sortant de son combo-croiseur et en approchant de la demeure de son ex-épouse, Dan Thaler se sentit stimulé — mais non surpris — lorsque lui parvint à l'esprit ce qui paraissait être une pensée de sa fille. C'était un message passé à la hâte : « Papa, Dan Deux est en train de parler au docteur Schneiter. Je pense qu'il faut que tu entendes ce qu'ils se disent. Je vais essayer de le laisser passer à travers moi, parce que j'observe aussi l'image du docteur Schneiter lui-même...

— Très bien », acquiesça l'homme.

Il se rendait compte qu'il n'était plus aussi calme qu'en un temps. C'est pourquoi il ne put s'empêcher de remarquer que les tensions de sa vie privée se donnaient libre cours par une parfaitement belle matinée. Le ciel était bleu. A tous les niveaux, des combo-croiseurs silencieux comme le sien allaient et venaient, s'acquittant de tâches routinières, sans danger. Il avait le sentiment de la vaste cité autour de lui, mais ne cherchait pas, contrairement à son habitude, à savourer la joie de vivre par une journée d'août de l'an de grâce 2287.

Il ne se sentait pas assez satisfait pour cela; du moins pas encore.

Il avait franchi la haute clôture et longé la piscine quand lui parvint un ensemble de pensées. C'étaient les paroles de l'androïde.

« *Brave fille!* » songea-t-il.

« ... non, nous ne l'enchaînerons pas avant que vous ne soyez ici... Pourquoi pas immédiatement? Mais, monsieur, comme vous le savez, la façon de procéder n'a jamais fait partie de la programmation; alors, ce matin, après avoir analysé l'ensemble de la situation, nous avons décidé de nous y prendre rationnellement... Cela vous paraît suspect? Je ne vois pas pourquoi. Les androïdes sont très capables de raisonner sainement... Non, cela ne m'a pas été suggéré et je n'ai pas été reprogrammé... Oui, nous avons eu une visite. Le docteur Camm est passé hier pour un de ses questionnaires de routine. Nous nous en sommes très bien tirés. Nous avons envoyé la fillette se promener avec Alpha Deux et nous avons fait causer le docteur avec Jane Deux. »

Suivit un silence. Dan l'humain présuma que le docteur Schneiter à l'autre bout du fil réfléchissait à ce qu'était devenu son piège si habile.

Dan continuait d'avancer. Mais à présent il était en mesure d'accorder davantage d'attention à la maison familière, à un étage, qui se dressait devant lui. En fait, il se sentait bien protégé par l'équipement automatique de son combo, qu'il pouvait manœuvrer à l'aide de certains instruments placés dans ses poches. Néanmoins, il fut soulagé de ne pas voir d'ombres derrière les fenêtres, ni de mouvement sur le toit ou dans les buissons proches de la demeure. Rassuré et heureux, parce qu'en ces jours, on ne savait jamais quels engins pouvaient bien exister! Tout en connaissant bien ce chapitre, il admettait facilement qu'une seule personne ne sût pas *tout* ce que l'on pouvait tenter contre un être vivant.

Il parvint toutefois sans difficulté au perron et il se mit à monter les degrés.

Dans la maison, le silence prolongé fut soudain rompu. Dan Deux cria : « Alpha Deux, as-tu été séparée de Jane d'une façon ou d'une autre pendant que tu la promenais? C'est le docteur Schneiter qui le demande. »

Tandis que l'androïde Alpha répondait à la question, la porte d'entrée s'ouvrit et le vrai Dan pénétra dans la maison. Il traversa rapidement la cuisine jusqu'au coin du petit déjeuner et s'assit. Alpha ébaucha du bras un geste d'accueil. Jane ne bougea pas, elle n'ouvrit pas les yeux, elle ne dit rien.

De sa place, Dan entendait maintenant la voix de son double : « Je ne vois pas pourquoi ce serait un problème. Si Alpha Deux pense que c'était bien, c'était bien. Après tout, c'est une androïde, avec tout ce que ce mot implique de capacités de raisonnement... »

A ces mots, Jane ouvrit les yeux et adressa à son père un bref sourire. « Ce qu'ils sont orgueilleux », murmura-t-elle.

Dan Un souffla en réponse : « Quelqu'un a pensé qu'il fallait les programmer ainsi, dans l'idée que *nous* ne pourrions pas leur faire entendre raison. Alors, nous en profitons au maximum. » Il ajouta : « Naturellement, pour cela, il nous fallait quelqu'un qui puisse mettre... » Il s'interrompit, puis il acheva : « ... qui puisse communiquer des pensées *dans* les images d'autres personnes et aussi des androïdes.

— Chut! » fit Jane. Elle ferma les yeux.

La voix de Dan Deux leur parvint : « Oui, Jane Deux est ici. C'est une chose dont nous voulions vous parler. Celui qui lui a placé cette bombe dans le corps ne pensait pas à ce qui risquait de lui arriver... Non, on l'a retirée du programme. Si l'acte extrême se révèle nécessaire, elle a le pistolet de Mme Thaler... C'est là que réside le dilemme. Quand nous avons analysé la situation, nous avons découvert qu'il n'y a pas de moment précis pour que Jane Deux tire. En conséquence, elle restera cachée ici jusqu'à ce que vous soyez venu pour avoir un entretien avec M. Thaler. Et si vous ne venez pas, nous remettrons toute la chose à demain. Et ainsi de suite... Oui, je l'ai entendu entrer. Je vais lui demander s'il consent à s'entretenir avec vous. »

Il cria : « Dan Un, voudriez-vous prendre le téléphone dans la pièce du petit déjeuner? Le docteur Schneiter souhaite vous parler. »

Dan déclara : « Il doit être bien entendu que le fait que je lui parle maintenant ne devra pas être interprété comme étant *la* conversation que le docteur comptait à l'origine avoir avec moi ici même. »

Après que Dan Deux eut transmis cette condition dans le téléphone, il cria : « C'est entendu. »

Avec une ébauche de sourire, l'homme dont la présence réconfortait déjà Alpha s'approcha de la petite table près de la fenêtre et prit l'appareil. « Allô », dit-il, « c'était un compte rendu plutôt rationnel, n'est-ce pas?

— Une flatteuse appréciation », dit la voix de Dan Deux dans l'écouteur, « de la part d'une personne comme vous. Maintenant, messieurs, je raccroche. » Il y eut un déclic.

Dan commença : « Alors, docteur, je crois comprendre que vous ne viendrez pas ici comme antérieurement prévu? »

A l'autre bout, la voix connue paraissait résignée. « Il semble que nous soyons dans une impasse, monsieur Thaler. »

Dan précisa : « Vous avez un avantage, puisque vous n'êtes plus en prison.

— Je ne sais pas exactement ce que vous avez manigancé », dit Schneiter en soupirant, « mais à mes yeux, la situation est un piège permanent pour nous tous. »

Il énuméra alors en quelques phrases les aspects

paralysants de la situation. Les androïdes se cacheraient toujours quand Dan serait à la maison. Et l'un ou l'autre d'entre eux accompagnerait toujours Alpha ou Jane, mais sans jamais leur permettre de sortir ensemble. Ils ne ligoteraient Dan que si Schneiter venait en personne dans la demeure. Ce qui serait évidemment ridicule de sa part, étant donné les armes que le docteur Camm avait sans nul doute apporté lors de sa visite de « routine », plus tout ce que Jane avait pu rapporter du magasin.

« La situation est encore plus figée que cela », signala Dan. « Ils ont envisagé toutes les éventualités. Ils me permettent de partir tous les matins à dix heures trente, mais ils insistent pour que je revienne tous les matins à huit heures, au cas où ce serait le matin que vous auriez choisi pour venir. Ils admettent que ce peut être gênant pour moi, aussi acceptent-ils que je rentre le soir et que je reste toute la nuit. Toutefois, comme il serait immoral que je loge chez mon ex-épouse, ils insistent pour que nous nous remariions. »

Un silence s'établit. Quand la voix de Schneiter se fit de nouveau entendre, il perçait dans le ton un peu de ce malin plaisir que certains êtres ressentent quand un autre s'est mis dans une position embarrassante vis-à-vis d'une femme.

« Très bien, très bien », dit-il. « Je commence à me réconcilier avec ce qui s'est passé. Je ne crois pas qu'un Dan Thaler marié puisse être aussi dangereux pour mes projets qu'il l'était en tant que célibataire. Et vous resterez perpétuellement pris au piège, n'est-ce pas? »

Ce fut sur une note de jubilation qu'il termina : « Je téléphonerai de temps à autre pour m'assurer qu'il n'y a rien de changé. »

Il raccrocha dans un déclic.

Jane aurait pu signaler aux deux hommes qu'il y avait encore quelques conséquences supplémentaires. Les androïdes étaient maintenant en mesure d'avoir toute leur liberté; mais bien sûr, ils ne pouvaient pas l'accepter. Et par conséquent il leur faudrait rester sur place indéfiniment. De plus...

« La situation est en réalité bien plus satisfaisante qu'il ne l'a dit », expliqua-t-elle, « parce que j'ai communiqué à l'image du docteur Schneiter que toutes ces manipulations d'androïdes ne méritaient vraiment pas qu'on les paie en allant en prison. »

Elle se tourna vers sa mère : « C'est plutôt intéressant de voir que cette faculté de dominer les adultes en communiquant des pensées dans leurs images ne semble plus me troubler la conscience depuis que j'ai compris que c'était ma seule manière d'avoir une sœur. »

Les adultes la regardaient fixement sans rien dire. Jane reprit : « En ce moment même, maman se demande si nous n'avons pas un petit monstre sur les bras; mais elle n'en est pas réellement inquiète... pas encore. Et papa pense avec son opiniâtreté habituelle que tu devras toi-même, même toi, maman, apprendre à noter le fait lorsque quelqu'un te met dans la pensée l'idée d'aller dormir, comme je l'ai fait hier, pour que tu ne te tourmentes pas. Mais il pense aussi que pour former cent mille personnes comme moi, il faudra quatorze ans; seulement, pour le moment, je suis sa seule arme contre celui, quel qu'il soit, qui se sert des androïdes pour conquérir le monde.

« Il se demande aussi si je vais égaliser les chances dans ce combat.

« Eh bien... » Elle se laissa glisser de sa chaise. « ... Je crois que je vais apprendre une autre langue, ou une autre danse, ou une autre science, ou une autre... ou une autre...

« Et si j'ai encore le temps après tout cela, papa, peut-être que j'égaliserai aussi les chances... »

Living with Jane
Traduit par Bruno Martin.

LA COMPLICATION [1] DANS LE RÉCIT DE SCIENCE-FICTION

J'écris une histoire en restant pleinement conscient de l'aspect technique de l'écriture. Et quand mes idées ne sont pas nettes, aussi peu que ce soit, sur un point de technique, à ce moment-là mon histoire commence à faiblir, et il faut que je revienne en arrière, que je réfléchisse au problème, que je trouve d'où vient cette faiblesse et que j'y porte remède en me tenant aux principes selon lesquels je travaille.

Ce sont ces principes que j'ai l'intention d'exposer dans les pages qui suivent.

Et c'est en me tenant rigoureusement à l'une de ces règles que j'ai vendu en 1932 ma première histoire. Il ne s'agissait pas de science-fiction, mais toute ma production de science-fiction, environ un million de mots, fut écrite en suivant ces mêmes principes. Et, puisque mes œuvres commencent à paraître en édition reliée, que le cinéma et la radio s'y intéressent, il semble que cette technique a fait ses preuves.

Même en cette période intermédiaire, il est difficile d'imaginer qu'il y a seulement vingt ans les auteurs de science-fiction étaient payés un tiers de *cent* le mot. Mais il est tout aussi difficile de croire que l'utilisation de l'énergie atomique, ce vieux poncif de la science-

1. En anglais, le mot *complication* peut signifier aussi *complexification.* (N.d.E.)

fiction, est devenue une réalité. Bientôt, la première guerre atomique sera aussi une réalité et non plus de la fiction, mais si vous avez l'intention d'écrire une histoire de science-fiction laissez la guerre atomique tranquille. Ses possibilités romanesques sont épuisées. Et les lecteurs en sont fatigués. Il faudra que votre esprit se mette en quête de nouvelles possibilités, non pas nécessairement des idées-gadgets, mais de nouvelles approches dans lesquelles la guerre en tant que telle ne se trouve pas au premier plan. Les personnages, l'atmosphère, des choses surprenantes. Dans le futur immédiat et pour la science-fiction l'approche au niveau des personnages est de loin le pari le plus sûr.

Bon. Supposons donc que vous avez trouvé une idée pour une histoire de science-fiction. Vous vous asseyez pour l'écrire. Mais ensuite?

Pensez-la en scènes de huit cents mots. Ce n'est pas moi qui ai inventé cela, mais c'est une règle que j'ai suivie religieusement depuis que je me suis mis à écrire. Chaque scène a sa raison d'être que l'on précise peu après le début, habituellement vers le troisième paragraphe, et, à la fin de la scène, cette raison d'être a trouvé son accomplissement ou ne l'a pas trouvé. Ce point est si important que je crois qu'il justifie l'emploi de quelques exemples :

Pour Leigh, le premier choc était passé. La pièce lui paraissait curieusement sombre, comme s'il regardait par des yeux qui n'étaient... plus à lui! Il fit un terrible effort pour se ressaisir, et pensa : « Il faut lutter! Quelque chose *essaie de posséder mon corps. Tout le reste n'est que mensonge. »*

Le propos de cette scène de *les Dreeghs* ne fait pas de doute. Mais trouve-t-il sa réalisation? Voici la fin de la scène :

... Il voulut détourner la tête et vit, terrorisé, qu'il était incapable de faire bouger son corps. Il voulut parler pour faire craquer ce silence et cette paralysie qui l'enveloppaient comme une couverture. Pas un son ne sortit.

Pas un muscle ne bougea, pas un doigt. Pas un seul nerf ne frémit.

Il était seul.

Séquestré dans un petit coin de son cerveau.

Perdu.

Mais est-il possible dans la scène d'ouverture d'une longue histoire d'introduire à la fois le propos de la scène et celui de l'histoire elle-même? C'est là un problème que pose toute histoire, et on peut habituellement le résoudre en faisant découler le propos de l'histoire de la première scène prise dans son ensemble. Pourtant il est intéressant d'introduire dans les tout premiers paragraphes, les propos à court et à long terme. Dans *le Livre de Ptath,* un roman dont l'action se situe quelque deux cents millions d'années dans le futur, voici comment j'ai réussi à introduire l'un et l'autre :

Il était Ptah. Non qu'il pensât à son nom. Celui-ci était tout simplement là, présent comme partie de lui-même, comme son corps, avec ses bras, ses jambes, comme le sol sur lequel il marchait. Non, cette dernière impression était fausse. Le sol ne faisait pas partie de lui-même. Il y avait bien sûr une certaine relation entre le sol et lui, mais elle était d'une nature un peu plus surprenante.

Il était Ptath, et il marchait sur le sol, il marchait vers Ptath. Il retournait vers la cité de Ptath, capitale de son empire de Gonwonlane, après une longue absence. Cela était fort clair, accepté comme tel sans que l'on eût besoin d'y penser, et cela seul importait. Et il en ressentait encore mieux l'importance à la façon dont il pressait le pas pour voir si la prochaine courbe du fleuve lui permettrait de tourner à l'ouest.

Le propos de cette scène est de lui faire traverser le fleuve. Pourquoi est-ce important? Parce qu'il n'a pas la moindre idée de ce qu'est un fleuve, ni une route. Et quand il se décide finalement à le traverser, il ne lui vient pas à l'esprit de nager.

Cette fois-ci, il ignora l'oppression qui envahissait

sa poitrine et poursuivit son avance à travers l'eau noire qui l'enserrait. Comme si elle s'apercevait de sa défaite, la souffrance finit par disparaître... La douleur réapparut dans sa poitrine lorsqu'il parvint à un endroit où l'eau ne lui arrivait plus qu'à la taille... Pendant un moment, il demeura tordu de souffrance sur la rive herbeuse, puis la peine disparut. Il se releva et demeura un long moment immobile, regardant le courant sombre et rapide. Lorsqu'il se détourna, il était conscient d'une chose : il n'aimait pas cette eau.

Il est arrivé de l'autre côté du fleuve, mais en le traversant il nous a offert l'image d'un Roi-Dieu de retour « après une longue absence », et ce sans que le mot « dieu » soit jamais mentionné.

Il n'y a pas une seule de mes histoires dans laquelle la structure de la scène diffère notablement de celle que je viens de citer. Naturellement, chaque scène pose ses petits problèmes particuliers, il y a des variantes, mais tôt ou tard, généralement assez tôt, l'objet de la scène est énoncé ou je le laisse deviner de manière si claire qu'il ne peut y avoir de doute sur ce qui doit s'accomplir.

C'est en adoptant ce « secret » de la scène de huit cents mots (cela peut tout aussi bien être six cents ou mille mots) que j'ai écrit et vendu ma première histoire. Et ce principe a servi de base à toutes celles que j'ai vendues depuis.

Les lecteurs ont coutume de ne pas se tromper sur un auteur. Il y a quelques années, dans un magazine amateur, un fanzine, on me décrivait comme un homme « à idées ». Entendant par là que mes histoires de science-fiction étaient pleines d'idées, d'astuces déconcertantes et de points de vue étranges.

Cette description m'a surpris, car je n'avais jamais vu les choses sous cet angle-là. Mais presque immédiatement j'ai dû reconnaître que c'était exact. Depuis mes tout débuts dans la science-fiction, j'ai toujours eu l'habitude, quand il me venait une idée, de l'introduire, de l'intégrer à l'histoire sur laquelle je suis en train de travailler. Très souvent, l'idée semblera n'avoir aucun rapport. Mais en cogitant un petit peu, je finis généralement par trouver une approche qui la rendra utilisable.

Il y a des auteurs qui vous mettent en garde contre le fait de mettre toutes vos idées dans une même histoire. Gardez-les, disent-ils, car bientôt vous écrirez une autre histoire où elles vous seront bien plus utiles. Il y a une certaine logique à cela, mais laissez-moi donner un avis contraire : le cerveau ne se développe pas dans une attente négative. Si quelqu'un attache trop d'importance à une idée, le cerveau se concentrera sur cette idée et cessera d'en produire de nouvelles.

Ma propre expérience est que le cerveau travaille de manière positive. Tenez pour sûr que les idées viendront quand vous en aurez besoin, et elles viendront. Ne les thésaurisez pas, ouvrez les vannes. Et une fois que le flot d'idées sera en route, le problème sera de l'arrêter et non pas de le faire continuer à s'écouler.

Ce que je viens de dire constitue une approche générale du problème. Il y a une nécessité de développer une abondance d'idées nouvelles. Mais, comme les écrivains le constatent très vite, chaque histoire a ses exigences particulières en matière d'idées. Des besoins qui, pour chaque histoire, sont différents de ceux de toutes les autres histoires. Dans chaque nouveau texte, il y a un endroit où l'usine à idées doit se mettre à fabriquer du sur-mesures.

Comment ces idées prennent-elles forme et d'où viennent-elles? Plus que pour toute autre forme de littérature, c'est dans le cas de la science-fiction un problème urgent et difficile, parce que ses lecteurs repèrent du premier coup d'œil une histoire qui n'est pas originale.

Pour commencer, un auteur devrait avoir une idée qui serve de base à l'histoire proprement dite. De ce côté-là, je ne suis pas un bon exemple. Au début, les idées que j'ai pour mes histoires sont parfois si floues qu'il paraît incroyable que l'histoire définitive ait pu prendre forme à partir d'un brouillard aussi ténu. Passons donc rapidement au stade où l'histoire a vaguement pris forme. On connaît le nom du personnage principal, et l'on a commencé à écrire quelques paragraphes dans un effort pour trouver le « ton » de l'histoire. Peut-être même la première version de la première scène est-elle écrite. Et comme cette scène a été écrite selon le principe énoncé plus haut, qu'elle a un but en soi, elle existe avec certaine netteté. Pourtant, au-delà, s'étendent de vastes ténèbres. Que se passe-t-il ensuite? Et la fin? En fait, à ce stade, pourquoi se préoccuper de la fin. Il paraît plus pragmatique de s'inquiéter maintenant de la scène numéro deux. Non? Mais est-ce vrai?

Il y a effectivement des cas où il est possible de finir la scène numéro deux sans savoir ce qui suit. Mais c'est rare. Une histoire est à l'état de germe dans sa première scène. Et une fois que l'on a réfléchi aux implications de la scène numéro un, on a pour le moins les embryons de plusieurs des scènes suivantes. Exemple : dans la scène d'ouverture de ma nouvelle « Un pot de peinture », le personnage principal se pose sur Vénus (c'est le premier homme à se poser sur Vénus) et il trouve un pot de peinture vénusienne. Malheureusement celui-ci ne s'ouvre pas comme un pot de peinture ordinaire, et il en renverse sur lui. C'est ennuyeux mais il ne considère pas que c'est grave jusqu'au moment où malgré le recours à toutes les méthodes connues de lui, il s'aperçoit que la peinture ne veut pas s'en aller.

Les scènes qu'implique ce début sont plus ou moins les suivantes : voilà donc une peinture étrange qui semble avoir des propriétés remarquables. A quoi ressemblerait la peinture idéale? Et comment pourrait-on l'enlever? Une par une il en découvre les propriétés, et pour lui les choses se compliquent de plus en plus, jusqu'au point où la peinture devient une menace mortelle. Une idée en entraîne une autre. La scène trois, après ses tout premiers échecs pour enlever la peinture, commence ainsi :

Kilgour nota :

« *Une peinture parfaite doit être imperméable, à l'épreuve des intempéries et belle de surcroît. Elle doit également être facile à enlever.* »

Il relut la dernière phrase d'un air sombre et, pris d'un accès de colère, jeta son crayon au loin et alla se planter devant le miroir de la salle de bains. Il étudia son reflet avec un rictus de mauvais aloi.

« *Tu es joli!* » *s'exclama-t-il d'une voix grondante à l'adresse de son image.* « *On dirait une bohémienne en tenue de bal!* »

A la fin de la scène trois, il découvre que « cette peinture, une fois qu'on l'avait appliquée, se régénérait toute seule ». Comme l'on voit, dans ce cas, une idée en entraîne une autre. Une fois la première scène écrite, le reste en est la suite logique.

Autre exemple. Dans ma nouvelle « The Changeling », la première scène nous présente le personnage principal en train de faire une étrange découverte : il ne sait pas qui il est. Depuis plusieurs années, il vit tranquillement, est marié, possède une splendide maison, se trouve à la tête d'une entreprise qui lui assure un salaire des plus confortables. Et soudain une remarque faite par hasard, et il découvre que son passé est un véritable gouffre.

Quelle scène suggère une ouverture comme celle-ci? Tout d'abord, cela m'a suggéré qu'il devait exister une ligne de partage entre sa réalité présente et son « faux » passé. Quand a-t-il commencé à travailler dans cette entreprise? En interrogeant ses employés, il découvre que cela fait environ quatre ans.

Mais il est marié depuis plus longtemps que cela. Donc, sa femme doit savoir ce qui s'est passé. Avant de l'interroger, il se renseigne du côté de l'état civil et de ses états de service pendant la guerre. Il découvre qu'une personne portant son nom est née quelque cinquante ans plus tôt (il en paraît 35), et que l'homme en question a perdu une jambe pendant la Seconde Guerre mondiale. Et lui a toujours ses deux jambes.

Quand il se décide finalement à mettre sa séduisante femme face à ces faits, celle-ci le fait enfermer dans sa chambre. Par la suite, des gardes le retiennent prisonnier à l'intérieur de sa propriété.

En bref l'enchaînement a été le suivant : 1) Craig découvre que quelque chose ne colle pas; 2) par peur de se rendre ridicule, il se livre méthodiquement à un certain nombre de vérifications; 3) finalement, il affronte sa femme, et, bien qu'il soit toujours dans le noir quant à ce qui se cache derrière tout ça, sa situation a au moins l'avantage d'être plus claire. Il m'a fallu plus de trois scènes pour en arriver là, mais il est clair qu'une séquence conduisait logiquement à la suivante.

Maintenant l'histoire est sur ses rails. Le personnage principal a des ennuis, et nous avons montré son problème. Le propos de l'histoire est de découvrir ce qui s'est passé. Dans le cas de cette nouvelle, je savais ce que dissimulait ce mystère, mais les idées de chaque scène me sont venues de la manière que j'ai décrite.

Il y a un autre point sur lequel je voudrais insister. Les idées découlent de la scène de huit cents mots. Ce que je veux dire par là, c'est que l'on ne peut pas écrire huit cents mots à propos de rien. Une fois qu'on a commencé la scène, il faut trouver des idées pour la remplir et arriver à la longueur voulue. En d'autres termes, si l'objet de votre scène est accompli en trois cents mots, c'est qu'il y a quelque chose qui ne va pas. La scène est insuffisamment développée. Il n'y a pas dedans suffisamment d'idées, pas assez de détails, pas assez d'engrenages.

N'oubliez jamais cette « scène de huit cents mots ». C'est vraiment pratique. Elle vous dira mieux qu'une logique abstraite qu'il est temps de trouver une nouvelle idée; et vous avez intérêt à ce qu'elle soit bonne. Sinon les lecteurs de science-fiction vont vous bouffer. Verbalement, bien sûr.

Lorsque le responsable de ce symposium m'a suggéré d'écrire un article sur la complication dans l'histoire de science-fiction, ce qu'il disait implicitement c'est que c'était là le genre d'histoires que j'écris. Tout comme quand on m'a décrit comme un homme à « idées », c'était là pour moi une nouvelle image de moi-même. Ces aperçus soudains sur ce que les autres pensent de vous vous tombent dessus comme la foudre; un bref instant on résiste à cette identification, et puis, quand des milliers de fragments de preuves vous viennent à l'esprit, on se met plus ou moins à l'accepter.

Oui, j'écris ce qu'on peut appeler des histoires à engrenages, des histoires à « complications ». J'essaie aussi de présenter des personnages, de créer une atmosphère, et d'introduire des intuitions et un contenu scientifique. Mais pour le moment, tenons-nous-en à la complication. Il n'y a pas très longtemps, quelqu'un qui voulait être écrivain m'a demandé comment s'y prendre pour écrire une nouvelle qui fasse au moins cinq mille mots. Il partait d'une bonne idée (il m'a expliqué quelques-unes d'entre elles, et elles étaient bonnes) et, pour une raison ou pour une autre, au bout de deux mille mots son histoire était terminée. De plus, quand les éditeurs lui refusaient ses nouvelles, s'ils lui fournissaient une explication c'était habituellement que son histoire était trop longue.

« Trop *longue!* » hurlait-il « et pourtant certaines de vos nouvelles font jusqu'à dix mille mots, et elles n'ont pas autant de rebondissements que les miennes. »

Je lui ai parlé de la scène de huit cents mots, et, au moins, maintenant il peut écrire une histoire longue. Mais lorsque j'ai discuté avec lui, j'ai oublié deux ou trois choses. Et comme depuis je n'ai jamais vu son nom dans un magazine ou sur un livre, je présume qu'il ne les a pas découvertes par lui-même.

Dans une nouvelle, l'intrigue doit avoir au moins deux fils conducteurs. Et plus une histoire est longue, plus il faut de fils. Certains d'entre eux peuvent être mineurs, guère plus que des problèmes découlant des traits de caractères de tel ou tel personnage. Ce genre de fils présente un double avantage. Ils permettent de mieux préciser les personnages, et d'apporter à l'histoire plus de couleur et de richesse. Ces fils secondaires peuvent aussi découler 1) du thème, 2) du contenu scientifique, et 3) de l'atmosphère. Nous allons illustrer ces différents points dans un moment, mais parlons d'abord des fils principaux.

Dans une nouvelle, il y a une « intrigue » principale et une « intrigue » secondaire. L'intrigue secondaire naît de l'intrigue principale et se trouve résolue en même temps qu'elle. Théoriquement, c'est aussi simple que cela. Maintenant, voyons à quoi cela ressemble dans la pratique.

Je m'éveillai en sursaut et me demandai : « Comment Renfrew supporte-t-il les choses? »

Je dus faire un mouvement car les ténèbres se refermèrent douloureusement sur moi. Je n'ai aucun moyen de savoir combien de temps dura cette déchirante inconscience. Quand je revins à moi, je ressentis d'abord la poussée des moteurs de l'astronef.

Cette fois je repris lentement mes esprits. Je conservai une immobilité parfaite. Le poids de mes années de sommeil pesait sur moi et j'étais résolu à suivre la routine ancienne fixée par Pelham. Je ne voulais pas perdre à nouveau conscience.

Allongé sur ma couchette, je réfléchissais. J'avais été idiot de m'inquiéter de Jim Renfrew. Il ne devait pas sortir de l'état d'animation suspendue avant cinquante ans!

Le narrateur vient juste de sortir d'un sommeil artificiel qui a duré cinquante ans. Grâce à cette méthode, lui et trois autres hommes sont en train d'essayer d'arriver jusqu'à Alpha du Centaure, le fameux système solaire qui est le plus proche de la Terre, à un peu plus de quatre années-lumière. Ils s'attendent à ce que le voyage dure cinq cents ans, et ils ont pris des doses d'une drogue qui les plonge dans un état de catalepsie. Ces doses sont calculées de manière que, tous les demi-siècles, l'un d'entre eux se réveille.

L'intrigue principale est constituée par le voyage lui-même et son étrange conclusion. La trame secondaire est mentionnée dans le premier paragraphe : « Comment Renfrew supporte-t-il les choses? » Renfrew, le propriétaire de l'astronef et commanditaire du voyage, est un être plein de couleur, mais faible. Les autres se font du souci pour lui, et leur inqiétude est justifiée car, suite au développement de l'intrigue principale, Renfrew devient fou. Il importe de noter ici que le fil secondaire ne doit jamais se résumer à des soupçons sans fin. S'il commence en tant que soupçons, ceux-ci doivent rapidement être justifiés par la réalité. Quand vous n'avez pas une bonne intrigue secondaire solide et substantielle, parfaitement intégrée à l'intrigue principale, votre rédacteur en chef vous dit généralement : « C'est un peu léger, ça n'a pas l'air suffisamment étoffé. L' " intrigue " est trop mince. » La plupart des rédacteurs en chef ne savent pas ce que c'est qu'une intrigue secondaire, mais ils connaissent très bien l'impression que leur fait une histoire qui n'en a pas. L'histoire est incomplète. Elle manque de vie. L'idée peut être bonne, mais elle n'est pas complètement développée.

Maintenant, jetons un coup d'œil sur les fils mineurs, ceux qui sont dérivés du thème, du contenu scientifique et de l'atmosphère.

Dans la science-fiction, les histoires d'atmosphère reviennent sans cesse. Les personnages s'en vont vers d'autres planètes. C'est un point de départ. Bâtir une atmosphère, et le faire correctement, réclame beaucoup d'imagination, mais l'histoire y gagne énormément. Voici le début de ma nouvelle « M 33 in Andromeda » :

La nuit chuchota, l'immense nuit de l'espace qui enserrait la progression de l'astronef. Non pas une voix, mais cela susurrait, vivante cohérence, menace de mort. Un appel, un signe, un avertissement. Des trilles d'une joie innommable, sauvages sifflements d'une impensable frustration. Cela avait peur et cela avait faim. Faim. Cela mourait, et se vautrait dans les délices de la mort. Et mourait encore. Cela chuchotait des choses inconcevables. Flot envahissant de murmures sans mots. Comme le langage de la nuit elle-même, démesurée, menaçante.

Un vaisseau d'exploration terrien est en route vers la nébuleuse M 33. C'est la première fois que des êtres humains tentent de franchir les limites de notre galaxie. Et bien avant qu'ils n'atteignent les étoiles situées à la périphérie de cette autre galaxie, ils rencontrent l'étrange pression mentale que j'ai partiellement décrite plus haut. Dans cette histoire, l'atmosphère fait partie de l'intrigue principale. Et le fil conducteur secondaire est constitué par le problème posé à l'un des personnages. Mais c'est une illustration de la manière dont l'atmosphère peut apporter couleur et richesse, ainsi qu'une dimension de menace.

Un bon exemple de l'utilisation d'intrigues mineures serait mon roman *les Fabricants d'armes.* Voici un extrait d'une critique de ce livre parue dans la revue anglaise *Fantasy Review* :

« *Une construction typique de Van Vogt, qui non seulement nous conduit jusqu'à Alpha du Centaure, mais encore introduit des thèmes mineurs tels que la télépathie, l'immortalité, le gigantisme humain (sous le nom de magnification vibratoire), la supra-intelligence, le voyage dans le temps, des planètes étranges et des araignées supra-intelligentes. Je répète qu'il s'agit-là de thèmes* mineurs... *Et aussi fantastique que cela puisse paraître au lecteur pour qui un seul de ces concepts est suffisant pour une histoire entière, je dois dire que je trouve ce mélange d'inventions, mélange si adroitement réalisé et toujours passionnant, aussi convaincant qu'il est surprenant.* »

Qu'en est-il de ces thèmes mineurs, car c'est effectivement ce qu'ils sont? Ils ajoutent à l'histoire de la couleur et de la vie... mais chacun d'entre eux a été inclus pour une raison précise. Le roman commence ainsi ( ) :

Une année entière s'était écoulée. La piste, pensa Neelan, serait loin d'être fraîche!

Il s'assit et essaya de se laisser bercer par le bourdonnement de l'avion dans lequel il se trouvait. S'il n'avait pas pu revenir plus tôt sur Terre, ce n'était pas de sa faute. Carew et lui étaient en train de se livrer aux travaux préliminaires à l'exploitation de leur filon de béryllium « lourd ». Et, lorsqu'il avait eu connaissance de la mort de Gil, le météorite était dans la Zone d'Ombre, de l'autre côté du soleil.

Gil est son frère. Comment a-t-il eu connaissance de sa mort? Par une méthode fort différente de celle que l'on pourrait supposer.

Cette pensée, tel un signal, fit remonter les souvenirs. Lui fit revivre cette prise de conscience aiguë qui l'avait submergé là-bas dans l'espace, quand il s'était soudain rendu compte que Gil était mort. Une prise de conscience brutale de l'absence de cette pression mentale qui, même à une distance aussi considérable, était le lien qui les réunissait son frère et lui...

Gil, lui et les scientifiques s'étaient souvent demandé ce qui se passerait si l'un d'eux venait à mourir. Les chercheurs les suivaient depuis l'âge de cinq ans. Ils étaient deux jumeaux identiques qui déjà à cette époque ressentaient les sensations de l'autre. Et cette sensitivité avait grandi pour devenir un flot d'énergie vitale, un échange plein de chaleur, un monde de sensations partagées. Cette interrelation était devenue si vive qu'à de courtes distances (quelques milliers de kilomètres) ils pouvaient se communiquer leurs pensées plus clairement que s'ils avaient utilisé la radio ou le téléphone.

C'était l'introduction au thème de la télépathie dans cette histoire. Elle nous présente le personnage comme étant différent. Le vieux poncif de l'homme qui cherche à découvrir ce qui est arrivé à son frère, toujours valable sur le plan dramatique, mais un rien « usé », est ici renouvelé, remodelé.

Nous pouvons passer sur les autres thèmes, en notant toutefois une tentative pour introduire chacun d'entre eux d'une manière plus chaude, plus humaine. Et en venir à ce qui peut paraître l'idée la plus folle, les « araignées supra-intelligentes ». Mais pourquoi, bon Dieu, pourquoi avoir recours à ces créatures tout droit sorties de Buck Rogers?

Elles ne sont pas là pour le simple plaisir d'en rajouter sur le plan du suspense, pour apporter un attrait supplémentaire. Elles servent à renforcer le thème, celui-ci étant que l'homme dominera l'univers parce qu'il est capable d'émotion. Or les araignées en sont incapables, et finissent elles-mêmes par reconnaître que leur race est condamnée, justement pour cette raison. Sont-elles nécessaires? Oui. Elles donnent à ce thème une force qui lui manquerait autrement.

C'est là le genre de fils qui donnent de l'épaisseur à une histoire, mais il ne faut pas les y mettre n'importe comment, pour le plaisir. Ils doivent être partie intégrante de l'histoire. Et s'ils manquent, vous constaterez que vos scènes de huit cents mots deviennent particulièrement anémiques.

Il est bon de noter que ce que je disais plus haut sur la manière de développer les idées est intimement lié à l'utilisation de la « complication ». Dans une histoire, toute nouvelle idée est une complication, mais l'emploi des idées doit obéir à une règle, qui les limite dans une certaine mesure. Cette règle est que dans une nouvelle il y a un fil conducteur principal et un fil conducteur secondaire. Tout le reste doit aider à la progression de l'un ou l'autre de ces deux fils essentiels. Il ne serait pas adroit de faire se développer un troisième ou un quatrième qui viendrait rivaliser d'importance avec les deux premiers, à moins que vous n'ayez en projet un roman. Dans ce cas de plus nombreux fils sont non seulement souhaitables, mais nécessaires.

J'ai maintenant décrit avec force détails les différents ingrédients d'une histoire. Mais, comme tout lecteur le sait, une histoire n'est pas simplement une accumulation d'ingrédients.

Dans la science-fiction, l'équilibre entre les différents éléments, la manière d'introduire petit à petit le contenu scientifique, de faire monter le suspense, de façon que l'histoire paraisse juste comme il faut, doivent sembler naturels. Pour un lecteur, une histoire se contente de progresser. En tant qu'écrivain cela ne m'est arrivé que rarement. D'habitude de nombreux remaniements, des manipulations se révèlent nécessaires.

J'ai écrit des histoires qui, une fois que j'en étais arrivé au point où je pensais les terminer, paraissaient complètement insauvables. Et pourtant, en modifiant l'organisation des scènes, en écrivant ou en réécrivant quelques centaines de mots, j'ai réussi à en faire des histoires vendables.

Parfois, une scène que j'avais placée presque au début, s'est révélée être la scène finale. Il arrive que l'on fournisse trop d'informations dans le commencement d'une histoire et que l'on gâche ainsi la surprise finale. Dans l'écriture d'une histoire c'est là la phase la plus importante.

Pour ce qui est de décider quand, où et comment remanier une histoire, j'en suis arrivé au point où je peux relire entièrement mon texte, et me contenter d'« écouter » tout en lisant. Il y a des centaines de milliers d'histoires qui ont été écrites par des gens qui ne connaissaient absolument pas la technique, mais qui avait une bonne « oreille ». Et encore des milliers et des milliers d'autres seront écrites de la même manière par des gens talentueux. Mais cette méthode, si elle n'est pas soutenue par une connaissance de la technique, a un défaut majeur. Elle donne des résultats très inégaux. Et les gens qui écrivent à l'« oreille » vendent de manière spasmodique.

Je ne veux pas dire par là qu'un écrivain qui connaît bien sa technique ne rencontre pas d'échecs, mais ma propre carrière prouve, du moins c'est ce qu'il me semble, qu'une connaissance du « métier » est un préliminaire indispensable à des ventes suivies. A mes débuts, quand je connaissais très peu de choses sur la technique, mes ventes étaient peu nombreuses et très espacées. Maintenant c'est le contraire.

J'ai constaté que les principes que je viens d'exposer étaient fructueux plus pour la science-fiction que pour toutes les autres histoires que j'ai pu écrire. Dès que j'écris de la fiction je les utilise consciemment et de manière délibérée.

Naturellement, je continuerai à apporter à cette technique de nouveaux éléments, et ce aussi longtemps que durera ma carrière d'écrivain. Mais pour le moment, voilà le point où j'en suis.

Bonne chance.

Complication in the S.F. Story
Traduit par Patrice Duvic.

BIBLIOGRAPHIE DES ŒUVRES DE FICTION D'A. E. VAN VOGT

1939

001. « **Black destroyer** ». In : *Astounding science-fiction*, juillet. [Un des textes qui composent *the Voyage of the* Space Beagle. 072].
002. « **Discord in scarlet** ». In : *Astounding science-fiction*, décembre. [Un des textes qui composent *the Voyage of the* Space Beagle. 072].

1940

003. « **the Sea thing** ». In : *Unknown*, janvier. En français : « la Créature de la mer ». In recueil : *les Monstres*. [099].
004. « **Repetition** ». In : *Astounding science-fiction*, avril. [Autre titre : « the Gryb »]. [Un des textes qui composent *the War against the Rull*. 091].
005. « **Vault of the beast** ». In : *Astounding science-fiction*, août. En français : **1)** « le Caveau de la bête ». In anthologie [composée par John W. Campbell] : *l'Âge d'or de la Science-Fiction*. 1re série. OPTA, 1965 (Fiction spécial, nº 8 (*Fiction*, nº 144 bis)). **2)** « le Caveau de la bête ». In recueil : *Au-delà du néant*. [080]. **3)** « la Caverne de la bête ». In recueil : *les Monstres*. [099].
006. ***Slan***. In : *Astounding science-fiction*, septembre, octobre, novembre & décembre. [En volume : *Slan*. Sauk City : Arkham House, 1946]. [Première version de : *Slan*. 078].

1941

007. « **Not the first** ». In : *Astounding science-fiction*, avril. En français : « Ni commencement ni fin ». In recueil : *Après l'éternité*. [110].
008. « **the Seesaw** ». In : *Astounding science-fiction*, juillet. [Un des textes qui composent (≈ prologue) *the Weapon shops of Isher*. 079]. En français : « la Balançoire ». In recueil : *Alpha et oméga*. [162].

1942

009. « **Recruiting station** ». In : *Astounding science-fiction*, mars. [En volume : *Earth's last fortress*. New York : Ace, 1960]. [Autres titres : « the Last fortress » & « Masters of time »]. En français : **1)** « le Dernier bastion de la Terre ». In : *Spirale*, nº 6, octobre-novembre 1976. [Première partie. La deuxième était prévue pour le numéro suivant qui n'a jamais paru]. **2)** « la Dernière forteresse ». In recueil : *la Dernière forteresse*. [163].
010. « **Co-operate—or else!** ». In : *Astounding science-fiction*, avril. [Un des textes qui composent *the War against the Rull*. 091].
011. « **Asylum** ». In : *Astounding science-fiction*, mai. [Un des textes qui composent (≈ chapitres 1 à 11) *Supermind*. 144]. En français : « les Dreeghs ». In recueil : *Au-delà du néant*. [080].
012. « **Secret unattainable** ». In : *Astounding science-fiction*, juillet.
013. « **the Ghost** ». In : *Unknown worlds*, août. En français : « le Fantôme ». **1)** In : *Fiction*, nº 216, décembre 1971. **2)** In recueil : *A. E. Van Vogt*. [165].
014. « **the Second solution** ». In : *Astounding science-fiction*, octobre. [Un des textes qui composent (≈ chapitres 8 à 13) *the War against the Rull*. 091]. En français : « la Seconde solution ». In recueil : *Au-delà du néant*. [080].
015. « **Not only dead men** ». In : *Astounding science-fiction*, novembre. En français : « Autre chose que des hommes morts ». In recueil : *les Monstres*. [099].
016. « **the Weapon shop** ». In : *Astounding science-fiction*, décembre. [Un des textes qui composent *the Weapon shops of Isher*. 079].

1943

017. « **the Search** ». In : *Astounding science-fiction*, janvier. [Un des textes qui composent (≈ chapitres 4 à 9) *Quest for the future*. 118]. En français : « la Quête ». In recueil : *Destination univers*. [081].
018. « **the Witch** ». In : *Unknown worlds*, février. En français : « la Sorcière ». In : *Fiction*, nº 221, mai 1972.
019. ***the Weapon makers***. In : *Astounding science-fiction*,

février, mars & avril. [En volume : *the Weapon makers*. Providence, Rhode Island : Hadley, 1947]. [Première version de : *the Weapon makers*. 083].
020. « **Abdication** ». In : *Astounding science-fiction*, avril. [Sous le seul nom d'Edna Mayne Hull]. [Autre titre : « the Invisibility gambit »]. [Repris sous les noms d'A.E.V.V. & E.M.H. dans le recueil composé par Frederik Pohl : *the Science fiction roll of honor*. New York : Random house, 1975].
021. « **the Great engine** ». In : *Astounding science-fiction*, juillet. [Un des textes qui composent (≈ chapitres 1 à 4) *the Beast*. 096]. En français : « la Machine ». In recueil : *Au-delà du néant*. [080].
022. « **M 33 in Andromeda** ». In : *Astounding science-fiction*, août. [Un des textes qui composent *the Voyage of the* Space Beagle. 072].
023. « **Concealment** ». In : *Astounding science-fiction*, septembre. [Un des textes qui composent (≈ prologue) *the Mixed men*. 082]. En français : « Dissimulation ». In recueil : *les Monstres*. [099].
024. « **the Storm** ». In : *Astounding science-fiction*, octobre. [Un des textes qui composent *the Mixed men*. 082].
025. ***the Book of Ptath***. In : *Unknown worlds*, octobre. [Première version de : *the Book of Ptath*. 047].
026. « **the Beast** ». In : *Astounding science-fiction*, novembre. [Un des textes qui composent *the Beast*. 096].

1944

027. « **Far Centaurus** ». In : *Astounding science-fiction*, janvier. [Un des textes qui composent (≈ chapitres 12 à 14) *Quest for the future*. 118]. En français : **1)** « l'Alpha du Centaure ». In : *Jungle supergéant*, nº 3, 1965. **2)** « Destination Centaure ». In anthologie composée par Alain Dorémieux : *Histoires fantastiques de demain*. Casterman, 1966 ([Histoires fantastiques et de Science-Fiction]). **3)** « Destination Centaure ». In recueil : *Destination univers*. [081]. **4)** *Destination Centaure*. Casterman, 1983 (l'Ami de poche, nº 55).
028. « **the Rulers** ». In : *Astounding science-fiction*, mars. En français : « les Maîtres ». In recueil : *Destination univers*. [081].
029. « **the Changeling** ». In : *Astounding science-fiction*, avril. [En volume : *the Changeling*. New York : Macfadden-Bartell, 1967]. [Autre titre : « the Wonderful man »]. [Un des textes qui composent *the Beast*. 096].
030. « **Juggernaut** ». In : *Astounding science-fiction*, août. En français : « le Char de Juggernaut ». In recueil : *Alpha et oméga*. [162].
031. « **a Can of paint** ». In : *Astounding science-fiction*, septembre. En français : « un Pot de peinture ». In recueil : *Destination univers*. [081].

032. « **the Harmonizer** ». In : *Astounding science-fiction*, novembre. En français : « Facteur d'harmonie ». In recueil : *Au-delà du néant*. [080].

1945

033. « **the Mixed men** ». In : *Astounding science-fiction*, janvier. [Un des textes qui composent *the Mixed men*. 082].
034. « **the Purpose** ». In : *Astounding science-fiction*, mai. En français : « le Mobile ». In recueil : *Après l'éternité*. [110].
035. « **Heir apparent** ». In : *Astounding science-fiction*, juin. [Autre titre : « Heir unapparent »]. En français : « l'Héritier ». In recueil : *Au-delà du néant*. [080].
036. ***the World of Ā***. In : *Astounding science-fiction*, août, septembre & octobre. [En volume : *the World of Ā*. New York : Simon and Schuster, 1948]. [Première version de : *the World of Null-A*. 119]. En français : **1)** *le Monde des Ā*. Gallimard, 1954 (le Rayon fantastique, nº [14]). **2)** Un extrait a paru sous le titre : « Sur Vénus ». In anthologie composée par Pierre-André Touttain : *55 histoires extraordinaires, fantastiques et insolites*. Gründ, 1961 (Trésor des jeunes). **3)** *le Monde du non-A*. [OPTA]/Club du livre d'anticipation, 1966 (les Classiques de la Science-Fiction, nº 4).

1946

037. « **a Son is born** ». In : *Astounding science-fiction*, mai. [Un des textes qui composent *Empire of the atom*. 087].
038. « **Film library** ». In : *Astounding science-fiction*, juillet. [Un des textes qui composent (≈ chapitres 1 à 3) *Quest for the future*. 118]. En français : « Cinémathèque ». **1)** In recueil : *Au-delà du néant*. [080]. **2)** In recueil : *A. E. Van Vogt*. [165].
039. « **Child of the gods** ». In : *Astounding science-fiction*, août. [Un des textes qui composent *Empire of the atom*. 087].
040. ***the Chronicler***. In : *Astounding science-fiction*, octobre & novembre. [En volume : *Siege of the unseen*. New York : Ace, 1959]. [Autre titre : *Three eyes of evil*]. En français : **1)** *l'Assaut de l'invisible*. Hachette, 1963 (le Rayon fantastique, nº 112). **2)** *À l'assaut de l'invisible*. Presses Pocket, 1977 (Science-Fiction, nº 5005).
041. « **Hand of the gods** ». In : *Astounding science fiction*, décembre. [Un des textes qui composent *Empire of the atom*. 087].

1947

042. « **Home of the gods** ». In : *Astounding science fiction*, avril. [Un des textes qui composent *Empire of the atom*. 087].
043. « **Centaurus II** ». In : *Astounding science fiction*, juin. [Un des textes qui composent *Rogue ship*. 102].
044. « **the Cataaaaa** ». In : *Fantasy book*, nº 1, [juillet]. [Autre

titre : « the Cataaaa »]. En français : « Supra-cattus ». In recueil : *Après l'éternité*. [110].
045. « **Defense** ». In : *Avon fantasy reader*, nº 4, [septembre]. En français : « Défensive ». **1)** In : *Ailleurs*, [1re série], hors-série nº 2, 1958. **2)** In recueil : *Destination univers*. [081].
046. « **the Barbarian**». In : *Astounding science fiction*, décembre. [Un des textes qui composent *Empire of the atom*. 087].
047. ***the Book of Ptath***. Reading, Pennsylvanie : Fantasy. [Version remaniée de *the Book of Ptath*. 025]. [Autre titre : *Two hundred million A.D.*]. En français : *le Livre de Ptath*. **1)** Hachette, 1961 (le Rayon fantastique, nº 87). **2)** J'ai lu, 1973 (nº 463).

1948

048. « **the Ship of darkness** ». In : *Fantasy book*, nº 2, [février]. En français : **1)** « la Nef des ténèbres ». In anthologie [composée par Alain Dorémieux] : *Chefs-d'œuvre de la Science-Fiction*. 2e série. OPTA, 1968 (Fiction spécial, nº 13 (*Fiction*, nº 176 bis)). **2)** « le Vaisseau des ténèbres ». In recueil : *Après l'éternité*. [110].
049. « **the Rull** ». In : *Astounding science fiction*, mai. [Un des textes qui composent *the War against the Rull*. 091].
050. « **the Great juge** ». In : *Fantasy book*, nº 3, [juillet]. [Développé dans *the Mind cage*. 089]. En français : « le Grand juge ». **1)** In recueil : *Au-delà du néant*. [080]. **2)** In : *le Nouveau planète*, nº 16, mai-juin 1970.
051. « **the Monster** ». In : *Astounding science fiction*, août. [Autre titre : « Resurrection »]. En français : **1)** « le Monstre ». In recueil : *Destination univers*. [081]. **2)** « Résurrection ». In recueil : *les Monstres*. [099]. **3)** « le Monstre ». In anthologie composée par Gérard Klein, Jacques Goimard & Demètre Ioakimidis : *Histoires de mutants*. Librairie générale française, 1974 (le Livre de poche, nº 3766, la Grande anthologie de la Science-Fiction).
052. ***the Players of $\bar{A}$***. In : *Astounding science fiction*, octobre, novembre, décembre & janvier (1949). [Première version de : *the Pawns of Null-A*. 088].
053. « **Dormant** ». In : *Startling stories*, novembre. En français : « Réveil ». In recueil : *Destination univers*. [081].
054. ***Out of the unknown***. Los Angeles : Fantasy. [Autre titre : *the Sea thing and other stories*]. [Recueil composé de 003, 018, 013 et d'autres textes d'Edna Mayne Hull].

1949

055. « **Dear pen pal** ». In : *the Arkham sampler*, hiver. En français : « Correspondance ». In recueil : *Destination univers*. [081].
056. « **the Weapon shops of Isher** ». In : *Thrilling wonder*

stories, février. [Un des textes qui composent *the Weapon shops of Isher*. 079].

057. « **the Earth killers** ». In : *Super science stories*, avril. En français : « les Assassins de la Terre ». **1)** In anthologie composée par Charles Nuetzel : *Après*. André Gérard, 1970 (Bibliothèque Marabout, nº 345. Science-Fiction). **2)** In recueil : *la Dernière forteresse*. [163].

058. « **the Green forest** ». In : *Astounding science fiction*, juin. [Un des textes qui composent (≈ chapitres 14 à 16) *the War against the Rull*. 091]. En français : **1)** « la Jungle de Mira ». In anthologie composée par Sam Moskowitz : *l'Âge d'or de la Science-Fiction*. 4ᵉ série. OPTA, 1973 (Fiction spécial, nº 21 (*Fiction*, nº 230 bis)). **2)** « la Forêt verte ». In anthologie composée par Gérard Cordesse : *Sept nouvelles de Science-Fiction*. Aubier-Flammarion, 1978 (Bilingue, nº 64). **3)** « la Jungle de Mira ». In recueil : *les Opérateurs humains*. [166].

059. « **Project spaceship** ». In : *Thrilling wonder stories*, août. [Autre titre : « the Problem professor »].

060. « **Final command** ». In : *Astounding science fiction*, novembre. En français : « l'Ordre ultime ». In recueil : *les Monstres*. [099].

1950

061. ***the Shadow men***. In : *Startling stories*, janvier. [Première version de : *the Universe maker*. 084].

062. « **the Sound** ». In : *Astounding science fiction*, février. [Un des textes qui composent (≈ chapitres 17 à 19) *the War against the Rull*. 091]. En français : « le Son ». In recueil : *Destination univers*. [081].

063. « **Rogue ship** ». In : *Super science stories*, mars. [Autre titre : « the Twisted men »]. [Un des textes qui composent *Rogue ship*. 102].

064. ***the Wizard of Linn***. In : *Astounding science fiction*, avril, mai & juin. [En volume : *the Wizard of Linn*. New York : Ace, 1962]. En français : *le Sorcier de Linn*. **1)** OPTA/Club du livre d'anticipation, 1967 (les Classiques de la Science-Fiction, nº 11). **2)** J'ai lu, 1972 (nº 419).

065. « **War of nerves** ». In : *Other worlds science stories*, mai. [Un des textes qui composent (≈ chapitres 9 à 12) *the Voyage of the* Space Beagle. 072]. En français : « la Guerre des nerfs ». In recueil : *les Monstres*. [099].

066. « **Enchanted village** ». In : *Other worlds science stories*, juillet. [Autre titre : « the Sands of Mars »]. [Développé dans *the People of the wide sands*. 160]. En français : « le Village enchanté ». **1)** In : *Satellite*, nº 30, janvier 1961. **2)** In recueil : *Destination univers*. [081]. **3)** In recueil : *les Monstres*. [099]. **4)** In anthologie composée par Demètre Ioakimidis, Jacques Goimard & Gérard Klein : *Histoires de planètes*. Librairie générale

française, 1975 (le Livre de poche, nº 3769, la Grande anthologie de la Science-Fiction). **5)** In anthologie composée par Jacques Sadoul : *Anthologie de la littérature de Science-Fiction*. Ramsay, 1981. **6)** In anthologie : *Nº 2000*. J'ai lu, 1986 (nº 2000). **7)** In : *N comme nouvelles*, nº 2, 17 septembre-15 octobre 1986.

067. « **Letter from the stars** ». In : *Out of this world adventures*, juillet.

068. « **Automaton** ». In : *Other worlds science stories*, septembre. En français : **1)** « une Femme gagne la guerre des robots ». In : *France-dimanche*, nº 281, 13-19 janvier 1952. **2)** « l'Automate humain ». In anthologie composée par Alain Dorémieux : *Histoires des temps futurs*. Casterman, 1968 ([Histoires fantastiques et de Science-Fiction]).

069. « **Process** ». In : *the Magazine of fantasy and science fiction*, décembre. En français : **1)** « Bucolique ». In : *Fiction*, nº 34, septembre 1956. **2)** « Bucolique ». In anthologie composée par Hubert Juin : *Univers de la Science-Fiction*. Club des libraires de France, 1957 (Fiction, nº 65). **3)** « Bucolique ». In anthologie composée par Hubert Juin : *les 20 meilleurs récits de Science-Fiction*. Verviers (Belgique) : André Gérard, 1964 (Marabout géant, nº 207). **4)** « Bucolique ». In anthologie composée par Jacques Sternberg : *les Chefs-d'œuvre de la Science-Fiction*. Planète, 1970 (Anthologie Planète). **5)** « Processus ». In recueil : *Après l'éternité*. [110]. **6)** « Processus ». In recueil : *A. E. Van Vogt*. [165]. **7)** « Bucolique ». In anthologie composée par Christian Grenier : *la Montagne sans nom*. Gallimard, 1983 (Folio junior, nº 171). **8)** « Bucolique ». In anthologie composée par Gérard Klein, Jacques Goimard & Demètre Ioakimidis : *Histoires de mondes étranges*. Librairie générale française, 1984 (le Livre de poche, nº 3812, la Grande anthologie de la Science-Fiction).

070. ***the House that stood still***. New York : Greenberg. [Autre titre : *Undercover aliens*]. [Première version de : *the Mating cry*. 092]. En français : *la Maison éternelle*. OPTA, 1967 (Galaxie/bis, nº 4 (*Galaxie*, nº 42 bis)). [La traduction de B. R. Bruss et le copyright partagé par OPTA et le Fleuve noir laissent entendre que ce texte était initialement prévu pour la collection "Anticipation"].

071. ***Masters of time***. Reading, Pennsylvanie : Fantasy. [Recueil composé de 009 & 029].

072. ***the Voyage of the* Space Beagle**. New York : Simon and Schuster. [Autre titre : *Mission: interplanetary*]. [Roman composé à partir de 001, 002, 065, 022 et de textes inédits]. En français : *la Faune de l'espace*. **1)** Gallimard, 1952 (le Rayon fantastique, nº [15]). **2)** OPTA/Club du livre d'anticipation, 1968 (les Classiques de la Science-Fiction, nº 14). **3)** J'ai lu, 1971 (nº 392).

1951

073. « **the Star-Saint** ». In : *Planet stories*, mars. En français : « un Saint dans la galaxie ». In anthologie composée par Jacques

Sadoul : *les Meilleurs récits de* Planet stories. J'ai lu, 1975 (nº 617).
074. « **Haunted atoms** ». In : *Ten story fantasy*, printemps. En français : « Atomes hantés ». In : *SF & quotidien*, nº 3, [1980].
075. « **Dear automaton** ». In : *Suspense magazine*, automne.
076. « **Fulfillment** ». In anthologie composée par Raymond J. Healy : *New tales of space and time*. New York : Holt, novembre. En français : « Accomplissement ». **1)** In anthologie composée par Alain Dorémieux : *Après-demain, la Terre...* . Casterman, 1971 (Histoires fantastiques et de Science-Fiction). **2)** In recueil : *les Opérateurs humains*. [166]. **3)** In anthologie composée par Jacques Goimard, Demètre Ioakimidis & Gérard Klein : *Histoires mécaniques*. Librairie générale française, 1985 (le Livre de poche, nº 3820, la Grande anthologie de la Science-Fiction).
077. « **Ride in, Killer** ». In : *Famous western*. [Référence non vérifiée].
078. ***Slan***. New York : Simon and Schuster. [Version remaniée de *Slan*. 006]. En français : *À la poursuite des Slans*. **1)** Gallimard, 1954 (le Rayon fantastique, nº [30]). **2)** OPTA/Club du livre d'anticipation, 1968 (les Classiques de la Science-Fiction, nº 14). **3)** J'ai lu, 1971 (nº 381). **4)** Gallimard, 1976 (1000 soleils). **5)** Genève : Famot, 1977.
079. ***The Weapon shops of Isher***. New York : Greenberg. [Roman composé à partir de 008, 016, 056 et de textes inédits]. En français : *les Armureries d'Isher*. **1)** Gallimard, 1961 (le Rayon fantastique, nº 86). **2)** [OPTA]/Club du livre d'anticipation, 1965 (les Classiques de la Science-Fiction, nº 2). **2)** J'ai lu, 1972 (nº 439).

1952

080. ***Away and beyond***. New York : Pellegrini & Cudahy. [Recueil composé de 021, 050, 012, 032, 014, 038, 011, 035 & 005]. En français : *Au-delà du néant*. **1)** OPTA/Club du livre d'anticipation, 1969 (les Classiques de la Science-Fiction, nº 19). [Cette édition ne reprend pas 012]. **2)** Presses Pocket, 1978 (Science-Fiction, nº 5025). [Cette édition ne reprend pas 012 & 038].
081. ***Destination: universe!***. New York : Pellegrini & Cudahy. [Recueil composé de 027, 051, 053, 066, 031, 045, 028, 055, 062 & 017]. En français : *Destination univers*. **1)** OPTA/Club du livre d'anticipation, 1969 (les Classiques de la Science-Fiction, nº 19). **2)** J'ai lu, 1973 (nº 496).
082. ***the Mixed men***. New York : Gnome. [Autre titre : *Mission to the stars*]. [Roman composé à partir de 023, 024, 033, 128*d* et de textes inédits]. En français : *Mission stellaire*. **1)** OPTA/Club du livre d'anticipation, 1971 ([les Classiques de la Science-Fiction], nº 35). **2)** Presses Pocket, 1977 (Science-Fiction, nº 5009).
083. ***the Weapon makers***. New York : Greenberg. [Version remaniée de *the Weapon makers*. 019]. [Autre titre : *One against Eternity*]. En français : *les Fabricants d'armes*. **1)** [OPTA]/Club du

livre d'anticipation, 1965 (les Classiques de la Science-Fiction, nº 2). **2)** J'ai lu, 1972 (nº 440).

1953

084. ***the Universe maker***. New York : Ace. [Version remaniée de *the Shadow men*. 061]. En français : *Créateur d'univers*. **1)** Satellite/Éd. scientifiques et littéraires, 1959 (les Cahiers de la Science-Fiction, nº 9). **2)** J'ai lu, 1974 (nº 529).

1954

085. « **Hypnotism man** ». In : *Spaceway*, juin.
086. ***Planets for sale***. New York : Fell. [Roman composé à partir des textes suivants d'Edna Mayne Hull, et d'abord publié sous le seul nom de cette dernière : « Competition », « the Debt », « the Contract », « Enter the professor », « Bankruptcy proceedings ». Respectivement in : *Astounding science-fiction*, juin & décembre 1943, mars 1944, janvier 1945 & août 1946. En français [sous le seul nom d'A.E.V.V.] : *Planètes à vendre*. Librairie des Champs-Élysées, 1978 (le Masque Science-Fiction, nº 71).

1956

087. ***Empire of the atom***. Chicago : Shasta. [Roman composé à partir de 037, 039, 041, 042, 046 et de textes inédits]. En français : *l'Empire de l'atome*. **1)** OPTA/Club du livre d'anticipation, 1967 (les Classiques de la Science-Fiction, nº 11). **2)** J'ai lu, 1972 (nº 418).
088. ***the Pawns of null-A***. New York : Ace. [Version remaniée de *the Players of Ā*. 052. Première version de : *the Players of null-A*. 103]. En français : **1)** *les Aventures de Ā*. Gallimard, 1957 (le Rayon fantastique, nº [49]). **2)** *les Joueurs du non-A*. [OPTA]/Club du livre d'anticipation, 1966 (les Classiques de la Science-Fiction, nº 4). **3)** *les Joueurs du Ā*. J'ai lu, 1971 (nº 397).

1957

089. ***the Mind cage***. New York : Simon and Schuster. [Développement de *the Great juge*. 050]. En français : *la Cité du grand juge*. Denoël, 1958 (Présence du futur, nº 24).

1959

090. ***Triad***. New York : Simon and Schuster. [Recueil composé de 036, 072 & 078].
091. ***the War against the Rull***. New York : Simon and Schuster. [Roman composé à partir de 004, 010, 014, 049, 058, 062 et de textes inédits]. En français : *la Guerre contre le Rull*. **1)** Fleuve noir, 1963 (Anticipation, nº 223). [Version abrégée]. **2)** J'ai lu, 1973 (nº 475).

1960

092. ***the Mating cry.*** New York : Beacon. [Version remaniée de *the House that stood still.* 070]. En français : *la Maison éternelle.* Presses Pocket, 1977 (Science-Fiction, nº 5011).

1962

093. « **Itself!** ». In : *Scientific American*, janvier, pp. 34-35. En français : **1**) « Soi-même ». In : *Sidéral*, nº 23, décembre 1972. **2**) « Sézigue ». In recueil : *Après l'éternité.* [110].

094. ***the Violent man.*** New York : Farrar, Straus and Cudahy. [Non S.-F.]. En français : *une Belle brute.* Kalmthout-Anvers (Belgique), Walter Beckers, 1971 (Collection du XXᵉ siècle).

1963

095. « **the Expendables** ». In : *If. Worlds of science fiction*, septembre. [Un des textes qui composent (≈ chapitres 12 à 19) *Rogue ship.* 102]. En français : « les Sacrifiés ». **1**) In : *Galaxie*, [2ᵉ série], nº 1, mai 1964. **2**) In recueil : *l'Horloge temporelle.* [164].

096. ***the Beast.*** Garden City : Doubleday. [Autre titre : *Moonbeast*]. [Roman composé à partir de 021, 026, 029 et de textes inédits]. En français : *la Bête.* Presses Pocket, 1980 (Science-Fiction, nº 5086).

1964

097. « **the Silkie** ». In : *If. Worlds of science fiction*, juillet. [Un des textes qui composent (≈ chapitres 1 à 8) *the Silkie.* 114]. En français : « le Silkie ». In : *Galaxie*, [2ᵉ série], nº 10, février 1965.

098. ***the Twisted men.*** New York : Ace. [Recueil composé de 063, 073 & 057].

1965

099. ***Monsters.*** New York : Paperback library, février. [Autres titres : *the Blal* & *Science fiction monsters*]. [Recueil composé, par Forrest J. Ackerman, de 015, 060, 065, 066, 023, 003, 051 & 005]. En français : *les Monstres.* **1**) Pierre Belfond, 1974 (Domaine fantastique). **2**) J'ai lu, 1980 (nº 1082). [Cette édition ne reprend pas 065].

100. « **the Replicators** ». In : *If. Worlds of science fiction*, février. En français : « les Indestructibles ». In recueil : *Après l'éternité.* [110].

101. « **Research alpha** ». En collaboration avec James H. Schmitz. In : *If. Worlds of science fiction*, juillet. En français : **1**) « Point oméga ». In : *Galaxie*, [2ᵉ série], nº 27, juillet 1966. **2**) « Alpha et oméga ». In recueil : *Alpha et oméga.* [162].

102. ***Rogue ship***. Garden City : Doubleday. [Roman composé à partir de 043, 095, 063 et de textes inédits]. En français : *Pour une autre Terre*. André Gérard, 1966 (Marabout géant, nº 262).

1966

103. ***the Players of null-A***. New York : Berkley, mars. [Version remaniée de *the Pawns of null-A*. 088].
104. « **Silkies in space** ». In : *If. Worlds of science fiction*, mai. [Un des textes qui composent (≈ chapitres 9 à 22) *the Silkie*. 114]. En français : « Silkies dans l'espace ». In : *Galaxie*, [2e série], nº 76, septembre 1970.
105. « **the Ultra man** ». In : *Worlds of tomorrow*, mai. En français : 1) « l'Homme majuscule ». In : *Galaxie*, [2e série], nº 36, avril 1967. 2) « l'Ultra-terrestre ». In recueil : *Après l'éternité*. [110]. 3) « l'Homme filtrant ». In recueil : *les Opérateurs humains*. [166].
106. ***the Winged man***. Garden City : Doubleday. [En collaboration avec Edna Mayne Hull, et composé à partir d'un roman plus court de cette dernière : *the Winged man*. In : *Astounding science-fiction*, mai & juin 1944].

1967

107. « **Enemy of the Silkies** ». In : *If. Worlds of science fiction*, octobre. [Un des textes qui composent *the Silkie*. 114].
108. ***a Van Vogt omnibus***. Londres : Sidgwick & Jackson. [Recueil composé de 086, 096 & 047].

1968

109. « **the Proxy intelligence** ». In : *If. Worlds of science fiction*, octobre. [Un des textes qui composent *Supermind*. 144].
110. ***the Far-out worlds of A. E. Van Vogt***. New York : Ace. [Recueil composé de 100, 110*a*, 034, 057, 044, 068, 093, 069, 007, 076, 048 & 105]. En français : *Après l'éternité*. Verviers (Belgique) : André Gérard, 1972 (Bibliothèque Marabout, nº 403. Science-Fiction). [Cette édition ne reprend pas 057, 068 & 076].
110*a*. « **the First Martian** ». In recueil : *the Far-out worlds of A. E. Van Vogt*. [110]. [Autre titre : « This Joe »]. En français : *le Premier Martien*. In recueil : *Après l'éternité*. [110].

1969

111. « **Him** ». In : *Spaceway science fiction*, janvier. [Développé dans *Future glitter*. 132]. En français : « Lui ». In recueil : *les Opérateurs humains*. [166].
112. « **Humans, go home!** ». In : *Galaxy science fiction magazine*, septembre. En français : 1) « Jana ». In : *Galaxie*, [2e série],

nº 86, juillet 1971. **2)** « Humains, go home ! ». In recueil : *les Opérateurs humains*. [166].
113. « **Laugh, clone, laugh** ». En collaboration avec Forrest J. Ackerman. In recueil de Forrest J. Ackerman : *Science fiction worlds of Forrest J. Ackerman & friends*. Reseda : Powell.
114. ***the Silkie***. New York : Ace. [Roman composé à partir de 142*a*, 097, 104, 107 et de textes inédits]. En français : *le Silkie*. J'ai lu, 1978 (nº 855).

1970

115. « **Carthing** ». In anthologie composée par Roger Delany & Marilyn Hacker : *Quark/1*. New York : Paperback library, novembre.
116. « **Chevrolet, I love you** ». In : *Spectrum*. [Référence non vérifiée].
117. ***Children of tomorrow***. New York : Ace. En français : *les Enfants de demain*. Presses Pocket, 1978 (Science-Fiction, nº 5059).
118. ***Quest for the future***. New York : Ace. [Roman composé à partir de 038, 017, 027 et de textes inédits]. En français : **1)** *la Quête sans fin*. OPTA/Club du livre d'anticipation, 1971 ([les Classiques de la Science-Fiction], nº 35). **2)** *Quête sans fin*. Presses Pocket, 1977 (Science-Fiction, nº 5016).
119. ***the World of null-A***. New York : Berkley. [Version remaniée de *the World of Ā*. 036]. En français : *le Monde des Ā*. J'ai lu, 1970 (nº 362).

1971

120. « **the Human operators** ». In : *the Magazine of fantasy and science fiction*, janvier. [En collaboration avec Harlan Ellison]. En français : « les Opérateurs humains ». **1)** In recueil de Harlan Ellison : *la Chanson du zombie*. les Humanoïdes associés, 1980 (Harlan Ellison : œuvres, nº 4). **2)** In recueil : *les Opérateurs humains*. [166]. **3)** In anthologie composée par Gérard Klein, Jacques Goimard & Demètre Ioakimidis : *Histoires de voyages dans l'espace*. Librairie générale française, 1983 (le Livre de poche, nº 3780, la Grande anthologie de la Science-Fiction).
121. ***the Proxy intelligence and other mind benders***. New York : Paperback library, janvier. [Recueil composé de 109, 059, 004, 073 et d'autres textes d'Edna Mayne Hull].
122. « **the Rat and the snake** ». In : *Witchcraft & sorcery*, janvier-février. En français : « le Rat et le serpent ». In recueil : *l'Horloge temporelle*. [164].
123. « **the Reflected men** ». In : *Galaxy science fiction magazine*, février. En français : « les Hommes reflétés ». In recueil : *la Dernière forteresse*. [163].
124. ***M 33 in Andromeda***. New York : Paperback library, avril.

[Recueil composé de 040, 002, 022, 095, 035 & 016].
125. ***More than superhuman.*** New York : Dell, mai. [Recueil composé de 112, 123, 125*a*, 113, 101 & 111].
125*a*. « **All the loving androids** ». In recueil : *More than superhuman.* [125]. En français : « Liberté programmée ». In recueil : *Alpha et oméga.* [162].
126. ***the Battle of forever.*** New York : Ace. En français : *la Bataille de l'éternité.* **1)** André Gérard, 1973 (Bibliothèque Marabout, nº 461, Science-Fiction). **2)** Presses de la Cité, 1983 (Futurama/Superlights, nº 3).
127. ***Van Vogt omnibus (2).*** Londres : Sidgwick & Jackson. [Recueil composé de 089, 106 & 078].

1972

128. ***the Book of Van Vogt.*** New York : DAW. [Autre titre : *Lost: fifty suns*]. [Recueil composé de 128*a*, 128*b*, 122, 046, 128*c*, « the Sound of wild laughter », 128*d*].
128*a*. « **the Timed clock** ». In recueil : *the Book of Van Vogt.* [128]. En français : **1)** « l'Horloge du temps ». In : *Science-Fiction magazine.* nº 5, [1977]. **2)** « l'Horloge temporelle ». In recueil : *l'Horloge temporelle.* [164].
128*b*. « **the Confession** ». In recueil : *the Book of Van Vogt.* [128]. En français : « l'Aveu ». In recueil : *l'Horloge temporelle.* [164].
128*c*. « **Ersatz eternal** ». In recueil : *the Book of Van Vogt.* [128]. En français : « Ersatz éternel ». **1)** In anthologie composée par Yves Frémion : *Univers 01.* J'ai lu, 1975 (nº 598). **2)** In recueil : *l'Horloge temporelle.* [164].
128*d*. « **Lost: fifty suns** ». In recueil : *the Book of Van Vogt.* [128]. [Un des textes qui composent *the Mixed men.* 082].
129. ***the Darkness on Diamondia.*** New York : Ace. En français : *Ténèbres sur Diamondia.* J'ai lu, 1974 (nº 515).
130. ***the Invalid's wife.*** [Inédit. Pièce de théâtre, suite de : *le Malade imaginaire* de Molière]. [Référence non vérifiée].

1973

131. « **Future perfect** ». In : *Vertex*, août. En français : « Futur parfait ». In recueil : *A. E. Van Vogt.* [165].
132. ***Future glitter.*** New York : Ace, octobre. [Autre titre : *Tyranopolis*]. [Développement de « Him ». 111]. En français : *des Lendemains qui scintillent.* J'ai lu, 1975 (nº 588).
133. « **Don't hold your breath** ». In anthologie composée par Roger Elwood & Virginia Kidd : *Saving worlds.* Garden City : Doubleday. [Autre titre de cette anthologie : *the Wounded planet*]. En français : « Ne retenez pas votre souffle... ». In recueil : *A. E. Van Vogt.* [165].

134. *Two science fiction novels*. Londres : Sidgwick & Jackson. [Recueil composé de 009 & 040].

1974

135. *the Worlds of A. E. Van Vogt*. New York : Ace, janvier. [Recueil composé du recueil 110, suivi de 024, 095 & 123].
136. *the Best of A. E. Van Vogt*. Londres : Sphere [en poche] ou Sidgwick & Jackson [relié], [mai]. [Recueil composé de 005, 016, 024, 030, 041, 044, 051, 055, 058, 065, 095, 104 & 109].
137. *the Man with a thousand names*. New York : DAW, août. [Autre titre : *the Man with 1000 names*]. En français : *l'Homme multiplié*. J'ai lu, 1976 (nº 659).
138. « **All we have on this planet** ». In anthologie composée par George Hay : *Stopwatch*. London : New English library, octobre. En français : « Tout ce que nous avons sur cette planète ». In anthologie composée par Yves Frémion : *Univers 06*. J'ai lu, 1976 (nº 695).
139. *the Secret galactics*. Englewood Cliffs, New Jersey : Prentice-Hall. [Autre titre : *Earth factor X*]. En français : *les Galactiques secrets*. Albin Michel, 1978 (Super-fiction, nº 32).

1975

140. *Reflections of A. E. Van Vogt*. Lakemont, Georgie : Fictioneer. [Essai autobiographique].

1976

141. *the Gryb*. New York : Kensington, mai. [Recueil composé de 004, 112, 059, 073 et d'autres textes d'Edna Mayne Hull].
142. *the Best of A. E. Van Vogt*. New York : Pocket Books, juillet. [Recueil composé de 133, 138, 065, 049, 131, 042, 142a & 109].
142*a*. « **Prologue to "the Silkie"** ». In recueil : *the Best of A. E. Van Vogt*. [142]. [Un des textes qui composent *the Silkie*. 114].
143. *the Universe maker and the Proxy intelligence*. Londres : Sidgwick & Jackson. [Recueil composé de 084 & 109].

1977

144. *Supermind*. New York : DAW, janvier. [Roman composé à partir de 011, 109 et de textes inédits]. En français : *Invasion galactique*. J'ai lu, 1978 (nº 813).
145. *the Anarchistic colossus*. New York : Ace, avril. En français : *le Colosse anarchique*. **1)** Albin Michel, 1978 (Super + fiction, nº 4). **2)** J'ai lu, 1981 (nº 1172).

1978

146. « **Identity** ». In programme de Chattacon 3, convention de Chattanooga, Tennessee, janvier.
147. ***Pendulum***. New York : DAW, décembre. [Recueil composé de 147*a*, 147*b*, 147*c*, 147*d*, « Footprint farm », 147*e* & 120].
147*a*. « **Pendulum** ». In recueil : *Pendulum*. [147]. En français : « Dialectes ». In recueil : *l'Horloge temporelle*. [164].
147*b*. « **the Male condition** ». In recueil : *Pendulum*. [147]. En français : « la Condition masculine ». In recueil : *l'Horloge temporelle*. [164].
147*c*. « **Living with Jane** ». In recueil : *Pendulum*. [147]. En français : « Jane et les androïdes ». In recueil : *A. E. Van Vogt*. [165].
147*d*. « **the First Rull** ». In recueil : *Pendulum*. [147]. En français : « le Premier Rull ». In recueil : *A. E. Van Vogt*. [165].
147*e*. « **the Non-aristotelian detective** ». In recueil : *Pendulum*. [147]. En français : « le Détective non-A ». In recueil : *A. E. Van Vogt*. [165].
148. « **Death talk** ». In anthologie composée par George Hay : *Pulsar 1*. Londres : Penguin. En français : « Chute libre ». In recueil : *l'Horloge temporelle*. [164].

1979

149. « **Femworld: before the revolution** ». In : *Galaxy science fiction*, juin-juillet. [Extrait de : *Renaissance*. 150].
150. ***Renaissance***. New York : Pocket Books. [Autre titre : *Indian summer of a pair of spectacles*]. [Contient : « Femworld: before the revolution ». 149]. En français : *l'Été indien d'une paire de lunettes*. J'ai lu, 1980 (nº 1057).

1980

151. « **the Dream of the sorceress** ». In anthologie composée par Robert Lynn Asprin : *Tales from the vulgar unicorn*. New York : Ace, novembre. [Autre titre de l'anthologie : *Thieves' world II*]. En français : « le Rêve de la sorcière ». In : *Thriller*, nº 6, [janvier 1983].
152. ***Cosmic encounter***. Garden City : Doubleday. [Autre titre : *the Universe ended in 1704 A.D.*]. En français : *Rencontre cosmique*. J'ai lu, 1979 (nº 975).

1982

153. « **How to pronounce "Van Vogt"** ». In : *Isaac Asimov's science fiction magazine*, 18 janvier, p. 107. [En collaboration avec Randall Garrett & William Tuning]. [Poésie].

1983

154. ***Computerworld***. New York : DAW. [Autres titres : *Computer eye* & *Conflict 2100*]. En français : *la Machine ultime*. J'ai lu, 1983 (nº 1548).

1985

155. ***Null-A three***. London : Sphere, juillet. [Autre titre : *Null-A 3*]. En français : *la Fin du A*. J'ai lu, 1984 (nº 1601).
156. « **the Brain** ». In : *Weird tales*, hiver.
157. ***To conquer Kiber***. En français : *À la conquête de Kiber*. J'ai lu, 1985 (nº 1813).

1986

158. ***Star riders***. [Inédit en anglais]. [En collaboration avec Lewis Coates [Luigi Cozzi], d'après un scénario de ce dernier]. [A paru en Italie sous le titre : *i Cavalieri delle stelle*. Milan : Garden, juillet 1986 (Solaris. Supplément à : il Romanzo giallo, nº 11)].
159. « **Prologue to freedom** ». In : *If. Worlds of science fiction*, automne.
160. ***the People of the wide sands***. [Inédit en anglais]. [En collaboration avec Renato Pestriniero. Une première version, due uniquement à ce dernier qui n'est mentionné qu'en tant que "traducteur", a paru en Italie sous le titre : *il Villagio incantato*. Bologne : Libra, 1982.]. [Développement de *Enchanted village*. 066]. En français : *Au-delà du village enchanté*. J'ai lu, 1987 (nº 2150).

À paraître :

161. « **Skin** ». In anthologie composée par Harlan Ellison : *Last dangerous visions*.

Recueils français n'ayant pas d'équivalent en langue anglaise :

162. ***Alpha et oméga***. Librairie des Champs-Élysées, 1977 (le Masque Science-Fiction, nº 54). [Recueil composé de 101, 125*a*, 008 & 030].
163. ***la Dernière forteresse***. Librairie des Champs-Élysées, 1978 (le Masque Science-Fiction, nº 77). [Recueil composé de 009, 123 & 057].
164. ***l'Horloge temporelle***. J'ai lu, 1979 (nº 934). [Recueil composé de 128*a*, 148, 147*b*, 122, 128*c*, 128*b*, 095 & 147*a*].
165. ***A. E. Van Vogt***. 1) Presses Pocket, 1980 (le Livre d'or de la Science-Fiction, nº 5071). 2) Presses Pocket, 1988 (le Grand temple

de la S.F., nº 5071). [Recueils composés de 013, 038, 069, 131, 133, 147*d*, 147*e* & 147*c*].
166. ***les Opérateurs humains.*** J'ai lu, 1983 (nº 1447). [Recueil composé de 120, 058, 112, 076, 111 & 105].

Cycles :

167. ***Isher.*** [Voir : 079 & 083].
168. ***Linn.*** [Voir : 087 & 064].
169. ***Non-A.*** [Voir : 036, 088 & 147*e*].
170. ***Rull.*** [Voir : 091 & 147*d*].

Quelques pastiches :

171. « **Aux sources de Ā** ». Gilles d'Altemont [Jacques Soulier]. In : *Aleph*, nº 1, septembre 1972 & nº 2, février 1973.
172. « **le Déjoueur du plan** ». Jean-Pierre Andrevon. In : *Lunatique*, nº 28, avril 1967.
173. « **l'Ordination de L** ». Michel Demuth. In : *Satellite*, nº 20, août 1959.
174. « **Poursuite sans fin** ». Michel Jansen [Jacques Van Herp]. **1)** In : *Satellite*, nº 20, août 1959. **2)** In : *Phénix*, nº 4, mars 1986. [Sous le nom de Michel Janssen].
175. ***Isher II o le Armi di Isher — parte 2.*** Roberta Rambelli. Bologne : Libra, 1982. [L'auteur n'apparaît qu'en tant que "traducteur"].

Version 2.0 — Quarante-Deux — 15 mars 1988

INDEX DES TITRES

Ā

B

C

D

E

F

G

H

I

J-K

L

M

N

O

P

Q

R

TABLE DES MATIÈRES

IMPRIMÉ EN FRANCE PAR BRODARD ET TAUPIN
Usine de La Flèche (Sarthe), le 10-06-1988.
6590-5 - N° d'Éditeur 1589, 1er trimestre 1980.

PRESSES POCKET - 8, rue Garancière - 75006 Paris
Tél. 46.34.12.80

A. E. VAN VOGT

A L'ASSAUT DE L'INVISIBLE

A la suite d'un accident d'automobile qui lui entaille le front, Michael Slade découvre qu'il possède un troisième œil.
Bien davantage qu'un simple organe visuel, c'est une porte ouverte sur un monde mystérieux inséré dans la trame de son univers familier, mais imperceptible aux autres humains.
Et Michael Slade pénétrera sans espoir de retour dans la Cité des Vampires Naze, à la recherche d'Amor, l'envoûtante femme aux trois yeux.

A. E. VAN VOGT

Presses Pocket

AU-DELÀ DU NÉANT

La créature rampait. Elle geignait de peur et de douleur en produisant un son frêle et tremblant qui était horrible à entendre. Sans forme, sans contour précis, elle changeait néanmoins de forme et de contour à chacun de ses mouvements spasmodiques. Elle rampait le long du couloir du cargo spatial, luttant contre la terrible tendance de ses éléments à prendre la forme de son environnement. Elle était prête à adopter toutes les formes mais quelque chose s'y opposait. Un dessein implanté en elle. Un mot d'ordre qui retentissait d'électron à électron : trouver le plus grand cerveau mathématique et le ramener dans le caveau de l'ultime métal martien. Le Grand Etre doit être libéré ! Il faut ouvrir la serrure à secret dont le chiffre est un nombre premier !

A. E. VAN VOGT

LA BÊTE

Etrange machine, en vérité. Etrange machine, dont dépendait la paix dans toutes les planètes de l'univers.
Jim Pendrake, son inventeur, n'avait pas encore compris l'étendue de ses pouvoirs. Mais les autres avaient compris, et, à leur manière — passablement brutale — ils essayèrent de s'en emparer.
Les autres. Des personnes déplacées, venues de tous les coins du temps. Des gens issus de siècles variés, et qui n'avaient qu'un point commun : ils se pliaient à la loi des plus primitifs d'entre eux.
Quand la machine disparut, il n'y avait qu'une chose à faire : l'oublier. Mais Jim pensait que cette énigme était la clef de son avenir. Il était loin de se douter que sa quête l'entraînerait jusqu'aux limites de l'univers.

A. E. VAN VOGT

Presses Pocket

LES ENFANTS DE DEMAIN

Soyez le bienvenu, Commandant Lane.
Nous savons que vous avez traversé une période difficile l'année dernière, lorsque vous avez dû fuir devant ces étrangers hostiles et mystérieux rencontrés dans les régions interstellaires inexplorées. Mais surtout, il y a dix ans que vous êtes parti et pendant ce temps les choses ont bien changé sur la Terre.
Voyez, par exemple, Spacefort maintenant. C'est une ville à part avec ses problèmes particuliers. Et nous, les gosses, nous avons dû nous organiser nous-mêmes.
Car nos pères sont des gens comme vous. Ils ont été absents trop longtemps. Quand ils reviendront ils seront aussi surpris que vous.
Le Pouvoir, c'est nous qui l'avons maintenant...

A. E. VAN VOGT

LA MAISON ÉTERNELLE

La Grande Maison donne l'immortalité aux membres de la secte qui en connaissent le secret, mais elle risque d'être détruite par une guerre atomique entre Lorillia et les Etats-Unis. Mistra Linett, une immortelle, aidée de l'avocat Stephens Allison, parvient à conjurer la menace.
Un danger plus grave survient alors : l'imminente disparition de toute la secte. Or, pour des raisons impérieuses et... millénaires, il faut qu'elle se perpétue.
Stephens parvient à démasquer l'auteur de ce complot et du même coup retrouve la mémoire de lui-même...
Qui est Stephens Allison ?

A. E. VAN VOGT

Presses Pocket

MISSION STELLAIRE

Dix jours pour asservir la galaxie des cinquante Soleils et ses trente milliards d'habitants — ou pour mourir. Dix jours pour provoquer la désertion des Hommes Mixtes, triompher du peuple Dellien et préserver l'hégémonie terrienne. Tel est le formidable défi lancé brusquement à Dame Gloria Laurr, capitaine générale du vaisseau spatial STAR CLUSTER à la fin d'une mission de routine. Car la découverte inattendue d'une civilisation rivale constitue pour l'Empire Terrien un péril mortel. Gloria Laurr parviendra-t-elle à le conjurer ?